W0464410

*collection*
*Archi*MAGINAIRE

*dirigée par Hervé Milhau*

WONDERLANDZ

## DU MÊME AUTEUR

ROMANS ADULTES

*La Main de gloire*, coll. « Grands Détectives », 10/18, 2009.
*La Chambre mortuaire*, coll. « Grands Détectives », 10/18, 2009.
*Mastication (I Can't Get No)*, Baleine, 2006.
*La complainte de Sombrevent*, Octobre, 2006.
*Le crépuscule des aveugles*, Octobre, 2005.
*Marie Joly*, Sabine Wespieser, 2004.
*La Mort en prime time*, Éd. du Masque, Prix du roman d'aventure 2002.

ROMANS JEUNESSE

*Les Mines de Lang-Dulün*, Bayard, 2003.
*L'Envol du dragon*, Bayard, 2000 ; 2008.
*L'Éveil du dragon*, Bayard, 2000 ; 2008.
*Le Souffle du dragon*, Bayard, 2000 ; 2007.

ALBUMS JEUNESSE

*L'Arbre du désert*, Gründ, 2008.
*Momies et autres voyageurs éternels*, Casterman, 2008.
*Elfes et autres guerriers-mages*, Casterman, 2007.
*Dragons et autres maîtres du rêve*, Casterman, 2006.

LIVRES JEUX

*Le Monastère aux 100 démons*, Gründ, 2009.
*Le Tournoi aux 100 champions*, Gründ, 2009.
*Les 100 dragons de Viviane*, Gründ, 2009.
*Les 100 charmes de Merlin*, Gründ, 2009.
*50 surprises chez les pharaons*, Gründ, 2009.
*Les 100 travaux d'Hercule*, Gründ, 2009.
*Le Samouraï aux 100 défis*, Gründ, 2008.
*L'École aux 100 farces*, Gründ, 2008.
*La Tour aux 100 menaces*, Gründ, 2008.
*L'Île aux 100 fantômes*, Gründ, 2008.
*50 surprises chez les pirates*, Gründ, 2008.
*50 surprises au pays des dragons*, Gründ, 2007.
*50 surprises au pays des fées*, Gründ, 2006.
*50 surprises au château fort*, Gründ, 2006.

JEAN-LUC BIZIEN

# WONDERLANDZ

roman

l'Archipel

Ce livre constitue l'édition revue et corrigée de *WonderlandZ*, paru aux éditions du Masque en 2002 (prix Fantastic'Arts)

www.editionsarchipel.com

Si vous souhaitez recevoir notre catalogue et être tenu au courant de nos publications, envoyez vos nom et adresse, en citant ce livre, aux Éditions de l'Archipel,
34, rue des Bourdonnais 75001 Paris.
Et, pour le Canada, à
Édipresse Inc., 945, avenue Beaumont,
Montréal, Québec, H3N 1W3.

ISBN 978-2-8098-0152-1

Copyright © L'Archipel, 2009.

*Au maître des rêves et des ombres,*
*ce respectueux hommage posthume.*

*À Céline, qui m'inspira cette histoire.*

*À mon Elric, ce prince des dragons,*
*qui a eu dix ans en l'an 2000.*
*N'oublie jamais de rêver : ils pourraient disparaître…*

*« La plus belle ruse du diable est*
*de nous persuader qu'il n'existe pas. »*

CHARLES BAUDELAIRE

# 1

# Wayne

— Tu sais quoi ? J't'aime bien. T'as une bonne tête…

Le sergent Garcia a le souffle rauque, comme tous les obèses qui ont soutenu un effort physique intense. Il vient de monter cinq étages sans ascenseur – une performance ! – et sa grosse poitrine se soulève de façon désordonnée. Il s'éponge le front à petits coups, en pressant sur ses chairs ruisselantes un mouchoir qui a dû être propre dans une autre vie.

J'aimerais lui répondre sur le même ton, mais il a l'air en verve.

— Tu m'en as donné, du mal, t'sais ? C'est bien la première fois qu'une commande me fait autant courir.

Son ricanement produit un bruit de forge encrassée. Il fume trop. Il racle sa gorge et tousse sans mettre la main devant sa bouche. Un postillon gras m'atteint à la joue droite, qui achève de m'exaspérer. C'est bien. Je *dois* m'énerver.

Je reporte mon attention sur son visage, je sais que je ne m'y ferai pas : il est trop gros, trop laid. Il a beau ressembler à un frère jumeau taré du sergent Garcia de la télé, je ne me sens pas la miséricorde d'un Don Diego. Je fronce les narines. L'odeur rance de sa sueur me soulève le cœur. Je m'hypnotise sur son nez tavelé, cramoisi. Une vraie, une authentique gueule de pochetron me surplombe, aux yeux porcins et vicieux. Il y a des physiques, comme ça, qui sont prédestinés. Sa voix grasseye à nouveau :

— J'en ai une bien bonne à t'raconter, tu vas rire : tu sais c'qui est rose et blanc et qu'a plus de cervelle que Kurt Cobain[1], mmmh ?

Je la connais déjà, mais je ne peux pas parler. Je me contente de le regarder. Il a l'air satisfait, comme la plupart de ses congénères, dès qu'on leur confie la plus petite responsabilité. Il a du mal à étouffer le rire qui monte dans sa gorge et lâche, tout à trac :

— C'est son plafond ! *Son plafond !!!* Elle est bonne, non ?

Son rire sonne faux. Il est douloureux.

— Heug, heug ! Tu l'apprécies, toi au moins, non ?

Triste connard… J'aimerais lui répondre, mais j'ai le canon de son arme dans la bouche. Il m'a glissé le silencieux entre les dents et en éprouve une jouissance sadique évidente. J'étire mes zygomatiques pour une parodie de sourire.

Il me faut encore quelques instants.

Quand j'aurai emmagasiné assez de colère, je répliquerai. Plus qu'une poignée de secondes et je pourrai agir.

Garcia essuie les gouttes rondes qui naissent régulièrement sur son front étroit.

*Patience.*

— Je sais pas c'que tu lui as fait, mais le client veut vraiment ta peau, t'sais ? D'habitude, les mecs me paient pour faire peur ou pour faire mal. J'esquinte un peu les commandes, voilà tout. Mais là, c'est différent : j'ai reçu l'argent tout d'une traite. J'aurai p't'être même une rallonge, qui sait ? J't'aurais bien parlé d'lui, mais j'sais pas qui c'est. Alors, bon : on va pas s'éterniser, hein ?

Il s'arrête un moment pour reprendre son souffle. C'est plus qu'il ne m'en faut. Il éclate de nouveau de rire.

---

1. Chanteur et guitariste de Nirvana, groupe *grunge* américain, Kurt Donald Cobain (1967-1994) s'est suicidé d'une balle dans la bouche.

— S'éterniser ! *S'éterniser !!* Dans ton cas, elle est bonne, non ?

Il a rejeté la tête en arrière, accentuant la pression du canon dans ma bouche. Je sens l'hésitation de son index sur la détente.

C'est maintenant ou jamais.

*Je me transforme.*

Il a senti l'odeur avant même de rouvrir les yeux. Je suis devant lui, je lui souris, et mes dents luisent autour du canon de son magnum. Je laisse ruisseler la bave sur mon menton – je sais la terreur que produit son parfum sur les humains. Ses yeux sont presque normaux à présent. Démesurément agrandis, ils s'enfoncent dans son visage. Il a du mal à inspirer et son hurlement se fige dans sa gorge. J'attends qu'il bouge.

Comme prévu, son doigt se crispe sur la détente et le magnum aboie. Plusieurs fois. Malgré le recul, je tiens bon. Je ne desserre pas les mâchoires quand les balles me pulvérisent la nuque.

Je ferme simplement les yeux.

Garcia est hystérique :

— Crève, saloperie ! Crève donc !

Sa voix suraiguë ricoche sur les murs tandis qu'il vide son chargeur. Une partie de ma nuque s'éparpille en lambeaux verdâtres et mon liquide vital est projeté en flaques sur les murs.

Garcia tremble toujours quand son percuteur claque à vide.

C'est le moment que j'attendais.

Je rouvre les yeux, je redresse la tête et je lui souris de nouveau. Je passe une langue gourmande sur la pointe de mon menton.

Il me regarde, pétrifié :

— Que que que…

Je lui parle doucement – ma voix, sous cette forme, est beaucoup plus puissante :

— *Tu tu tu* bégayes, parce que *tu tu tu* as peur, bonhomme…

Il laisse échapper un petit cri ridicule en regard de sa masse. Il gargouille, il geint. Je hume avec délectation. J'aime cette odeur de peur que les humains sécrètent avant la mort.

Lentement, je m'ébroue :

— Sous cette forme de Th'Sharkraa, nous ne craignons pas grand-chose. La colonne vertébrale, par exemple, n'est pas un centre vital. Tu vois ?

Je laisse plonger ma tête en avant. Elle balance maintenant sur mon torse, comme un membre inerte. Il hoquette en avisant mon œil, toujours rivé sur lui. Il fait brusquement volte-face, mais patine dans les projections.

Assez joué.

Je me suis redressé, j'ai déployé mes ailes. Je le surplombe une fraction de seconde et je plonge en avant.

Je gobe sa tête, je la tranche net.

Il se vide en un instant.

J'ai attendu que tout soit fini, puis je suis retombé à quatre pattes sur le parquet. J'ai lapé avec application tous les résidus sur les murs et autour du cadavre. Je me suis transformé à nouveau, j'ai marché vers le lit et j'ai réuni toutes mes affaires. Je les ai toutes jetées au feu et j'ai regardé les flammes qui les dévoraient dans la cheminée.

J'aime regarder le foyer, ça facilite ma concentration. J'en ai profité pour passer en revue tous ceux que je soupçonnais de m'avoir envoyé le sergent Garcia – beaucoup trop de monde, à la réflexion.

Quand il n'est plus resté dans l'âtre que des cendres, j'ai jeté un coup d'œil alentour. Je ne laissais derrière moi qu'un corps exsangue, étendu sur le parquet propre. Une dépouille sans tête, dont la main droite était crispée sur la crosse d'un magnum à silencieux. Une belle énigme en perspective pour le pauvre flic qui se verrait confier le dossier : les Th'Sharkraa salivent toujours beaucoup, mais leur bave a la particularité de s'évaporer parfaitement.

Quelques impacts sur le mur et des meubles vides, voilà tout ce qu'il reste de mon appartement dans le XIX^e^. Je soupire longuement. Tout est à refaire. Il faudra louer un nouveau studio, sous une autre identité. J'ai trop besoin d'un bureau et je n'arrive pas à travailler chez moi. Les souvenirs occupent l'esprit, nuisent à la réflexion.

*Et je vais avoir besoin de concentration.*

Dehors, la nuit est opaque. Le ciel est lourd de nuages bas qui masquent la lune. Ils s'étalent comme des outres trop pleines, à la panse sombre et boursouflée. Comme si un océan de suie avait décidé de se répandre sur les toits de la capitale. Il fait froid, c'est idéal pour voler au-dessus des immeubles : les Parisiens engoncés dans leurs manteaux pressent le pas, il s'en trouve peu pour flâner le nez en l'air.

J'éclate de rire, je me transforme et je m'envole.

Le vent glacial chante dans le cuir de mes ailes.

Je vais retrouver celui qui a essayé de m'avoir, je vais lui faire payer tout ça. Ça devrait m'occuper un moment.

Je laisse éclater ma joie en atteignant les nuages.

Tout ça tombe très bien !

Je manquais d'exercice, ces derniers temps.

# 2

## Sarah

Il faisait beau sur Paris ce matin-là. Une brise légère faisait danser les jupes des filles et sourire les passants. Les feuilles jaunies planaient haut sur le boulevard Saint-Germain, tourbillonnant pour se poser sur les trottoirs encore luisants de rosée.

Sarah sortit de chez elle épuisée et maugréant. Encore une fois, elle avait mal dormi. *Pas dormi du tout*, pour être exact : quand elle entamait un nouveau roman, la jeune femme perdait le boire et le manger. Éprouvant parfois des difficultés dans la rédaction, elle cessait également de dormir.

Sarah venait de passer la nuit à dialoguer avec l'écran de son Macintosh. Elle adorait écrire la nuit. Elle avait traversé une de ces veillées silencieuses et calmes, où rien ne venait la distraire de son travail. Plus de télé, pas de téléphone, aucune visite impromptue : elle n'entendait rien que le bruit de ses doigts sur le clavier et s'émerveillait de voir apparaître ses mots sur l'écran au rythme des *tac tac tac* réguliers des touches ivoirines.

Hélas, cette nuit-là, l'inspiration avait fui. La jeune femme avait perdu des heures entières, s'acharnant à reprendre et corriger sans fin un chapitre qui avait fini à la corbeille.

— Tu es nulle, ma pauvre fille, incapable d'aligner trois mots ! n'avait-elle cessé de se répéter.

Pourtant, Sarah jouissait d'une indéniable facilité d'écriture. Ce don l'autorisait à produire vite et beaucoup. Le plus souvent, le premier jet était le bon : il lui suffisait de deux à trois semaines pour venir à bout d'un projet, qu'elle écrivait dans un état quasi hypnotique avant de l'abandonner pour se mettre au vert. Quand elle revenait, la jeune femme reprenait son texte et, après quelques corrections inévitables, elle pouvait le soumettre à son éditeur. Dans le meilleur des cas, elle pouvait ainsi fournir un roman en un mois.

Cette fois, hélas, elle le sentait, il n'en irait pas de même. La transe de l'écrivain possédé s'était muée en hystérie. Sarah ne supportait pas l'échec. Elle se refusait à lâcher un ouvrage avant d'avoir inscrit le mot « FIN » en caractères gras au bas de la dernière page. Quand elle ne parvenait pas au résultat escompté, son orgueil démesuré la poussait à continuer de travailler contre vents et marées, à produire encore et toujours, jusqu'au terme de l'ouvrage en cours.

Avec le recul, elle se fustigeait de sa bêtise – son dernier livre avait connu un certain succès et l'éditeur s'était montré charmant. Rien ne pressait. On lui avait certes commandé un roman d'aventures, mais on la laissait totalement libre.

— Choisissez vous-même le ton et le sujet qui vous conviendront, chère Sarah, lui avait dit son éditeur. Vos lecteurs savent pouvoir être surpris ! Faites-vous plaisir !

Il lui avait remis pour l'occasion un chèque substantiel. Sarah avait vu là l'occasion d'exorciser un de ses vieux démons : cette fois, elle en était sûre, elle pourrait enfin écrire un livre de pure *heroic fantasy*, raconter une de ces histoires de dragons. Un récit enlevé, mettant en scène une créature mythique aux prises avec les humains dépassés par sa puissance. Une de ces histoires qui l'avaient fait rêver, enfant, quand elle se glissait avec délices sous le lit paternel après avoir dérobé un roman à la couverture criarde, en travers de laquelle s'étendait un titre évocateur…

Depuis sa plus tendre enfance, Sarah rêvait de dragons, de chevaliers et d'amour éternel. Elle culpabilisait, se trouvait fleur bleue, voire mièvre. En réaction, la jeune femme s'était taillé une solide réputation d'auteur de polars. Elle avait bâti une saga particulièrement noire, faisant la part belle à un antihéros absolu, une espèce d'écrivain aventurier, Don Quichotte des temps modernes qui passait sa vie à résoudre des problèmes qu'il faisait siens. Son Palmer était un névrosé, un alcoolique qui parvenait presque malgré lui à découvrir la vérité et la dénonçait par le biais de romans exaltés, véritables brûlots qui déchaînaient les passions.

— Un grand reporter mâtiné d'Indiana Jones, en beaucoup plus déjanté, avait-elle coutume de préciser.

Condamnée à écrire les aventures de Palmer pour répondre à une demande grandissante, Sarah décrivait par le menu la déchéance de son personnage, prenant un malin plaisir à le plonger dans des situations toujours plus scabreuses… et, contre toute attente, le public la plébiscitait à chaque nouvelle sortie.

Aujourd'hui, elle pouvait enfin laisser libre cours à sa passion véritable : ce serait une sombre histoire de trahison, certes, mais on y verrait de la magie, des batailles épiques et des hordes de démons. Sarah était follement excitée à l'idée de prendre son lectorat à contre-pied : on l'attendait sur un essai, un récit autobiographique ? Elle livrerait un roman épidermique, un texte nerveux, rythmé, visant à plonger les lecteurs au cœur du rêve.

De la littérature populaire, comme on disait souvent avec une pointe de mépris. Les yeux de Sarah s'allumaient d'une flamme vive, quand elle entendait ce genre de discours. Oui, elle allait écrire un roman de gare, un vrai. Son rêve.

Mais l'histoire ne venait pas.

Elle en avait pourtant développé le synopsis dans les moindres détails, soignant le découpage, rédigeant une fiche descriptive pour chaque protagoniste. Elle avait noirci des pages entières de ces petits carnets à spirale, dans lesquels elle consignait tout, avait imaginé les caractéristiques physiques de ses personnages, leurs moindres habitudes… mais rien n'y faisait. La rédaction de ce roman lui posait d'énormes problèmes, qu'elle se sentait pour l'heure incapable de résoudre.

Les mots lui manquaient pour décrire ses héros qu'elle trouvait fades quand elle les aurait voulus flamboyants, mythiques ! Elle ne parvenait pas à leur insuffler cette vie, ce sens de l'épique qui l'avait tenue en haleine, quand elle les rêvait.

Elle les connaissait parfaitement – le dragon surtout, qui l'avait tant de fois visitée dans son sommeil et qu'elle se trouvait dans l'impossibilité de seulement dépeindre de manière convenable. Sarah aurait voulu donner corps à la créature, la voir étendre ses ailes membraneuses, exhaler un souffle de forge puis s'envoler et rejoindre les cimes des montagnes en quelques battements de sa voilure titanesque…

Elle s'arrêta brusquement au beau milieu du trottoir et soupira en avisant son reflet dans une vitrine :

— Ma pauvre fille, il faut absolument te ressaisir !

Les profonds cernes violacés qui ourlaient ses paupières, sa chevelure en bataille, tout lui faisait horreur. La superbe rousse aux yeux verts affichait pâle figure en ce matin rayonnant.

— Allez, marmonna-t-elle, tout n'est pas perdu ! Si on cherche un nouvel adhérent au cercle des poètes maudits, j'ai toutes mes chances.

La jeune femme s'accorda une nouvelle pause devant un kiosque, fit l'emplette de quelques journaux et se rua dans un café. Elle s'installa sur une banquette de cuir rouge particulièrement usée et se détendit en l'entendant gémir sous son poids. Comme à son habitude, Sarah avait choisi la place la plus retirée. Elle s'était stratégiquement adossée au fond de la salle, dans un recoin ombragé d'où elle pouvait observer tout à loisir les habitués qui grouillaient à cette heure matinale.

Sarah aimait regarder les gens, avec cette attention d'entomologiste qu'elle manifestait toujours à l'égard de ses congénères avant son premier café noir. Elle faisait le plein d'images, d'attitudes, d'expressions. Il y avait là tout un univers qu'elle pillait sans vergogne, pour l'exploiter ensuite au fil des pages de ses romans.

Le serveur s'approcha. Lui aussi paraissait avoir des difficultés nocturnes. Sarah lui adressa un beau sourire, qu'il n'eut pas la courtoisie de remarquer.

Il se contenta de marmonner :

— Et pour mademoiselle ?

— *Madame*, corrigea Sarah en présentant sa main gauche ouverte.

Elle accrocha un rayon lumineux à son anneau et ajouta :

— Un double express et deux croissants.

Le serveur s'éloigna avant même la fin de la commande. « Un zombie », pensa-t-elle, constatant qu'il n'avait pas daigné jeter un œil à son alliance. Sarah avait pris l'habitude de l'exhiber. Beaucoup d'hommes cessaient toute tentative d'approche à la seconde où ils apercevaient ce colifichet, synonyme de complications à venir. On voulait bien se mesurer à des amants éventuels, mais s'attaquer de front à un mari jaloux…

Sarah éprouvait beaucoup de plaisir à lire la consternation sur les visages des matamores qui l'abordaient avec des précautions de sioux, pour s'enfuir à la seconde où ils avisaient la bague d'or blanc.

Le serveur revint bientôt poser un grand café et une corbeille de croissants chauds. Sarah, absorbée par la lecture des quotidiens, ne leva pas le nez. Parfois, elle parvenait à y trouver l'inspiration : un fait divers, un reportage, un portrait… Mais les titres du jour étaient tous déprimants.

Elle parcourut en diagonale les nouvelles alarmantes du monde, les résultats des derniers sondages de popularité des hommes et femmes du moment.

La nouvelle l'attendait en dernière page, sous la forme d'un entrefilet. Écœurée, Sarah avait replié le journal. Elle s'escrimait contre une viennoiserie rebelle qui avait décidé de s'émietter au petit bonheur, quand elle aperçut le titre accrocheur : « *Crime rituel dans le XIX*[e] *arrondissement.* »

La curiosité piquée au vif, elle croqua dans son croissant, puis s'essuya le menton d'un revers de main avant d'entreprendre une lecture avide du court article. On y relatait la découverte d'un corps sans tête, entièrement vidé de son sang, dans un studio d'étudiant. Le locataire avait pris la fuite, les services de police de la préfecture le recherchaient activement. La journaliste s'inquiétait de ces pratiques proches du cannibalisme. Ne reculant devant aucun effet sensationnaliste, elle avait déjà baptisé le présumé coupable. À l'en croire, le « vampire du XIXe » courait toujours.

Sarah s'ébroua en riant. Elle s'amusa un instant avec ses boucles rousses, lut encore quelques lignes au sujet du « vampire » et se leva enfin. Elle paya et sortit sur le boulevard.

Il faisait beau, il ferait chaud. La vie était belle.

Elle rejoignit les quais, marcha un long moment au bord de la Seine, sans parvenir à chasser de son esprit cette « créature » qui errait dans Paris. Un excellent sujet !

Elle étouffa un bâillement, s'étira en regardant une dernière fois le fleuve qui paressait sous les ponts et se décida enfin à rentrer.

« Tu as un roman à écrire », se répétait-elle.

# 3

# WONDERLAND

La fumée bleue s'élève en volutes légères, comme des rideaux soyeux aux reflets délicats. Le sourire du Chat est immense, il vient s'y insérer peu à peu. Comme chaque fois qu'il entre en scène, le matou met un certain temps à prendre corps. Je pouffe dès que j'aperçois la première canine flottant dans l'air, comme une tache dans l'étoffe des tentures.

Je souris, en donnant un léger coup de coude à la Chenille. Elle se contente d'un haussement de sourcil et ne daigne même pas lui accorder un demi-regard. Agacée par le fait que j'aie osé la distraire un instant de son occupation préférée, elle a un mouvement d'humeur très net qui la détourne de moi. J'en profite pour lui subtiliser le narguilé et pompe deux ou trois longues bouffées : le Chat va prendre son temps, nous aussi.

Ici, tout est calme et serein. On se regarde vivre, zen jusqu'au bout des ongles. Je commence à être vraiment bien, je me laisse aller en arrière, les mains croisées sous la nuque, les orteils en éventail.

J'adore ce lieu, je m'y sens en sécurité. Voilà des siècles que j'y ai élu domicile et j'y fais de fréquents allers et retours. Chaque fois qu'il me faut faire le point, me ressourcer ou tout simplement échapper aux réalités quotidiennes, je séjourne au pays des Merveilles.

Je ferme les yeux et le visage du vieux Lewis Carroll m'apparaît. Il est mort depuis des lustres, mais j'aime me remémorer sa bonne vieille trogne d'Anglais intellectuel et rêveur, son visage longiligne d'aristocrate maniéré, amateur notoire de petites filles bourgeoises et d'ambiances équivoques.

Un ami, un vrai.

J'adresse un sourire fraternel au vieux rêveur, je converse avec lui un moment, puis j'efface son image. Je dois, à ma grande honte, confesser un travers : je suis un incorrigible nostalgique, ce qui chez nous est une tare. Qui se laisse gagner par le passé est bientôt rattrapé par le présent. La fin est proche, alors, mais j'aime sincèrement certains humains et j'essaie d'être fidèle en amitié.

Contrairement à la plupart des miens, je ne suis jamais parvenu à me contenter de vampiriser l'imagination des rêveurs. Il me faut apprécier l'homme avant de goûter son univers onirique. Ensuite, et seulement ensuite, vient l'échange – je lui fais part de mes voyages, de mes découvertes et le rêveur tire ses propres conclusions de mes hypothèses. Ainsi, il construit toujours un peu plus. Son univers prend corps, il s'étoffe.

Il ne me reste plus qu'à l'investir encore et encore, pour en repousser chaque fois les frontières ténues. *Ad libitum*, ou presque, car le rêve a toujours une fin, hélas… Les hommes sont mortels et la Faucheuse s'en souvient toujours assez tôt.

Je souris à nouveau en pensant à Roger, mon nouvel ami, celui que j'ai rencontré ici, au détour de nulle part, poussé par cette foutue nostalgie qui m'avait fait arpenter une fois de plus les terres de l'autre côté du miroir. Lui aussi était un fan d'Alice et venait s'y réfugier souvent. Nous avions aussitôt sympathisé – oh, bien sûr, pas dans le rêve, du moins pas tout de suite. J'avais effectué les travaux d'approche habituels – rencontre « fortuite », échanges succincts, nouvelle rencontre, « ainsi, vous êtes écrivain ? » –, les banalités d'usage.

Nous étions devenus amis et Roger avait su se montrer assez intelligent pour comprendre. Je lui avais révélé la Vérité, il l'avait acceptée.

Ce qui était également hors règles.

Je veux dire : aucun de nous n'a le droit de révéler la vérité aux humains, de même qu'aucun humain n'est capable d'accepter la Vérité.

Du moins, en théorie.

Mais je déteste les théories.

Et les règles. Ce qui dérange beaucoup de monde, apparemment. Au point qu'on m'avait envoyé ce tueur, quelques heures plus tôt, et que j'étais là, tranquille, à fumer avec la Chenille, en attendant un hypothétique retour au calme.

Je me redresse pour m'asseoir en tailleur, notant au passage que mon jean négligé jure quelque peu avec les tons orangés du champignon géant. Le Chat s'est presque totalement matérialisé à présent. Il flotte dans l'air, à quelques mètres sur ma droite. Fidèle à son habitude, il respecte les distances de convenance. Je me demande furtivement ce qu'il adviendrait si d'aventure quelqu'un s'avisait de caresser le dos immatériel de la créature, mais il interrompt le fil de mes pensées.

Sa voix, comme à chacune de nos rencontres, hésite entre le doux ronronnement et le grasseyement métallique. Un détail me paraît inhabituel, mais je ne parviens pas à le déterminer.

— *Heellloooo, my dear friend… How are you, uh ?*

— Bien, très bien, comme tu peux le voir – ou devrais-je dire « comme chaque fois » ?

— *Sooo… Nice day for a cup of tea, uh ?*

— Non, merci, vieux. Avec ce que je viens déjà de m'envoyer, rendre visite au Chapelier relèverait d'un Ushuaïa culinaire, et je ne me sens pas en état de prendre le thé avec toute la bande.

— *Ushuaïa, uh ? Watta ya talking 'bout, brother, uh ?*

Sa voix a soudain changé d'intonation, montant très vite dans les aigus. Je me crispe.

Le voilà, le détail gênant : une voix sensiblement différente, malgré des intonations identiques. Est-il malade ? Le Chat émet maintenant des claquements de langue irrités. Sa grosse queue rayée fouette l'air en une succession de mouvements asynchrones. Il répète, mécanique :

— *Watta ya talking 'bout, brother, uh ?*

— Calme, vieux, calme. On discute. D'ailleurs, si tu voulais avoir l'extrême obligeance de t'adresser à moi en français, on pourrait sans doute repartir sur des bases saines. Qu'en dis-tu ?

À l'extrême limite de mon champ de vision, j'aperçois le mouvement de reptation de la Chenille qui se laisse glisser vers le sol. Courageuse mais pas téméraire, et sentant confusément qu'un fort vent d'embrouilles va souffler d'ici peu sur notre zone… La voir abandonner son narguilé achève de semer la confusion dans mon esprit. Il se passe quelque chose d'étrange, mais je suis incapable d'en définir la teneur. Je fixe le narguilé, soudain inquiet d'en connaître le contenu.

Sur ma droite, le Chat se rapproche imperceptiblement. Il utilise sa queue comme un aviron, piochant l'air à coups rageurs. Il feule et crache à intervalles réguliers.

— *What are ya talking 'bout, buddy, uh ?*

Je voudrais bouger plus vite – penser plus vite aussi –, mais c'est comme si la fumée du narguilé me sortait par tous les pores, m'enveloppant dans une brume paralysante. Je me sens emprisonné dans un linceul poisseux, je lutte pour ne pas sombrer dans l'inconscience. Loin, très loin tout au fond de mon cerveau, une voix hystérique me hurle de bondir, de sauter sur mes pieds, de me préparer à l'attaque.

Malgré cela, je me laisse engourdir, bienheureux, détendu.

Je m'enfonce peu à peu dans un nirvana sensoriel qui va m'engloutir aussi sûrement que la vase gluante d'un marécage. Le Chat n'est plus qu'à un mètre de moi. Je peux sentir son haleine méphitique. Son odeur aussi est anormale : il empeste la charogne. Son sourire ne cesse de s'agrandir. Une bave abondante et grasse suinte entre ses dents aux reflets acier. On jurerait quelque armature de tronçonneuse prête à vrombir.

L'idée ricoche sous mon crâne : des reflets acier ?

C'est comme si j'avais plongé les doigts dans une prise : une décharge d'énergie me fouette les reins, la douleur court jusque sur ma nuque. Je fixe le Chat, plongeant dans son regard :

— Nous sommes tous deux en proie à un problème relationnel grave, lui dis-je en détachant chaque syllabe.

Je me fais l'effet de parler à un zombie. Le Chat approche toujours, étranger à tout ce que je peux lui raconter. Il darde un regard fixe, luisant d'intérêt et de convoitise affamée.

Je me suis souvent demandé ce que pouvait ressentir la proie devant le chasseur et je suis en train de recueillir les premiers éléments de réponse. Une sueur acide m'envahit le front. Il faut réagir vite, avant que la question ne soit totalement développée…

J'ai à peine le temps d'assumer ma forme serpentine.

Déjà, le Chat a plongé. Ses crocs d'acier se referment sur mon cuir, l'entamant profondément. Il miaule, déglutit bruyamment, passant sa langue sur ses babines. Une expression gourmande fait luire ses yeux, qui se révulsent. Nombriliste et trop sûr de lui, comme la plupart des félins.

J'en profite pour changer de forme et déployer mes ailes :

— OK, bonhomme, on ne rit plus. On va la jouer viril, toi et moi.

Je me ramasse, hérissant au maximum ma crête dorsale. Je calque les mouvements de ma queue sur les siens. Son regard fixe n'a pas tressailli à mon changement d'apparence – j'ai affaire à un décérébré. Qu'est-ce qui peut à ce point avoir perverti le Chat ?

Il tourne à présent autour de moi, les babines suintantes de mon fluide. Je l'excite :

— Allez, vas-y mon gros père, fais-toi plaisir ! Tu y as goûté, reprends-en !

Il plonge de nouveau, gueule béante. Je l'évite au dernier instant, fouettant de la queue en direction de son visage. Mon dard jaillit au point d'impact, labourant la chair sous l'œil. La plaie libère des jets discontinus, épais et sombres. Finalement, il n'aura pas caché son jeu trop longtemps. Je durcis le ton :

— *QUI* t'a envoyé ? Réponds !

Il psalmodie en retour.

— *What are you…*

Je secoue la tête, faussement attristé :

— Ttt, ttt, ttt. Économise ton souffle, gros père, et jouis du temps qui passe ! Il t'en reste si peu…

Je jubile, tandis que des souvenirs affluent devant mes pupilles excitées. Je revois les terres sombres, le chaos primaire, les entraînements et les combats multiples, les défis avec nos frères… Sans le vouloir – et comment le pourrait-il, du reste ? –, Gros Père vient de me rajeunir de quelques siècles. J'ai envie de me battre à nouveau et ça faisait bien longtemps.

Reste à savoir si j'en suis encore capable…

Je replie mes ailes en posture de combat et je m'approche de lui en tourbillonnant. Chacun son tour.

Dans un rugissement, il zèbre l'air de ses griffes, me lacérant de-ci de-là, sans grand effet. J'attends d'être au contact pour trancher consciencieusement tous ses membres, un à un.

La saveur jouissive du combat physique manque de me foudroyer.

J'avais oublié ce plaisir-là.

Le Chat s'effondre dans un hoquet débile, ses contours s'estompent. Il ne reste bientôt plus de lui qu'un peu de matière molle et sombre qui fume sur le sol.

Je viens de vaincre un mangeur d'ombre.

Je reprends forme humaine. Il faudra que j'en parle à Roger un de ces quatre, il saura en faire un de ces foutus romans dont il a le secret. Je pourrai en exploiter les nouveaux horizons. À bien y réfléchir, il faut vraiment que j'en parle avec Roger au plus vite : qui d'autre que lui sait que j'aimais me rendre ici ? Et, par voie de conséquence, qui d'autre aurait pu m'y envoyer un mangeur d'ombre pour m'y faire crever ? Je suis submergé par un sentiment confus, à mi-chemin entre la fureur et l'incrédulité…

Sacré Roger ! Nous allons avoir une conversation passionnante !

Mais il ne faut jamais agir dans la précipitation. Après mûre réflexion, je décide d'aller rendre visite au Chapelier. Rien de tel qu'un bon thé et quelques gâteaux après l'exercice. Ensuite, il sera toujours temps de passer voir Roger.

J'atteins rapidement la clairière du goûter. Je salue le maître des lieux, ignore ses bizarreries d'usage et m'attable sans plus attendre. Je bois d'une traite une tasse d'un café brûlant mais délicieux, puis savoure une tasse de thé en mangeant quelques choux à la crème. Je reprends goût à la vie, au combat, à la cogitation.

Cela faisait si longtemps que je m'étais endormi…

Le parfum du thé traîne sur ma langue. Du Prince Igor, mon préféré. Je lève ma tasse en direction du Chapelier et ensemble nous commençons à chanter.

Nous beuglons un long moment, vite imités par les habituels convives. La chorale des cinglés se mue en hystérie collective, ce qui m'amuse toujours autant.

Je finis par leur imposer le dernier standard :

— New York, *New Yooooork* !!!

## 4

## SONGE D'UNE NUIT D'ÉTÉ

Le soleil berçait toujours la capitale de sa bienveillante chaleur, en cette fin d'après-midi. Il frappait aux carreaux, inondant le bureau de Sarah d'une quiète torpeur. La jeune femme s'étira comme une chatte devant un feu de cheminée. La nuque raide, les yeux rougis, elle laissa échapper un long soupir satisfait. Elle était enfin parvenue à rédiger quelques chapitres !

Elle n'en était pas satisfaite – c'était d'ailleurs rarement le cas –, et sans doute devrait-elle les reprendre, mais elle songea avec délices que c'était déjà une belle victoire. Elle avait bataillé âprement avec son Macintosh et avait vu les mots s'enchaîner soudainement, les paragraphes apparaître, limpides. Sa ténacité avait payé, elle avait retrouvé son rythme d'écriture – une dizaine de feuillets par jour. Et puis… Et puis, plus rien, hormis ces sentiments de vide et de satisfaction mêlés.

Elle décida de ne pas davantage forcer son talent, se leva et alluma une cigarette. De la fenêtre de son appartement, elle contemplait Notre-Dame en exhalant de longues bouffées grises qui montaient vers les poutres du plafond.

— Des colonnes de fumée, s'amusa-t-elle, comme autant de danseuses du ventre, lascives, exécutant un ballet en l'honneur du vainqueur, sur les ruines encore chaudes du champ de bataille…

Elle eut un soubresaut. « Je parle toute seule ! », se réprimanda-t-elle. Confuse, elle secoua la tête. « Il est grand temps de t'aérer, se dit-elle. La claustration te pèse au point de te faire radoter ! »

Elle inspira une nouvelle bouffée – elle prenait toujours un plaisir intense à fumer après chaque séance d'écriture. « C'est ma récompense, pensait-elle, mon bon point, comme à l'école… »

Elle enfila une veste courte et légère, choisit de ne pas prendre de sac. Elle partirait à l'aventure. Elle pouvait bien s'offrir quelques heures, non ? Elle avait juste besoin de se vider l'esprit.

Allumant une nouvelle cigarette, elle cligna des paupières pour se protéger de la fumée qu'elle recrachait par le nez en deux tourbillons âcres. « Le souffle du dragon », se dit-elle, ponctuant sa pensée d'un petit rire de gorge. Quelle enfant ! Comment pouvait-on s'obstiner à rêver à de telles inepties quand on avait vingt-huit ans, un travail, des habitudes établies ?

Son appartement lui parut brusquement étouffant. Elle ressentit le besoin impérieux de se dépenser.

Sarah avait choisi de passer les dernières heures du jour au parc des Buttes-Chaumont. Elle avait arpenté ses allées pendant quelques heures. Elle aimait cet endroit, elle adorait y flâner parmi les rires et les cris des enfants, surprendre les amants enlacés au détour d'un chemin…

Elle choisit un banc ombragé, sur lequel elle se cala, bras largement ouverts et appuyés sur le dossier. Depuis cette position stratégique, elle pouvait observer les passants. Son regard divaguait, à la poursuite de joggers en tenues fluorescentes, qui faisaient montre d'une régularité et d'une dextérité extrêmes pour ne jamais écraser ni les déjections canines, ni leurs auteurs. Sarah s'attendrissait devant ces couples de petits vieux, au pas hésitant, qui s'astreignaient quotidiennement à la longue descente – et la terrible remontée ! – menant de la rue Botzaris à la mairie du XIX^e^ arrondissement. Elle se passionna pour le spectacle lointain d'un groupe de très jeunes enfants, qui se livraient à une pantomime élaborée, autour d'une cage à écureuils rebaptisée pour l'occasion « château d'Arthur Pendragon ». Les visages des petits trahissaient leur intense émotion. Accrochés aux barreaux d'acier rouge, suspendus dans d'improbables postures, ils reconstituaient le siège de la bâtisse. Arthur était un petit bonhomme aux joues rondes, qui possédait un sens déjà très développé du commandement. Il aboyait ses ordres, que les autres gamins s'empressaient d'exécuter. Les assaillants, quant à eux, semblaient bien en peine. Les occupants du château défendaient bec et ongles leur demeure, interdisant qu'on gravisse ne fût-ce qu'un échelon de fer.

Sarah souriait en observant les enfants : elle s'amusait à les imaginer différemment vêtus, à les caparaçonner de cuir et de métal, à les coiffer de heaumes à nasales verticales. Elle prolongeait leurs petits bras de lourdes épées à double tranchant. En fermant les yeux, elle pouvait se transporter au sommet du donjon, sentir la caresse de sa robe longue, plaquée au corps par le souffle de la tourmente, tandis que les longs voiles de sa coiffe tourbillonnaient devant son visage. La jeune femme priait en cet instant, pour qu'Arthur ne faiblisse pas, pour que Lancelot, à ses côtés, démontre une nouvelle fois sa bravoure au combat.

*Camelot était assiégé. Les chevaliers noirs, aux armures couvertes de symboles menaçants, s'élançaient à l'assaut. Auparavant, Sarah avait vu s'approcher les pesantes tours de bois, du sommet desquelles les archers faisaient pleuvoir des nuées de dards enflammés, qui causaient de terribles pertes dans les rangs des défenseurs de la citadelle. Les escabeaux avaient frappé durement aux créneaux du chemin de ronde. Déjà, les troupes du chaos gravissaient leurs échelons tremblants, la lourde porte du château vibrait sous les coups de boutoir des porteurs de bélier…*

*C'était plus qu'elle ne pouvait en supporter. Sarah plongea à l'ombre du donjon, se couvrant les oreilles pour ne plus entendre l'effroyable fracas des armes et les hurlements de douleur des hommes mutilés par la morsure de l'acier.*

*Elle croisa Guenièvre. La Dame était livide, mais portait haut, se refusant à céder à la panique qui rongeait peu à peu tous les habitants de Camelot. Sarah s'agenouilla devant la reine :*

*— Votre Altesse, s'il y a une chose que je puis faire pour vous venir en aide…*

*Surprise, Guenièvre la dévisagea comme pour la première fois :*

*— Qui êtes-vous ?*

*Son front s'était barré d'une ride soucieuse trahissant une intense réflexion. Comme au sortir d'un rêve, Guenièvre semblait éprouver les plus grandes difficultés à reprendre pied dans la réalité. La reine s'exprimait à la manière d'une somnambule.*

*Sarah se fit rassurante :*

*— Je suis Sarah, Votre Altesse, l'une de vos plus fidèles dames de compagnie.*

*— Ah… C'est donc cela…*

*Guenièvre passa devant la jeune femme, effleurant son front de ses longs doigts aux bagues de bronze ouvragé.*

*— Suis-moi, Sarah, et munis-toi d'un de ces flambeaux.*

*Elle s'engagea dans un des sombres couloirs du château. Un escalier s'ouvrit devant elle, plongeant dans les entrailles souterraines de Camelot.*

*Sans hésiter, Sarah partit à sa poursuite, saisissant une torche murale à l'extrémité recouverte de linges huilés. Le grésil chantait à son oreille, des flammèches avides vinrent mordre au ras de ses rubans de tulle. Sarah se débar-*

*rassa de l'encombrante coiffe d'un gracieux mouvement de tête. Elle pressa le pas pour rejoindre Guenièvre. La reine semblait se déplacer sans marcher. Éthérée, elle glissait au-dessus du sol, dans un doux bruissement de soie.*

*Les marches de l'escalier tortueux se paraient çà et là d'un tapis moussu rendant périlleuse la descente. Guenièvre ne ralentissait pas pour autant. Elle laissait glisser un doigt le long du mur, se fiant davantage à ce contact ténu qu'à la lueur hésitante de la torche. Les flammes éclaboussaient les parois de pierre. Une multitude d'ombres naissaient alors sur les murailles humides. Des visages diaboliques apparaissaient soudain, grimaçant de façon obscène, faisant preuve d'une grande agressivité à l'égard des deux jeunes femmes.*

*Sarah déglutit avec peine, s'efforçant de se concentrer sur le dos de la reine, qu'elle suivait à quelques pas.*

*— Tu n'as pas le droit de craquer, se répétait-elle, pas maintenant ! Guenièvre a besoin de toi, elle te l'a dit !*

*Ses lèvres scandaient les mots sans les prononcer, balbutiant des ordres muets tandis que Sarah s'efforçait de suivre la dame de Camelot en ignorant l'armée de gueules abominables, aux crocs acérés.*

*L'escalier les mena à un nouveau couloir, qui se mua après quelques mètres en simple boyau pierreux, au sol inégal et boueux. Les deux femmes soulevèrent leurs robes pour ne pas ralentir leur progression. Elles parvinrent à une grotte humide, aux dimensions de cathédrale. La torche de Sarah ne parvenait pas à en éclairer les parois. Elle n'était plus que le maigre halo de détresse d'un radeau perdu dans un océan de ténèbres…*

*— Merlin ! appela la reine. C'est moi, Guenièvre, femme d'Arthur !*

*Sa voix ricochait sur les parois de la grotte en multiples échos, qui se déformaient peu à peu.*

*Sarah tressaillit. Sa torche se mit à brûler plus fort, et la jeune femme entrevit comme une plaie béante, ouverte dans le flanc de la terre par un glaive divin. La pierre palpitait, pulsant comme une paroi de chair. Sarah blêmit en avançant aux côtés de Guenièvre : elles se tenaient toutes deux entre les deux lèvres mal suturées d'une cicatrice titanesque !*

*À cette seule idée, elle faillit lâcher la torche pour rebrousser chemin, quitter cette grotte et fuir à perdre haleine. Mais la voix de Guenièvre retentit à nouveau :*

*— Merlin, je t'en conjure, réponds-moi ! Camelot se meurt, Arthur est en péril…*

*Un silence lourd fit place aux échos. Guenièvre soupira, défaite :*

*— C'est fini. Tout est fini.*

*Sarah la prit par le bras avec douceur. Elle aurait voulu trouver les mots pour réconforter la reine… Elle fut interrompue par un crissement sur sa droite. Quelque chose se déplaçait au milieu des ténèbres.*

*Étouffant un cri, Sarah tendit sa torche en avant.*

*— Paix, paix…, dit Merlin.*

*Il se tenait devant Guenièvre, un long bâton en main. Son regard perçant scrutait le visage de la reine :*

*— Qu'y a-t-il donc de si grave que tu décides de me réveiller, ô ma reine ?*

*Guenièvre parlait nerveusement, les mots se bousculaient à ses lèvres. Elle semblait lutter contre la panique qui lui meurtrissait le ventre :*

*— Le chaos, Merlin… il est à nos portes. Les… hommes noirs… Ils envahissent Camelot. Arthur est… il va… Oh, Merlin, il faut agir maintenant !*

*Ses accents de sincérité émurent l'Enchanteur. Merlin passa un pouce sur ses joues, faisant crisser sa courte barbe blanche. Sa voix était très grave, étrangement modulée. On y décelait des accents métalliques :*

*— Mmh… Il faut donc que je lance le rituel suprême…*

*Guenièvre n'osa pas l'interrompre. Elle le fixait, hagarde, une expression de désarroi voilant son doux visage. Elle demeurait suspendue aux lèvres du mage. Merlin fit volte-face, et s'enfonça rapidement dans l'ombre. Il fut avalé par les ténèbres.*

*— Allez, tonna-t-il, et ne traînez pas sur le chemin du retour !*

*Ce fut de nouveau le silence, puis Merlin ajouta, d'une voix rogue :*

*— Dites à Arthur que je vais réveiller le dragon ! Fasse Dieu qu'il ne nous détruise pas tous. Maintenant, disparaissez ! Quittez au plus vite la dépouille du dormeur !*

*Le sang de Sarah se figea dans ses veines : la voix du sorcier n'était plus humaine.*

*Quand le sol se mit à trembler, en réponse aux dernières paroles de Merlin, la jeune femme ne put retenir plus longtemps un cri de terreur. Guenièvre, pâle comme la mort, lui attrapa la main :*

*— C'était… le grondement de la bête.*

*Guenièvre et Sarah sortirent sur le plus haut balcon du donjon. Elles perçurent les clameurs des combats avant de constater l'étendue du désastre : les troupes royales reculaient, écrasées sous le nombre et la sauvagerie des agresseurs. Partout, les armures noires gagnaient du terrain, traçant un sillon sanglant dans les rangs des chevaliers d'Arthur. Les guerriers du chaos tranchaient, taillaient, massacraient sans état d'âme. Dans un maelström de violence, leurs armes empourprées tuaient guerriers, serviteurs, femmes et enfants sans le moindre discernement.*

*La horde de jais fut bientôt au pied de la tour, où la bataille redoubla de rage. Le dernier carré s'était regroupé là, devant la porte de bronze gravée du dragon d'Arthur.*

*Pendragon brandissait Excalibur de la main gauche. Son bras droit pendait, inerte. Son armure aux reflets d'argent était maculée de sang séché, agglutiné en plaques noirâtres et déjà craquelées. Il exhortait ses troupes au combat, les haranguait comme seul un chef de guerre en était capable, et sa voix subjuguait ses troupes, allumant dans leurs rangs des brasiers d'énergie et de volonté.*

*Devant Arthur, Lancelot et Galaad ferraillaient côte à côte, dressant un rempart infranchissable. Leurs épées et leurs masses tournoyaient au-dessus de leurs têtes, s'abattant avec frénésie sur leurs adversaires, enfonçant des armures dans d'effroyables bruits d'ossements brisés, déchiquetant les casques et creusant dans les chairs.*

*Pétrifiée, Sarah observait la bataille : combien de temps tiendraient-ils encore avant de fléchir, poser un genou au sol et attendre l'estocade ? Elle se mordit les lèvres au sang : à peine avait-elle formulé cette funeste pensée que Lancelot chutait, roulant au milieu des combattants du chaos. Avec un hurlement de bête blessée, Galaad tenta de plonger à sa suite pour le soustraire à la meute.*

*En vain. Les guerriers noirs levaient leurs épées…*

*Et la terre trembla soudain.*

*Le sol bouillonna sous les pieds des combattants, les figeant en statues de sel. Chacun s'était arrêté, tétanisé, un masque d'incrédulité plaqué sur le visage. La chaleur dégagée était suffocante. On surveillait ses pieds, paralysé par l'appréhension. De quelle monstruosité allait donc accoucher la terre abreuvée de sang humain ?*

*Dans un craquement sinistre, les dallages de la cour se fendillèrent, puis volèrent en tous sens, propulsés par le souffle d'une formidable déflagration. Les fragments de pierre vrillaient à travers les rangs serrés des hommes, couchant la plupart dans une formidable hémorragie. Des mottes herbeuses décollèrent à leur tour, retombant en une pluie limoneuse qui participa un peu plus à la confusion générale.*

*Alors, la cour du château se souleva en une colline de glaise, qui entra en ébullition, tandis que jaillissait une lame de fond issue des profondeurs de la terre. Les hommes encore vaillants perdirent l'équilibre, roulant au milieu des cadavres, comme ensevelis dans une abominable fosse commune. On n'entendait plus rien des cris ni des gémissements, tant la terreur anesthésiait les sens. La surface de la vague se déchira, laissant apparaître la gueule monstrueuse d'une créature écailleuse.*

*Le dragon apparut.*

*Le titan ouvrit ses ailes membraneuses, chassant au loin les derniers lambeaux de sa gangue de boue. Sa voilure de peau se gonfla un moment, comme pour entraîner le formidable vaisseau vers de nouvelles frontières, des territoires inconnus, de nouvelles conquêtes…*

*C'était un monstre dont les formes, les dimensions défiaient l'entendement : une cathédrale vivante, à l'invraisemblable structure animale, un fabuleux enchevêtrement d'os et de cuir. C'était aussi une merveille de précision, le rêve incarné d'architectes déments. Ses nervures présentaient une finesse à nulle autre pareille.*

*Le dragon se dressa, sculpture vivante caparaçonnée d'écailles aux innombrables reflets d'or et de jais.*

*Guenièvre avait porté sa main devant son visage. Elle enfonçait maintenant ses ongles dans l'avant-bras de Sarah, qui n'en avait cure, tant le spectacle la laissait pantelante.*

*La voix du dragon sonna comme un coup de tonnerre :*

*— Qui ose me déranger dans mon sommeil ?*

*Arthur brandit Excalibur. L'épée des rois luisait de mille feux.*

*— Moi, Arthur Pendragon, fils d'Uther et porteur d'Excalibur ! Je t'appelle à l'aide, comme jadis le fit mon père ! Aide-moi, dragon !*

*Sa phrase se brisa sur une quinte de toux douloureuse. Le souverain tomba à genoux, et sa voix se fit rocailleuse :*

*— Je t'en prie…*

*Le dragon sourit, dévoilant des dents luisantes de salive :*

*— Il sera fait selon ta volonté, fils d'Uther, mais n'oublie jamais que tu m'en seras redevable.*

*Sans plus attendre, il cracha des torrents de lave au-dessus des guerriers du chaos. Les corps fondirent sous l'impact, se réduisant en amas charbonneux, formes grotesques mêlant ossements et acier fondu. Une odeur immonde envahit la cour, montant vers le ciel dans un tourbillon de fumée.*

*C'en était trop pour Sarah, qui s'évanouit et glissa au sol.*

— Ça ne va pas bien, mademoiselle ?

Le gardien du parc se forçait à sourire, sans parvenir à masquer son inquiétude. Sarah bredouilla une vague excuse, terriblement gênée de s'être ainsi donnée en spectacle.

Elle avait fini par s'assoupir sur le banc, la tête rejetée en arrière, le visage offert aux derniers rayons du soleil… et avait crié dans son sommeil, en attirant l'attention du cerbère, tout étonné de la découvrir là.

— Je… oui, merci, monsieur.

— Je vous en prie. Vous êtes sûre que ça va aller ?

Sarah lui adressa un signe de la main.

— Oui, oui…

Il esquissa un sourire gêné :

— Le parc ferme ses portes, lui souffla-t-il comme à regret.

— Oui, bien sûr…

Sarah s'était levée, cherchant ses affaires. Elle recouvrait peu à peu ses esprits et se mordit l'intérieur des joues. « Il faut te secouer, ma fille, on est de retour à la réalité », se dit-elle avec une pointe d'amertume.

Elle salua le gardien d'un bref signe de tête, puis s'empressa de remonter les allées du parc vers la rue Botzaris. La nuit allait bientôt tomber. Au-dessus d'elle, les nuages sombres s'amoncelaient. Sarah frissonna, frottant ses avant-bras pour en chasser le vilain aspect de chair de poule.

Elle fut bientôt dans le métro. L'air y était chaud et humide. Sarah s'avança sur le quai désert et fouilla dans ses poches à la recherche de monnaie. La faim commençait à se faire sentir. Elle fit face au distributeur de friandises, introduisit quelques pièces et opta pour des barres de chocolat croquant.

Tout au long du chemin, les images de son cauchemar dansèrent devant ses yeux. Quand elle referma derrière elle la porte de son appartement, elle s'y adossa, épuisée. Des gouttes de sueur glacée perlèrent sur ses joues et son front. Elle se mit à sangloter, sans plus pouvoir s'arrêter.

Elle dormit peu et mal, cette nuit-là. Elle roulait sous ses draps, sans parvenir à empêcher le tremblement convulsif de ses membres. « Je suis en train de devenir folle », se répétait-elle.

*Et personne n'était là pour prétendre le contraire.*

## 5

## Hot in the city

New York. Terminus, tout le monde descend.

La navette de l'aéroport m'a amené *downtown*, d'où je peux rejoindre ma destination à pied. J'aime marcher dans cette ville, traverser les flots de passants comme on surnage dans l'écume, en équilibre sur une planche de surf. Ici seulement, on peut connaître cette sensation de dérive, d'anonymat, d'abandon conscient et serein.

Ici et dans quelques endroits éloignés de l'espace, où il m'est arrivé de dériver à travers des champs de météorites.

*« Hot in the city, hot in the city tonight, to-oo-ni-ight ! »* J'ai le MP3 suspendu au cou, les écouteurs rivés aux oreilles. Je déteste le contact de ces boules de plastique, mais j'adore écouter Billy Idol en poussant le volume au maximum quand je marche dans les rues américaines.

New York, New York… Cette ville pulse comme un cœur d'athlète, elle vibre comme les cordes d'une basse doublant la grosse caisse d'une rythmique de rock. Oui, c'est ça : cette ville est rock, elle bat la mesure, sa vibration vous prend aux tripes, vous force à vous adapter pour survivre. Il faut se soumettre ou mourir dans une ruelle, marcher, toujours plus vite et plus loin ou alors décider qu'on est arrivé au bout, s'asseoir… et attendre la fin. Si ça cogne trop vite ou trop fort, c'est que vous êtes trop vieux.

J'ai rencontré Roger à New York, voilà bientôt quinze ans. Je m'étais rendu à une convention littéraire, une « rencontre avec des auteurs de SF contemporains », une de ces réunions d'écrivaillons, mi-divas sur le retour, mi-roitelets en devenir. Pour sauver l'ensemble, quelques vraies stars étaient présentes – qui ne faisaient pas de bruit, *elles*. Tranquilles, discrets, les « grands anciens » se contentaient de sourire et de répondre de manière affable à leurs admirateurs, signant sans rechigner les bouquins qu'on leur tendait, adressant à chacun une petite phrase, un regard complice.

Roger était de ceux-là. Il se tenait assis dans un coin de la pièce, adossé au mur, jambes croisées. Calme et digne, impérial. J'ai tout de suite su que nous établirions le contact. Il avait autour du cou, en guise de cravate, un de ces colliers indiens serré par une boucle d'acier. Il portait jean et chemise à carreaux. Sur la table devant lui, les premiers recueils de ce qui allait devenir sa plus importante saga : une histoire de créatures du chaos, capables d'investir des mondes parallèles…

Intrigué à la lecture des quatrièmes de couverture, j'avais amorcé le dialogue. Il m'avait répondu de sa voix posée. Il avait manifesté son intérêt, sans pour autant sombrer le moins du monde dans l'excitation. Il avait montré un profil si… *british.*

Nous avions sympathisé.

Très vite, j'avais lu tous ses livres et mesuré la portée visionnaire de son œuvre. J'avais ressenti le potentiel de rêve de ses univers. J'y avais dérivé, je les avais enrichis. Très vite aussi, je l'avais rejoint dans ses rêves et les avais influencés. Subtilement d'abord, en les modifiant par touches furtives. Puis plus franchement, car Roger était un sujet de choix, à la remarquable ouverture d'esprit. Sous mon influence, il avait ainsi écrit quelques-unes de ses plus belles œuvres…

Il avait exploré en ma compagnie l'univers d'*Alice in Wonderland*, se l'était approprié, l'avait transcendé. Il était sans conteste le plus doué des rêveurs que j'avais rencontrés jusqu'alors, un véritable créateur d'univers. J'avais choisi de lui apparaître dans le monde d'Alice, et j'avais bien fait. Il avait tout de suite compris et accepté la vérité. Elle ne lui faisait pas peur, il l'affrontait chaque jour avec sérénité. Depuis, nous nous étions retrouvés régulièrement dans les rêves et Roger n'avait jamais cessé de créer, de repousser les limites de ses univers, dont je gardais jalousement les frontières.

Nous sommes amis. Il est probablement mon seul véritable ami, mon compagnon de voyage, *mon frère*.

Je me surprends à sourire béatement à l'évocation de Roger. Cela fait maintenant… quelques mois ? Oui, probablement. Je n'ai pas vu Roger depuis huit ou neuf mois. Et je ne l'ai pas croisé en rêve depuis une période équivalente. Aux dernières nouvelles, il explorait les univers parallèles où il avait abandonné son personnage principal, tandis que je me complaisais à revisiter les terres de la reine de cœur.

Sacré Roger : ce soir, si tu es libre, il faudra qu'on en parle autour d'une bouteille de Chivas.

Je lève la tête.

Les murailles lépreuses des immeubles sont comme les créneaux d'un château dément. J'aime marcher ainsi – yeux mi-clos, tête renversée – et goûter le vertige qui s'empare de moi. J'aimerais me transformer et plonger vers le ciel, là-bas, au bout du tunnel de ces remparts trop hauts. J'aime aussi les efforts des passants pour m'éviter dans la cohue des trottoirs. Ils s'éloignent en maugréant, persuadés d'avoir affaire à un de ces illuminés qui envahissent les rues de la ville dès le lever du jour.

— Encore un junkie ! Avec tous ces dingues en liberté, que fait le NYPD[1] ?

1. « New York Police Department » : les services de police de la ville.

Je m'enivre de leurs regards incrédules, de leurs vaines litanies. Comment pourraient-ils se douter que je les vois – mieux : *que je les sens* – derrière mes lunettes noires ?

*« Hot in the city, hot in the city tonight, to-oo-ni-ight ! »*

Cette ville est comme un flash d'adrénaline dans mes veines, je m'y sens revivre. Je m'y devine plus affûté, plus tranchant que le fil d'un rasoir. J'y éprouve des pulsions primaires, de celles que je refoule chaque jour à Paris. Je m'y sens vraiment, totalement, *moi*…

Avec un peu de chance, je vais me faire agresser avant d'arriver à destination. Allez, soyons fou : je plonge dans la première ruelle perpendiculaire. J'ai le temps, je vais prendre les chemins de traverse.

Quelques centaines de mètres et ça ne manque pas, je les entends derrière moi. Quatre, peut-être cinq. Jeunes, sans doute costauds – leurs semelles sonnent sur la chaussée. Ils sont armés, je peux sentir le parfum de l'acier. J'essaie de ne pas sourire. Ne pas montrer que je les attends, ne pas leur dévoiler trop vite le plaisir qu'ils m'apportent…

Eux sont sûrs de leur coup : un touriste égaré, une victime bientôt implorante. Presque trop facile, la routine. Vont-ils seulement essayer de me faire peur ? Je le souhaite ardemment.

Allez, un peu de courage, les enfants.

Je ralentis le pas.

Je peux les entendre respirer, je sens leur haleine. Fumeurs de crack, bonne pioche – ils auront des réflexes décuplés et devraient résister un peu plus.

— *Chop, chop !*

Je m'arrête, sans me retourner.

— *Chop, chop. Hey, you, little fag' !*

Je laisse les mains dans mes poches, arrondis un peu mon dos – posture de soumission, qui a le don de les mettre en confiance.

— *Kill, man ! Poor little boy, all alone in the dirty street... Chop off his ears, man !*

Ils sont chauffés à blanc. Ils brandissent des lames – trop sûrs d'eux, ils n'ont même pas songé à sortir leurs flingues.

Très lentement, j'ôte mes lunettes et je pivote.

Alors, ils peuvent voir briller dans l'ombre mon regard et mon sourire. Ils écarquillent les yeux, bouche bée. Ils secouent la tête de droite et de gauche, ils ne veulent pas y croire.

Dès cet instant, c'est ma tournée !

Grand seigneur, je ne lésine pas sur les effets spéciaux.

Les échos de leurs hurlements ricochent longtemps après qu'ils sont morts.

Je m'arrête au pied de l'immeuble éditorial. Détendu.

Le videur me dévisage de façon peu amène. Il louche sur l'une de mes épaulettes d'imperméable, qui pend lamentablement, bouton arraché. Je range mon MP3, abaisse mes lunettes et lui souris.

— Office n° 315.

Cerbère me considère avec l'œil circonspect de la poule qui vient de pondre son premier œuf. Il se demande qui a bien pu faire ça et ne pas le recouvrir. Affectant de ne pas comprendre mon anglais, il me toise.

Je hais ce type de larbin : c'est le genre qui rampe devant ses maîtres et se dépêche de s'affirmer sur le reste du monde. Je me le ferais bien, lui aussi, mais j'ai eu ma dose et nous sommes au pied de l'immeuble éditorial de Roger, à qui j'ai juré de ne jamais faire de grabuge. Désireux d'abréger, je me penche vers lui et fais briller mes yeux juste ce qu'il faut. Il réalise aussitôt sa triste carence en hormones mâles.

Je reprends, en articulant :

— *Pl-ee-aa-se.*

Il m'adresse un rictus écœuré, signifiant sa plus totale désapprobation, puis il me demande *qui* il doit annoncer et décroche le téléphone. Je choisis d'ignorer l'ironie et me contente de répondre sobrement. Il fait le numéro du poste et prévient à voix basse « qu'un type louche demande à monter ». Il emploie le *slang* de la rue, pensant sans doute que mon accent est celui d'un étranger. Je ne lui accorde pas le moindre intérêt, préférant prendre mon mal en patience. Il a visiblement plus d'avenir dans le gardiennage que dans la comédie, mais il est inutile de le détromper. Les négociations aboutissent. Je lui laisse mes papiers en otage et j'investis l'ascenseur.

À l'étage, le vigile fixe alternativement mon épaulette gauche et ma pommette droite. Je lui souris de toutes mes dents. Il se sent idiot, surpris à me dévisager et me renvoie un sourire confus. Réalisant qu'il sourit à un homme, ce pithécanthrope pur jus pique soudain un fard, la honte au front… Il ordonne son costume croisé et me laisse avancer dans le couloir.

J'étouffe un rire nerveux. Partout sur la planète, les maisons d'édition ne renferment que de malheureux manuscrits, mais affichent les prétentions de Fort Knox…

La porte du bureau de l'agent de Roger est molletonnée de cuir bordeaux. Le nombre 315 y est gravé en lettres dorées. Je frappe deux coups secs.

Silence.

Je frappe à nouveau, trois fois. Une voix féminine extrêmement suave me répond :

— *Come in !*

J'entre dans une vaste pièce lumineuse. Des fenêtres immenses laissent entrer le soleil, dont les rayons viennent mettre en valeur la chevelure auburn de mon interlocutrice. Elle trône derrière un bureau ministériel, téléphone cellulaire rivé à l'oreille. Sans interrompre sa conversation, elle m'adresse un sourire ravageur et me désigne un fauteuil. Je m'y laisse glisser sans un mot, et j'en profite pour la découvrir. Sans conteste, son ramage se rapporte à son plumage.

Elle croise ses jambes fuselées. Son tailleur strict ne parvient pas à masquer sa sensualité. Elle saisit mon regard au vol et, tout en poursuivant sa conversation sur un ton très professionnel, vérifie que son charme agit.

Je lui accorde le minimum d'intérêt requis pour ne pas être classé dans la catégorie goujat, puis laisse divaguer mon regard. Le bureau est magnifique. Tout y respire la classe et l'aisance, de la moquette épaisse et feutrée aux lambris du plus bel effet. Il est envahi de plantes vertes épanouies et de bibliothèques garnies avec soin.

Je croise les jambes à mon tour et me perds dans la contemplation de mes mains. Il faudra songer à passer chez la manucure : je me suis cassé un ongle, tout à l'heure.

Sa voix d'hôtesse de l'air me tire de ma rêverie :

— *So, Mister… Mister ?*

— *Oh, sorry. Kent, Clark Kent*[1].

Un peu agacée, elle se force à sourire. Elle ne goûte guère à ce type d'humour.

— *What can I do for you, Mister… Kent ?*

Je me penche vers elle, la gratifie de mon regard le plus séducteur et de mon accent le plus « frenchy » :

— *I am a friend of Roger, and I would like to see him…*

Son visage change brusquement.

Un nuage sombre vient ternir les yeux verts de la poupée Barbie. Redevenue humaine, elle bredouille :

— *R… Roger ? My… Oh ! my… Roger is…*

Je comprends avant qu'elle ne termine sa phrase.

1. Clark Kent est le pseudonyme de Superman.

J'ai froid, soudain.
Et j'ai mal.

Les portes de l'ascenseur se referment derrière moi. Je quitte au plus vite cet immeuble glacial, cette espèce de cercueil impersonnel. Je traverse le couloir en quelques enjambées, sans même honorer d'un regard le vigile et le portier.

Dehors, la lumière m'aveugle un instant. Pour une fois, le *smog* est incapable de filtrer les rayons du soleil. Je m'abrite derrière mes Wayfarer, et le verre fumé m'apaise aussitôt. Un regard à droite, un à gauche et je file en direction du centre. J'ai besoin d'un remontant.

Je me surprends à avancer comme un danseur. Je ne marche pas, je rebondis d'un pied sur l'autre, en zigzaguant au milieu d'une foule compacte. Je me fais l'effet d'un nageur en eaux vives. Mes jambes tremblent un peu et je n'arrive pas à en reprendre le contrôle.

Je suis beaucoup trop émotif – ces derniers temps, force est de constater que j'ai une fâcheuse tendance à m'humaniser. Il va falloir me reprendre.

Quelques centaines de mètres plus loin, sirènes et gyrophares me rappellent à la réalité : on a cerné le quartier où j'ai sévi voilà une petite heure. Je ne pensais pas qu'on faisait les poubelles si régulièrement et si vite, dans des ruelles aussi sales. *The time they are a-changin'*... Les éclairs bleus des phares de l'ambulance viennent constamment gifler les façades blêmes. Quelques flics aux larges épaules dissuadent les badauds de s'approcher. On a déjà tendu les bandes jaunes du « No trespassing ». Une voiture de service s'est arrêtée, libérant un inspecteur engoncé dans un pardessus hors d'âge. Il se dirige, café brûlant à la main, vers les lieux du massacre. Il traîne la savate, pas volontaire pour un sou. Je suis tranquille : avant qu'il ne se décide à passer à la vitesse supérieure, je serai revenu à Paris.

Je passe un doigt sur ma joue en souriant. Ça me lance encore un peu. Je caresse ma pommette, qui va sous peu s'orner d'un bleu harmonieux, souvenir de ma rencontre avec le gang… Je revois, comme dans un film projeté au ralenti, les visages des loubards qui ont voulu m'agresser dans cette ruelle trop sombre pour eux. Le spectacle, *a posteriori,* me met du baume au cœur.

Il faut dire que je me suis lâché. Les flics new-yorkais vont avoir du travail pour identifier les cadavres – quand ils auront reconstitué le puzzle.

J'exhale un soupir d'aise en imaginant les manchettes des journaux de demain. J'ai servi la soupe à tous les amateurs de gore. J'adresse un remerciement *post mortem* à mes complices involontaires, qui baignent à présent dans leur jus. Ils ne pouvaient pas mieux agir en décidant de m'attaquer dans cette ruelle proche du bâtiment éditorial. Un corridor assez fréquenté pour être rapidement sous le feu des projecteurs et assez discret pour me permettre de faire étalage de mes nombreux talents, rayon boucherie charcuterie. Une chance que ces crétins aient décidé de jouer la clandestinité : ici, tous les coups étaient permis, tandis qu'en pleine rue j'aurais dû me laisser faire.

Car nous n'avons qu'une seule loi. Il nous est interdit de nous révéler aux humains, à moins de nous assurer de leur totale adhésion… ou d'un silence définitif. Je me suis partiellement métamorphosé et j'ai pu procéder efficacement. J'ai seulement recouvré une forme humaine pour me débarrasser des morceaux de corps – les griffes ne sont pas conçues pour ouvrir les containers à poubelles. Bilan : une pommette un peu meurtrie, quelques côtes tuméfiées – fêlées, peut-être, mais rien de grave –, une épaulette d'imperméable à recoudre. Et cinq morts, déchiquetés avec application. Ce qui équivaut à toutes les signatures de la terre.

Je ne savais pas ce qui m'avait poussé. J'avais agi à l'instinct. À présent, tout est clair : nous autres, dragons, nous nous laissons parfois aller à suivre nos intuitions. Une forme de prescience, qui se montre souvent fort utile.

Ainsi, *on* saura que je suis passé.

*On* saura que je sais, que j'ai compris. Que je relève le défi.

Et *on* saura que je suis très en colère.

Le duel ne fait que commencer. J'aurais toléré qu'on attente à ma vie – l'existence est ainsi faite, qui nous apporte notre lot de divertissements, comme un rayon de soleil dans la grisaille du quotidien –, mais l'idée qu'on se soit attaqué à Roger m'est insupportable.

Après une demi-heure de marche forcée, ma tension commence à redescendre. Le soleil est comme une brûlure sur ma peau. Je reste un long moment groggy, debout sur le trottoir à regarder la foule autour de moi, sans réellement la voir. Comme un mauvais film projeté en boucle, le visage de la femme du bureau 315 me répète inlassablement : « Roger est mort, monsieur. Il a succombé à un cancer généralisé depuis deux semaines déjà. Vous étiez l'un de ses proches ? »

Je finis par m'ébrouer, je saute dans un taxi. Il me faut un hôtel, une douche glacée. Quelques litres de Martini blanc aussi. Cancer ? Foutaises !

Roger est mort. Parti sans prévenir, le salaud.

Et *on* l'y a aidé.

# 6

## Un thé chez les fous

Sarah s'avança dans la cour pavée. Elle pénétrait presque à reculons dans la bâtisse, jetant çà et là des regards de chatte apeurée. Elle croisa son reflet dans une vitre, découvrit ses allures de scaphandrier aux chaussures plombées par la peur et corrigea son attitude. « Ça suffit, bon sang ! siffla-t-elle. Personne ne t'oblige à venir. »

Elle avait ponctué ses paroles de furieux coups de pied et rougit aussitôt en portant la main devant sa bouche. « Quelle idiote ! se dit-elle. Si tu continues, on ne va pas tarder à t'enfermer. »

Une voix aigrelette la fit sursauter :

— Vous désirez, mademoiselle ?

Un homme très grand et maigre la toisait. Vêtu d'une blouse grise, il la dévisageait avec insistance, derrière ses petites lunettes cerclées. Il laissait pendre ses bras démesurés le long de son corps, comme s'il ne savait pas quoi faire de ces appendices embarrassants. Il laissait entendre la respiration lente et douloureuse des asthmatiques en crise – un sifflement déchirant qui fusait entre ses dents. En l'apercevant, Sarah eut en tête la vision d'un des moines déments qui peuplaient le monastère du *Nom de la Rose*. Elle s'empressa de sourire pour masquer sa gêne :

— Je… désire voir le Dr Gaudin. Je…

Elle maudit aussitôt sa trop grande émotivité et ajouta :

— J'ai un rendez-vous.

Le gardien la regarda un instant sans rien dire, comme pour s'assurer de la véracité de ses déclarations, puis il se décida à lui indiquer le chemin à travers le dédale des couloirs. Sarah s'y engagea sans demander son reste. Elle erra dans les corridors, observant par les fenêtres les malades qui déambulaient dans les diverses cours intérieures, isolées par d'infranchissables murailles de pierre.

« Va-t'en pendant que tu le peux, ne cessait-elle de se répéter. On n'entre pas impunément dans un asile psychiatrique. » Elle était tiraillée entre l'envie d'aller au bout de sa démarche et celle de prendre les jambes à son cou pour quitter le lugubre bâtiment.

« Nous y sommes ! Tu ne sais plus ce que tu veux, tu es en train de céder à un accès de schizophrénie, ma vieille : ton compte est bon. »

Tout en avançant à pas comptés, elle tentait de brosser mentalement le portrait-robot du docteur Gaudin. Elle imaginait un homme d'une soixantaine d'années, coincé dans un costume noir étriqué. Une caricature de médecin du III^e^ Reich, plus prompt à prescrire des électrochocs qu'à écouter les doléances de ses malades. Elle étouffa un ricanement aigre : ce ne serait qu'un long et horrible moment à passer. Peut-être même découvrirait-elle la béatitude, au terme de son traitement.

La jeune femme arriva dans une salle lumineuse. Un grand salon, meublé de fauteuils en mousse encadrant des tables basses, sur lesquelles on avait disposé de nombreux magazines. Un rapide coup d'œil lui apprit que, sauf les fauteuils, tous les meubles étaient fixés au sol. « On n'est jamais trop prudent… », siffla-t-elle entre ses dents.

— Ouh ! Ouh ! Lélou ! Lélououou !

Sarah s'était raidie en entendant la voix aiguë.

— Ouh ! Lélou !

Une grosse dame saucissonnée dans un peignoir à fleurs et chaussée de charentaises s'escrimait à l'une des nombreuses fenêtres de la salle. Sarah s'en approcha avec précaution. La femme, qui semblait avoir passé la cinquantaine – mais peut-être était-elle plus jeune –, tourna vers elle un visage bouffi par le manque de sommeil et l'abus de pilules. Une trogne de dessin animé, aux multiples bourrelets presque attendrissants qui transformaient ses yeux en deux petites fentes à peine perceptibles. Tordant son visage en une moue enfantine, la malheureuse heurtait la vitre d'un index accusateur :

— Lélou ! Lélou !

Elle avisa Sarah et lui glissa, sur le ton du secret :

— Vous les voyez, vous aussi, pas vrai ?

— Quoi donc ?

Sarah ne savait quel ton adopter – devait-on se montrer coopératif, condescendant, complice ? Elle choisit d'être elle-même. « Après tout, songea-t-elle avec amertume, tu es peut-être aussi cinglée qu'elle. »

La femme reprit, l'invitant de la pointe du menton à observer la cour intérieure :

— N'est-ce pas que vous les voyez, vous aussi ?

Sarah se colla à la vitre. La vieille, inquisitrice, désignait d'un index tremblant la pelouse impeccable :

— Comme ça, on les voit pas bien, mais quand on fait attention, *on les voit*. Il faut fixer un long moment, sans cligner les yeux – c'est important, ça ! – et hop ! *On les voit !*

Elle plongea son regard brûlant dans celui de Sarah et lui souffla, complice :

— Les loups… ça se cache n'importe où, même dans la pelouse. Et puis, la nuit, ça saute sur le toit et ça se glisse par les cheminées. Ça se faufile par les conduits d'aération. Ça peut même glisser par les tuyaux, et pouf ! ça vous tombe sur la gueule pendant que vous vous douchez, quand vous êtes toute nue, sans défense…

Sarah était pétrifiée. Les yeux bleus de l'obèse la transperçaient. Elle se contenta de hocher la tête, en se demandant comment opérer un repli stratégique sans heurter la sensibilité de son interlocutrice. Elle commença à reculer lentement, mais l'autre la saisit par le bras :

— R'gardez, bon Dieu ! J'vous dis bien la vérité ! Ouh ! Les loups !

La vieille avait une poigne de fer qui surprit Sarah et la déséquilibra. La tête de la jeune femme heurta le grillage qui obstruait la fenêtre. Elle se retint de gémir et n'osa plus offrir aucune résistance. Elle s'attendait maintenant au pire, quand une nouvelle voix retentit dans son dos :

— Bien, madame Chotaud. Je pense que notre amie a constaté que vous aviez l'œil.

La grosse dame eut un hoquet et fit volte-face.

— Oh, c'est vous, docteur ! bredouilla-t-elle, penaude.

Elle relâcha sa prise, libérant Sarah qui s'éloigna en frottant son avant-bras endolori.

— Oui, madame Chotaud. C'est bien moi, poursuivit le médecin. Tenez, je vous ai apporté vos cachets.

Il s'avança vers l'obèse qui se dandinait de façon grotesque en fredonnant une comptine enfantine. Sarah n'osa pas relever la tête. Elle distingua le bas d'une blouse blanche d'interne, que le médecin portait ouverte sur un jean et une paire de baskets fatiguée. Il se glissa entre sa patiente et Sarah pour soustraire la jeune femme aux regards de la démente.

— Allons, madame Chotaud, tout va bien. Je suis là.

Il posa délicatement la main sur l'épaule de la malade et la fit pivoter vers la sortie :

— Venez, je vous accompagne dans votre chambre. Vous avez de la visite.

La malheureuse avait les yeux rougis. Ils s'emplirent de larmes et sa lèvre inférieure fut agitée de tremblements :

— J'm'excuse, docteur. Je voulais pas m'énerver.

La voix du médecin demeurait chaleureuse.

— Mais bien sûr, madame Chotaud. Personne ne vous en veut.

Elle serra convulsivement la boîte de plastique rouge renfermant ses médicaments.

— C'est parce que… la p'tite, là… Elle savait pas… pour les loups.

Le psychiatre marqua une pause, avant d'acquiescer :

— Vous l'avez prévenue, c'est très bien. Maintenant, venez, vous êtes attendue : Patrick, vous vous souvenez de Patrick ?

— Oui, docteur, Patrick. D'accord, docteur.

Elle s'engagea vers la sortie, adoptant une curieuse démarche, hésitante, syncopée. On aurait dit un bébé trop vite grandi, perdu dans un corps démesuré. Un nourrisson noyé dans une enveloppe éléphantesque, tentant malgré tout d'effectuer ses premiers pas.

Parvenue au seuil de la grande salle, elle se retourna vers Sarah :

— Au revoir, mademoiselle. *À bientôt…*

Sarah s'efforça de lui répondre, mais ne parvint qu'à grimacer un sourire. Le départ de l'obèse la soulageait. Elle en conçut quelque honte un instant, puis s'empressa de chasser cette funeste pensée. Elle jeta un œil par la fenêtre. Il faisait beau dehors. Un soleil radieux éclaboussait les toits de l'hôpital. Elle appliqua son front au carreau, trouva sa fraîcheur apaisante… et s'en écarta d'un brusque coup de reins. Elle venait de se surprendre à observer la pelouse avec une trop grande attention.

Le médecin la trouva effondrée dans l'un des fauteuils en mousse. Sarah se tenait en position fœtale, les bras refermés autour de ses genoux, entre lesquels était enfouie sa tête. Il s'éclaircit la gorge :

— Mademoiselle ?

Sarah leva sur lui un visage ravagé par l'angoisse :

— Ou… oui ?

Il lui offrit un large sourire :

— Je suis le Dr Gaudin.

— Je… c'est moi qui… j'ai un rendez-vous…

— Je suis au courant. L'accueil m'a signalé votre arrivée.

Elle le vit pour la première fois, prenant soin de remarquer un homme à l'allure d'éternel adolescent. Il devait aborder la trentaine sportive et portait le cheveu court. De fines lunettes, un T-shirt aux couleurs d'une association de fans de littérature SF et un jean délavé achevaient de lui conférer un aspect étudiant.

— Si vous voulez bien me suivre, mon bureau se trouve de ce côté.

Il partit à grandes enjambées, Sarah sur les talons. La jeune femme était encore sous le choc. Elle éprouvait des difficultés à retrouver un rythme cardiaque normal. Avant de quitter la grande salle, le Dr Gaudin marqua un temps d'arrêt :

— Vous n'auriez jamais dû atterrir ici.

Sarah ne parvint pas à décider s'il s'agissait d'une simple constatation ou d'un reproche.

Le bureau du médecin était vaste et lumineux, tout y respirait l'ordre. Un bouquet de plantes vertes s'épanouissait sous la large fenêtre sans grillage. Une impressionnante bibliothèque, aux rayonnages envahis d'ouvrages de cuir relié, recouvrait un pan de mur. Un immense bureau en acajou trônait au centre de la moquette épaisse. Dans un angle, l'œil cyclopéen d'un ordinateur portable la fixait. Sarah pouvait entendre ronronner le moteur de la machine. Un divan et de profonds fauteuils de cuir complétaient l'inventaire.

La jeune femme se décontracta enfin. Sans doute était-ce là un effet de l'éclairage naturel : par opposition aux néons des couloirs qui brillaient sur les murs blancs, les rayons du soleil dégageaient une douce chaleur, venant frapper les murs pastel.

Le médecin fit le tour de son bureau. Il invita Sarah à s'asseoir dans un fauteuil. Il sortit un bloc de papier d'un tiroir de son bureau, puis s'empara d'un stylo à encre, qu'il posa en travers de la première page.

— À nous, déclara-t-il d'une voix douce.

Sarah déclina avec soin son état civil. Elle décrivit brièvement sa situation, se livra à quelques considérations banales sur sa condition d'écrivain… Elle hésitait à aborder le fond du problème, déployant des trésors d'imagination pour toujours éviter d'en venir à étaler ses angoisses. Il l'écouta poliment en prenant des notes et l'interrompit à une ou deux reprises, pour lui demander de préciser quelques points.

Il finit par articuler à mi-voix :

— Bien. Et si vous me disiez *réellement* pourquoi vous êtes venue me voir ?

Alors Sarah parla. Elle s'exprima longuement, délivrant une logorrhée qui, loin de la soulager, lui permit d'exorciser les démons qui la hantaient. Elle enchaînait les phrases, sans prêter attention à la construction de son discours, sautant du coq à l'âne, se recoupant parfois… Sarah sentit les larmes rouler sur ses joues. Elle faisait son possible pour les contenir, se trouvait stupide, désarmée, mise à nu devant cet homme dont le regard bleu semblait deviner son âme. Elle éclata en sanglots et conclut d'une voix chevrotante :

— Je suis comme prisonnière d'un ascenseur fou. J'étouffe, je ne peux pas ouvrir la porte et les commandes ne répondent plus…

Le psychiatre s'était légèrement porté de l'avant.

— Continuez, encouragea-t-il d'une voix neutre.

— Je…

Sarah avait du mal à respirer, elle ouvrait grand la bouche, comme ces poissons fraîchement pêchés qui suffoquent dans les casiers, incrédules.

— Je… L'ascenseur s'emballe, il monte… non, il descend…

Elle secoua la tête, les mains devant les yeux :

— Je ne sais plus… Il… va tellement vite. Je ne…

Elle se ressaisit, posa les mains sur ses genoux et rectifia l'agencement de ses vêtements. Elle se cambra, pointant fièrement le menton. Ses yeux étincelaient :

— Je sais, je sens que cet ascenseur chute et que je dois l'accompagner. Que *quelqu'un d'autre*, que je ne peux pas voir, y est enfermé. Quelqu'un dont la présence est indécelable pour quiconque, sauf moi. Quelqu'un dont je peux assurer la survie. Je suis ligotée dans une chenille de grand huit. La machine s'est emballée, elle est incontrôlable, elle dévale un circuit délabré… et personne n'est là pour la ralentir.

# 7

# Flesh for fantasy

— *Flesh ! Flllesshhh ! Flesh for fan-ta-sy !!!*

Billy éructe sur la platine CD du meublé où je me suis réfugié. Le canon de basse pilonne la pièce, délivrant des salves de ronflements rageurs. Les vibrations me frappent aux entrailles, elles me remuent comme les vociférations d'un moteur deux temps.

Je me calme peu à peu, à grands flots d'alcool blanc. Les cubes glacés qui tintent dans mon verre atténuent à peine la morsure dans mon ventre. Une crispation du pouce sur ma télécommande et Billy se fait plus présent à mes côtés. Le parquet succombe à son tour, nous tremblons à l'unisson – tant pis pour les voisins.

Je souris, grisé, imaginant Billy debout, la lippe tremblante, le déhanchement caricatural… J'appuie encore sur la télécommande, mais le volume est déjà au maximum.

Le patron me connaît depuis des années, je laisse toujours des pourboires princiers : on évite de venir m'embêter quand j'écoute ma musique. Je hausse les épaules et me tourne vers la fenêtre. Dehors, les passants se font plus rares. Seul le ballet incessant des voitures, dont les phares s'évertuent à animer la nuit, parvient à me maintenir éveillé. Je me laisse tomber dans le fauteuil club qui gémit sous l'impact.

*Roger est mort…*

Putains d'humains, putains de mortels ! Putains d'enveloppes charnelles si fragiles, si pitoyables dans la tourmente, si promptes à s'évanouir, à accepter la fin, l'absence ! Parviendrai-je seulement à le retrouver dans le rêve ? Rien n'est moins sûr.

Quelquefois, certains voyageurs du rêve parviennent à marquer leur passage, à imprimer leur marque. Roger était peut-être de ceux-là, mais y était-il seulement arrivé ? En avait-il eu l'idée avant d'effectuer le grand saut ? Avait-il eu la force de se projeter avant de lâcher la rampe ? Il faudrait que j'aille visiter ses mondes, un à un.

Oui, je le ferai.

Un de ces jours, sûrement. Et peut-être le croiserai-je, attablé devant une cervoise, à discuter avec l'un de ses personnages, ou partageant le narguilé avec la Chenille.

Sacré Roger… Peut-être est-ce le seul humain que j'ai aimé, d'une amitié vraie. Pas une de ces complicités malsaines que j'avais établies autrefois avec des écrivains en mal d'inspiration, trop heureux de l'aubaine qui se présentait à eux – cette occasion d'étendre les frontières de leurs univers à grands coups de voyages dans le rêve. Le voyage statique et sans risque : pas de déplacements, pas d'embuscades. Pas de risques, pas de folie. En résultaient des petites histoires plutôt bien ficelées, sans génie, mais distrayantes.

Roger et moi, c'était autre chose. Nous partagions *réellement* nos visions. Nous étions deux voyageurs du rêve, deux explorateurs confirmés qui échangeaient leurs points de vue, leurs découvertes. Deux aventuriers à l'admiration mutuelle qui progressaient dans une même émulation, mais sans rivalité aucune, rapportant chaque fois de nouveaux trésors. Des images neuves, que Roger transformait en *visions*.

Sous sa plume, les rêves prenaient vie. Ils nous échappaient, grandissaient, gagnaient leur indépendance. Alors, nous nous y replongions, émerveillés de toujours découvrir, rebondir, créer encore. Roger était un magicien, comme seuls les humains savent l'être, parfois…

On a frappé à la porte.

J'ai perçu deux ou trois coups étouffés à travers un brouillard éthylique naissant. Je me lève trop brusquement, titube et manque de retomber au fond du fauteuil. Je ricane comme un imbécile et traverse la chambre qui tangue plus qu'un voilier dans la tourmente. J'atteins enfin la porte, rate la poignée qui s'est dérobée devant ma main et lâche une bordée de jurons – j'ai une fâcheuse tendance à la grossièreté quand je bois. J'ouvre largement la porte, un sourire idiot aux lèvres…

Le revolver pointé a l'effet d'un électrochoc.

L'œil bleuté de son canon fixe le centre de mon front, comme pour y creuser une orbite supplémentaire. Je louche trop pour éviter la chaussette lestée de sable qui me frappe en pleine tempe. Instantanément, la lumière s'éteint. Je plonge dans la nuit, au milieu d'étoiles trop proches, trop lumineuses. Aveuglantes.

Je peux le voir maintenant.

Je voudrais sourire, mais ma bouche est si douloureuse que je lui adresse une grimace grotesque. Mon adversaire est une espèce de parodie de tueur de série Z. Grand, maigre et noir, il doit avoir une quarantaine d'années. Il a endossé un costume cintré vert pomme du plus bel effet. Son pantalon à pinces se brise sur des mocassins deux tons. D'épaisses chaînes brillantes s'enroulent autour de sa gorge et descendent bas sur sa poitrine. Il y en a assez pour retenir un paquebot à quai.

Il me sourit, hilare, dévoilant une incisive en or. Sans son Smith & Wesson calibre .44 pointé sur mon ventre, je le trouverais presque sympathique. Une espèce de Snoop Dog bas de gamme – mais beaucoup plus agressif et déterminé.

— Ça y est ? On se réveille ? Costaud, pour un p'tit Blanc… D'habitude, les *Whities* dorment plus longtemps.

Il a l'air presque déçu que je ne pleure pas. J'essaie de me redresser, mais je dois renoncer. Ma tête n'est plus qu'un sac de clous, dont les pointes labourent mes tempes. Je lui souris encore. Je dois gagner un peu de temps, il ne me faut que quelques minutes pour être opérationnel.

— Qu'est-ce… Qu'est-ce que vous…

— Ce que je veux ?

Il ricane entre ses dents jaunies par le tabac avant de poursuivre, goguenard :

— Je veux ta peau, p'tit Blanc, je suis payé pour ça. Oui m'sieur, un sacré paquet qu'on m'a donné. Un sacré foutu paquet de billets verts pour la peau d'un p'tit Blanc ! Alors j'ai pris l'argent, et je vais te tuer ici. Et je vais retourner là-bas, oui m'sieur, et je vais encore toucher un gros paquet, c'est ce qu'on m'a dit, c'est c'qu'on a promis au vieux Jacob, parole !

Ses mots ricochent sous mon front. Je me laisse retomber.

Un bavard, c'est ma veine. J'ai toutes les chances de m'en sortir. Mais pour cela, il faut le faire parler, le faire s'épancher au maximum.

— *Jacob Parole ?* Drôle de nom pour un Black. Faut-il que tu sois sûr de toi pour me donner ton identité.

Il éclate de rire. Cette fois, j'ai vue plongeante sur une bordée de plombages luisants au fond de sa bouche.

— Aaaah ! Ha ! Ha ! Il a de l'humour, *Whitie* ! C'est bien, c'est très bien ! Jacob préfère ceux-là ! Horreur des clients qui geignent et pleurent et se tordent ! Préfère rigoler un peu avant d'en finir, c'est mieux pour tout l'monde, oui m'sieur !

Je gis les bras en croix sur le lit où il m'a jeté après m'avoir séché dans l'entrée. Jacob me toise du haut de son mètre quatre-vingt-dix. Il gesticule en parlant. Son débit est nerveux, saccadé. Il secoue son arme en faisant tourner son poignet. Cocaïnomane. Peut-être bien fumeur de crack.

L'argent lui a permis de s'envoyer une dose avant de venir. Il est sûr de lui. *Trop* sûr. Cambré au-dessus de moi, il n'a plus sa tête. Il va bientôt écarter les bras à la Leonardo et beugler qu'il est le roi du monde…

Je suis un sacré veinard.

— Tant qu'on y est, tu pourrais peut-être me parler de celui qui t'envoie, non ?

Un tic nerveux soulève sa pommette droite. Un éclair de méchanceté a traversé ses yeux. Il se penche vers moi, le regard plus noir que le péché :

— Dis voir, *Whitie*, tu serais pas en train de me la jouer comme dans un putain de film de Clint Eastwood, des fois ? Mmmh ? Dis, raconte au vieux Jacob : tu me prendrais pas pour un con ? Tu n'espères pas t'en sortir, hein ?

Soucieux de calmer le jeu, je chuchote, profil bas :

— Non, non, Jacob. C'est toi qui es du bon côté du flingue.

Béat, il se fend d'un large sourire, se relève complètement, penche la tête et croise les bras, laissant pendre son arme.

Plus qu'une minute, une petite minute et je pourrai agir. L'énergie remonte dans mes reins, elle envahit mon dos, mes bras. Me concentrer, sans rien laisser paraître. *Une minute.*

— À la bonne heure ! Il a compris, *Whitie* ! Il sait qu'il faut pas faire chier, Jacob, oui m'sieur : faire chier Jacob, faut reconnaître que c'est raccourcir son espérance de vie !

Il parle en secouant la tête pour ponctuer chacune de ses saillies. Il surjoue son personnage de tueur, Jacob. C'est un cabot. C'est ce qui le perdra.

— Il connaît pas son nom, il ne lui a pas dit. Tout c'qu'il sait Jacob, c'est que le Blanc paie bien pour tuer un autre Blanc. Il s'en fout de leurs histoires, Jacob. Lui, il prend l'argent, il fait le travail et après, terminé : il va faire la fête, Jacob, en attendant qu'on le paie pour éliminer un autre *Whitie*. Ça, pour sûr, Jacob, il tue jamais un frère, jamais un Noir, ça non, jamais. Non, m'sieur, jamais un frère !

Il regarde mes pieds, fixement, la tête inclinée sur le côté droit. Perdu dans ses pensées. Comme s'il venait de nous asséner une des réalités de l'univers. Je suis tombé sur un tueur philosophe.

*Encore quelques secondes.*

Ça y est, je peux agir.

Maintenant, apprendre le plus possible avant d'en finir.

— Allez, Jacob, sois sympa, ne me laisse pas partir sans savoir. Il ressemble à quoi, ce Blanc ?

— Il ressemble à un autre Blanc. Pour Jacob, tous les Blancs se ressemblent ! Du fric, de l'arrogance et ce besoin de frimer devant les pauv' nègres, oui m'sieur !

Il crache par terre pour marteler les derniers mots, puis relève la gueule vers moi, mâchoires crispées :

— Un Blanc comme tous les Blancs, *Whitie*… mais celui-là avait des cheveux de mort, de longs cheveux laiteux qui lui tombaient de chaque côté de son visage de mort… Celui-là, c'était vraiment *ta* mort, p'tit Blanc.

Il a redressé le canon du .44. Le silencieux s'apprête à vomir du plomb. Son bras se tend.

C'est le moment.

Je choisis de lui faire mal, très mal.

Je roule sur moi-même à grande vitesse. Je sens le souffle brûlant de la balle derrière ma nuque, avant qu'elle plonge dans mon oreiller, projetant un nuage de plumes à travers la pièce. Je me ramasse à ses pieds. Déjà son arme cherche mon visage. Jacob grimace, éberlué. Quelques secondes auparavant, j'étais allongé devant lui, pantelant.

À cet instant, je ne suis plus vraiment humain, et mes yeux rouges le fixent. Je peux voir son âme, je sens son cœur qui s'accélère. La sueur jaillit par tous ses pores. J'aime cette odeur de peur, annonciatrice de mort.

Il balbutie :

— Que… que… que…

Il tire. Trois fois. Les balles me fracassent une partie de la mâchoire inférieure. Le bas de mon visage pendouille. Je fais jouer ma langue, pour lui adresser une grimace obscène.

Mon rire lui éclate à la figure en gargouillis carmin.

Cette fois, il tombe en arrière. Ses jambes ne le portent plus, pauv' Jacob. Il geint.

— Non, mon Dieu ! Seigneur, non…

Il porte sa main devant ses yeux en achevant de vider son arme. Les balles me brisent une épaule, tandis que j'achève ma mutation. Un liquide vert suinte de mes plaies. Ma gueule se reforme, elle est de nouveau complète, intacte.

Et je sais qu'il aurait préféré mon visage humain, même pulvérisé par les balles. Je passe une langue gourmande sur mes lèvres, et lui adresse mon plus beau sourire. Il est comme hypnotisé par mes deux rangées de canines. Ma voix rocailleuse ne paraît pas venir de ma gueule, il a le réflexe de chercher dans la pièce en l'entendant.

— Alors, Jacob ? On a peur, à présent ?

Il pleure comme un môme, la morve au nez.

*J'aime ça…*

— Non, Seigneur Dieu, ce n'est pas… possible.

Je me penche sur lui. Quand mes griffes se referment autour de sa cuisse, il gémit.

J'aime ça aussi.

— Écoute-moi bien, Jacob. Tu as le choix de mourir vite et sans souffrir ou de pleurer toutes les larmes de ton corps. Je veux que tu parles, Jacob, et que tu me racontes tout ce que tu sais.

Il pleure, fait non de la tête, supplie. Il ressemble à un bébé, recroquevillé en position fœtale, la tête dans les épaules. Je serre un peu plus les griffes. Il laisse échapper un cri, qui s'étrangle en râle sourd quand un autre de mes bras le saisit à la gorge.

— Jacob, Jacob ! Je n'ai aucune patience. Parle vite et je te promets que tu ne souffriras pas. Ce sera comme si tu t'endormais…

Il me fixe, hébété, comme s'il regardait à travers moi.

— Je te le promets, Jacob.

Alors il parle, me dit tout ce que je veux apprendre. Il ne fait que confirmer mes soupçons, amplifier ma rage. Quand il a fini, je lui adresse un nouveau sourire.

— *Good boy*, Jacob.

Je ne lui accorde pas le temps de s'apaiser. J'allume la télé, volume au maximum, puis je me tourne vers lui et lui enfonce un ongle dans le ventre. Je laisse monter son cri comme sa douleur.

— Tu sais quoi, Jacob ? J'ai menti.

Sa douleur transcende ma colère. Je vais faire payer la disparition de Roger à tous ceux qui se dresseront sur ma route.

Jacob hurle. Longtemps. Avant qu'il ne sombre dans l'inconscience, je lui glisse à l'oreille :

— Ne jamais faire confiance à un dragon, Jacob. Jamais.

Le corps ne bouge plus.

Je me transforme à nouveau.

Mon enveloppe humaine est intacte. Je m'aperçois avec satisfaction que je me régénère de plus en plus vite et que l'alcool n'a aucun effet secondaire, ni sur mon enveloppe, ni sur mes performances. Il faudra cependant veiller à ne pas abuser : j'ai failli me laisser surprendre, tout à l'heure.

Je me délecte un moment du spectacle de la chambre, entièrement retapissée avec Jacob. J'allume une cigarette, exhale une longue bouffée de fumée. J'aimais bien venir dans cet endroit. Il faudra trouver un autre meublé, dorénavant.

J'éteins la télé. Je saisis la télécommande, la braque sur la chaîne.

Billy est de retour.

*Flesh for fantasy.*

Je traîne dans les rues les deux jours qui me restent avant mon vol pour Paris. J'en profite pour faire du shopping, me portant acquéreur de quelques belles pièces chez les antiquaires les plus en vue de la Grosse Pomme.

En prévision de futures rencontres, j'achète ainsi un katana de très belle facture, une arme somptueuse, dont on m'assure qu'elle appartint naguère à un shogun de Kyushu, aux alentours du XVII$^{e}$ siècle. Tant de précisions me font sourire – je crois avoir reconnu cette arme. Elle était depuis longtemps la possession d'une vieille connaissance, qui a dû bien s'amuser, en s'en séparant ici pour me permettre de retrouver sa trace.

S'il vient reprendre son bien, il faudra qu'il paie le prix fort, cette fois.

Avant de quitter New York, je m'enferme dans une chambre d'hôtel. J'ai besoin de me recharger avant de m'aventurer à Paris. Une nuit entière passée dans le rêve ne sera pas de trop.

## 8

## VAPEURS

Sarah rentra chez elle, exténuée. Elle avait dû affronter le regard réprobateur de la pharmacienne acariâtre qui officiait à quelques blocs de son immeuble. La vieille avait ostensiblement lu et relu l'ordonnance, prenant un malin plaisir à réclamer des précisions que la jeune femme ne pouvait lui donner :

— Vous les préférez en gélules ou en gouttes ? Quelle posologie vous prescrit-on habituellement ?

Sarah rongeait son frein, se contentant de répondre par monosyllabes. Imperturbable, son interlocutrice poursuivait, à haute et intelligible voix, comme pour mieux prendre à témoin les autres clients présents dans l'officine :

— Vous sentez-vous fatiguée avec celui-ci ? Supportez-vous celui-là ?

Les noms des produits, particulièrement abscons, étourdissaient Sarah. Elle sentait peser sur sa nuque des regards réprobateurs et aurait voulu hurler que c'était la première fois de sa vie qu'on lui prescrivait des antidépresseurs. Elle qui n'avait jamais avalé que quelques malheureux cachets d'aspirine et avait – rarement – eu recours à l'homéopathie, voilà qu'on la considérait comme une dépressive chronique !

Pourtant, le Dr Gaudin avait été très clair :

— Je vous prescris ces cachets à titre préventif. Le traitement ne doit pas être prolongé au-delà de trois mois. Si vous estimez pouvoir vous en passer, n'hésitez pas. Toutefois, si vous en éprouvez le besoin, les médicaments dont vous disposerez vous permettront de surmonter votre trouble passager. Au moindre problème, vous avez mon numéro.

Il s'était voulu rassurant :

— Votre état est, somme toute, très courant. Vous traversez une crise bénigne. Votre irritabilité, vos doutes traduisent votre grande fatigue intellectuelle. Prenez quelques semaines de repos, détendez-vous, faites le point. Et surtout, dormez ! Une petite cure de sommeil devrait vous remettre d'aplomb. Encore une fois : ce n'est pas une dépression.

Il l'avait raccompagnée à la porte de son bureau et l'avait saluée d'un ultime :

— Ne vous inquiétez donc pas. C'est sans doute un simple accès de spasmophilie, cette « maladie du siècle » qui frappe nos contemporains dans les grandes villes. Vous êtes encore loin de mériter un séjour dans nos murs.

Sarah avait bredouillé des banalités d'usage avant de repartir. L'optimisme et la bonne humeur du médecin psychiatre n'avaient pas suffi à chasser ses angoisses. Elle avait longtemps marché à travers les jardins du Luxembourg, humant les senteurs végétales diffuses en cette fin de journée.

« Ne vous inquiétez pas, avait dit le psychiatre. Faites une bonne cure de sommeil ! » Sarah se mordit les lèvres : pourquoi donc n'avait-elle pas osé lui avouer que ses « troubles passagers » étaient apparus depuis des mois ? Qu'ils prenaient racine dans son sommeil, qu'ils la hantaient à travers ses rêves ? Que chaque fois qu'elle s'abandonnait, elle croyait se noyer, engluée dans des cauchemars récurrents qui la happaient, l'entraînaient dans les profondeurs d'un royaume étrange, peuplé de créatures imaginaires…

Comment dire à un psychiatre, sans aussitôt passer pour folle, qu'on est poursuivie par des créatures qu'on croyait amicales lorsqu'on était enfant ? Quels mots employer pour expliquer que ces êtres avaient évolué, qu'ils s'étaient pervertis au point de se transformer en monstres hybrides, en versions hallucinées cristallisant ses pires phobies ?

Sarah referma la porte de son appartement à double tour, se dirigea tout droit au salon où elle se servit une impressionnante rasade de Bushmills. L'alcool lui brûla la gorge, elle se sentit bientôt grisée. Elle se laissa tomber dans son fauteuil, dans un état proche de l'hébétude, et fut secouée d'un rire amer : elle était sur le point de verser dans la folie, mais avait su abuser un psychiatre !

Elle s'installa devant son ordinateur. La machine, au moins, ne la jugeait pas et se contentait de lui renvoyer l'exact reflet de son imaginaire tourmenté. Elle écrivit quelques lignes, qu'elle relut avec difficulté, s'obligeant à déclamer les paragraphes à haute voix pour lutter contre les vapeurs de l'alcool. « Non, tu ne peux pas écrire ça, songea-t-elle. C'est lamentable. » Elle quitta son poste de travail et se rua vers le salon.

Là, après avoir fixé le sac en papier, elle y préleva l'ordonnance et étala tous les médicaments devant elle. Elle ouvrit les boîtes, s'appliqua à déchiffrer les posologies, les indications…

« Il faut que je me calme, déclara-t-elle comme pour s'en persuader. Tu dois y arriver, Sarah, tu dois écrire ce foutu bouquin. Après, tu le sais, ça ira mieux. Les médocs sont là pour ça aussi. » Elle se répétait ses encouragements, comme autant de *leitmotive*, mais y croyait-elle vraiment ? Elle avala quelques gélules accompagnées d'une nouvelle gorgée de whisky irlandais, et retourna à la console de l'ordinateur. L'écran bleuté la fixait. Elle saisit la souris, cliqua et le texte apparut. Elle le parcourut rapidement, le trouva brouillon, vide de sens. Il était fatigant, sans intérêt. La jeune femme pouvait sentir ses yeux se fermer à sa lecture. Elle étouffa un bâillement et referma le document avec une moue écœurée. Positionnant le curseur de la souris sur l'icône, elle le fit glisser vers la corbeille. « À la poubelle, les ordures. »

Le Macintosh émit un signal sonore de protestation, s'opposant à la destruction du dossier. Sarah confirma l'ordre et la corbeille se vida, effaçant les données.

La jeune femme sourit en ouvrant un nouveau document. La page vierge apparut. Sarah exhala un soupir résigné : il était temps d'écrire.

*Vraiment.*

Ses doigts se mirent à s'agiter sur le clavier. Bientôt, le *tac tac tac* des touches fut le seul bruit à régner dans la pièce. Elle prit plaisir à se mettre en scène aux côtés de Palmer, dans un épisode mouvementé. Sarah se décrivait assez souvent dans ses romans, glissant çà et là clins d'œil et *private jokes* à l'intention d'un petit cercle d'amis et d'initiés.

Pour l'heure, l'écrivain aventurier était confronté à une sombre machination. Une secte satanique avait élu domicile dans la capitale, ses tueurs déments arpentaient les couloirs du métro parisien la nuit, semant la terreur. Ils surgissaient des plaques d'égout pour massacrer sans discernement, avant de disparaître en replongeant dans les ténèbres souterraines. Sarah subissait évidemment leur courroux, et Palmer avait fort à faire pour l'extraire des griffes des sectateurs assassins.

Un personnage énigmatique émergea peu à peu d'entre les lignes. Sarah, sans trop savoir pourquoi, se prit d'affection pour le chef charismatique de la secte. Elle s'attarda à le décrire, à lui donner corps. Elle pouvait l'entendre parler, d'une voix forte et grave. Elle assistait, fascinée, à son évolution. L'homme prenait vie, agissait sans qu'elle ne parvienne à le contrôler. Il déjouait les pièges tendus par Palmer, prévoyait ses réactions avec plusieurs coups d'avance. Il se montrait trop fort, trop intelligent… À tel point que Sarah se demanda bientôt comment son héros pourrait venir à bout d'une telle menace. L'homme avait envahi son roman, il l'occupait, le phagocytait. C'était maintenant *son* histoire – Palmer, le malheureux Palmer, n'était plus qu'un pauvre faire-valoir.

La jeune femme assistait, impuissante, à la dégénérescence de son héros, devenu le jouet du monstre. Ses doigts glissaient sur le clavier, tandis que s'écrivait le drame. Les yeux écarquillés, elle pouvait voir l'écran se noircir d'une histoire qui n'était plus la sienne. Du reste, l'avait-elle jamais été ? Le conte cruel prenait vie. Il se développait, autonome. Sarah n'en était pas l'auteur, tout au plus jouait-elle le rôle d'instrument. Elle était le témoin impuissant d'un cauchemar envahissant.

*Et l'aventure prit un nouveau tournant quand Sarah – ou son* alter ego *romancé – fut capturée par des sectateurs masqués, affublés de longs manteaux sombres et informes, qui l'entraînèrent au fond des égouts parisiens. Ses ravisseurs n'étaient pas humains : c'étaient des créatures aux membres couverts d'écailles. Leur contact était chaud et leurs mouvements saccadés trahissaient une très grande force physique. Ils s'exprimaient par cris gutturaux. Sarah, luttant pour se dégager de son bâillon, finit par cracher sa colère au visage d'un de ses adversaires. Ce dernier rejeta alors sa capuche en arrière, révélant une gueule reptilienne abominable, aux yeux jaunes, fendus d'une pupille noire. La jeune femme eut un hoquet de surprise avant de s'évanouir.*

*Les créatures la transportèrent dans les souterrains, traversant les catacombes boueuses pour aboutir dans une immense salle, éclairée par d'innombrables torches fixées aux parois de calcaire. On la gifla à plusieurs reprises pour l'arracher à son état. Engourdie, elle se découvrit cernée par des dizaines de créatures serpentines, qui dardaient sur elle des regards avides et gourmands.*

*Les monstres s'approchaient. Quand Sarah vit pointer leurs langues bifides, elle ne put retenir plus longtemps le hurlement qui montait dans sa gorge.*

*— Il suffit !*

*L'ordre avait claqué sous la voûte, figeant les créatures. Masquant leurs gueules sous le rabat de leurs capuches, elles reculèrent contre les parois de la grotte.*

*— Qu'on me l'amène.*

*Sarah fut saisie par des griffes invisibles et portée jusqu'à une grande estrade de pierre. On la présenta au maître des lieux, un homme très grand et mince, au visage sans âge. De longs cheveux blancs lui dissimulaient les yeux.*

*Assis sur un trône de pierre, il jouait négligemment avec une rapière de type hispanique, à la garde ciselée, rehaussée de pierreries. Son sourire hautain, presque méprisant, était plein de morgue. Il laissait apparaître ses canines trop longues. Sarah n'osa pas soutenir son regard : l'homme en noir était le Mal incarné.*

*On la força à s'agenouiller devant lui.*

*— Ainsi, c'est donc vous, Sarah…*

*Il avait parlé d'une voix lasse, avant de s'approcher d'elle.*

*— Qu'on la laisse !*

*Les sectateurs s'étaient exécutés en maugréant. L'homme en noir se pencha sur elle, la libéra de ses liens et la remit sur pied d'une poigne ferme.*

*— Venez, se contenta-t-il d'articuler.*

*Et Sarah n'eut pas la volonté de lui résister.*

*Il marcha à travers le dédale des catacombes et parvint à une lourde porte décorée d'entrelacs cabalistiques. L'homme en noir effectua une étrange pantomime de la main droite et prononça un mot dans une langue inconnue. La porte s'effaça dans un chuintement discret. Il fit une gracieuse révérence et invita la jeune femme à entrer. À l'intérieur, un décor de conte de fées l'attendait : tout n'était que soieries, bois précieux et matières nobles. Sarah en eut le souffle coupé.*

*— Ce n'est pas possible…, bredouilla-t-elle.*

*L'homme en noir éclata de rire :*

*— Bien entendu, ce n'est pas possible ! Qui d'autre qu'un rêveur pourrait croire à de tels décors dans les souterrains de Paris ?*

*Il s'approcha d'elle et se pencha pour lui glisser à l'oreille :*

*— Allons, Sarah, ouvrez les yeux, vous en avez le pouvoir ! Acceptez de voir et je vous ferai découvrir des mondes tels que jamais vous ne pourrez les inventer. Des univers qu'aucun humain n'oserait imaginer.*

*Son souffle était chaud et doux. Sarah frissonna. Bercée par le ton hypnotique de son interlocuteur, elle fronça les sourcils.*

*— Mais alors, ce n'est pas moi qui…*

*Il la saisit par l'épaule, laissa glisser ses mains le long des hanches de la jeune femme.*

*— Non, ce n'est pas vous qui écrivez ces lignes : c'est moi, Sarah. Je les dicte à votre inconscient. Je vous guide dans la découverte de mes mondes. Ensemble, nous pourrons repousser les frontières de votre imaginaire.*

*Il la surprit en se penchant soudain pour déposer sur ses lèvres un baiser délicat. Sarah resta sans réaction. Tout s'embrouillait dans son esprit. Il l'enlaça à nouveau et l'embrassa.*

*Elle choisit de s'abandonner…*

Sarah se réveilla en sursaut, surprise de se découvrir assise devant son ordinateur. Elle battit plusieurs fois des cils. Dans le verre, les glaçons avaient fondu. Elle jeta un œil à l'horloge de l'ordinateur et siffla entre ses dents :

— Deux heures que tu ronfles, Sarah ! Tout ça manque de sérieux !

Avisant son reflet sur l'écran du Mac, elle éclata de rire :

— Tu as l'air fine, avec les touches du clavier gravées sur la joue !

Elle laissa ses yeux divaguer à travers le bureau. Le visage de l'inconnu du rêve se superposait partout où son regard s'arrêtait.

L'homme en noir lui souriait, dévoilant des dents éclatantes, aux canines trop longues. « Ma pauvre fille, se dit-elle, à ton âge, découvrir le grand Amour en rêve ! »

Elle se dirigea vers la baie vitrée.

— Tu t'es fourvoyée dans le polar, lança-t-elle à son reflet dans le carreau. Quand on a ces idées-là, on commet uniquement des romans à l'eau de rose !

Elle retourna à la table du salon, récupéra le sac de médicaments, l'ouvrit mais se ravisa. À nouveau, elle rit de bon cœur en secouant sa crinière rousse :

— Toutes ces bêtises ne sont décidément plus de ton âge ! Imaginer une telle bluette avec un… *garçon*, que tu ne reverras jamais !

Sarah prit une douche, s'essuya avec soin et passa un long moment devant sa glace. Dans le miroir embué où perlaient quelques gouttes de condensation, elle détailla les petites rides qui griffaient la peau à la lisière de ses yeux verts :

— Ma vieille, il va falloir t'assumer.

Elle enfila un peignoir en sifflotant. Repassant au salon, elle vit trôner sur le tapis le sac marqué de la large croix verte. Elle minauda en s'approchant, puis lui adressa son plus beau sourire… avant de lui décocher un coup de pied de footballeur.

Le sac de papier s'éventra, libérant une théorie de plaquettes colorées qui s'égaillèrent sur le tapis.

# 9

## ALICE

Je me suis enfermé dans ma chambre d'hôtel. J'ai pris un bain brûlant, me suis massé pour chasser la douleur qui avait envahi mes muscles meurtris. J'enrageai en découvrant les traces bleuâtres qui marbraient mon épiderme – autrefois, les gars ne m'auraient même pas effleuré. Hélas, je manque singulièrement d'entraînement. On s'empâte vite, quand on n'y prend plus garde, et il m'arrive de me sentir si vieux…

Je me suis séché avec soin, j'ai pris le temps de me raser. Je me devais d'être irréprochable pour les heures qui allaient suivre : on ne se rend pas à la cour royale sans consentir d'efforts de présentation. Je me suis habillé, puis allongé sur le lit. Les draps propres et parfumés m'ont aidé à m'assoupir. Je me suis concentré sur le miroir, au plafond – les anciens hôtels de passe font parfois montre d'un charme désuet.

Quand je me suis senti prêt, j'ai commencé à me concentrer sur mon reflet. Les contours en étaient nets et précis. Je pouvais voir l'image d'un homme jeune encore, costumé de sombre, bras en croix sur sa couche, un sabre au côté.

J'ai vraiment besoin de me recharger. Les récents événements m'ont chaviré émotionnellement. Je me fais l'effet d'une pile électrique usée, incapable de fournir en continu, recrachant par saccades les derniers soubresauts énergétiques qu'elle referme encore. Pourtant, si tout se passe comme je le prévois, je vais avoir besoin de réserves importantes pour mon retour à Paris.

Je fais jouer les muscles de mes épaules. Ils sont encore sensibles, mais cela devrait aller. J'ai pris soin de positionner mon katana à portée de main. Sa garde d'ivoire accroche les reflets de l'éclairage électrique. Je sais sa lame effilée comme un rasoir. Son fil trancherait un membre sans rencontrer de résistance.

Le rêve, s'il est une source intarissable d'énergie pour les dragons, n'en est pas moins l'endroit où nous réglons nos différends. Le plus souvent, nous nous affrontons à l'arme blanche – seul l'acier parvient à pénétrer nos chairs dans l'éther. Ces duels qui nous opposent sont tous menés jusqu'à leur terme. Pas de pitié, pas de blessé. Le gagnant s'approprie le territoire de rêve du vaincu : l'enjeu est donc bien trop important pour qu'on s'arrête au premier sang.

Sans le rêve, nous ne sommes plus rien.

Pour quelle autre cause devrions-nous verser le sang d'un dragon et accepter de risquer notre existence d'immortel ? Il arrive que nos adversaires jaloux préfèrent procéder par surprise – en l'absence de règles, on est loin des combats honorables d'antan. La tentative de meurtre remplace le défi chevaleresque.

Pire encore, certains d'entre nous usent de magie et invoquent des créatures, qu'ils lancent à nos trousses dans l'éther. Les mangeurs d'ombre, qui sont attirés par notre essence magique, sont les plus efficaces et nous suivent à la trace. Las, quand ils remportent une victoire, ils divaguent dans l'univers onirique investi, de sorte qu'il est impossible de savoir s'ils ont été envoyés à notre intention ou s'il s'agit d'une rencontre fortuite. On ne m'ôtera pas de l'idée cependant que le Chat m'était tout spécialement destiné.

Je tente de maîtriser au mieux ma respiration. Zen, je dois être zen. Ne faire qu'un avec l'univers espéré. L'imaginer, le visualiser, m'y abandonner comme on plonge du pont d'un voilier dans les vagues de l'océan.

Ma main caresse le drap. L'arme est là, rassurante. Je sais à qui elle a appartenu, j'en connais la valeur, l'efficacité au combat. J'en aurais besoin. Il y a si longtemps que je n'ai pas usé d'une lame, préférant m'en remettre à mes seuls pouvoirs physiques…

Je ferme les yeux, cherche à me détendre.

Le miroir au plafond me renvoie mon image.

*Pénétrer l'univers, l'investir en douceur, ne pas le violer.*

Déjà, les contours sont plus flous.

*Accepter le rêve, l'investir.*

Les premiers accords d'une musique baroque, maniérée et précieuse, me parviennent aux oreilles. La surface du miroir se met à danser.

*J'y suis bientôt.*

Du plus profond de mon inconscient, une voix remonte :

— *Gare au mangeur d'ombre.*

Ma main se resserre sur la garde du katana. Le miroir est agité de vagues. La voix poursuit, étrangement nasillarde :

— *Beware…*

Ça y est. J'ai atteint mon but, je suis de l'autre côté.

Toujours la voix :

— *Beware the Jabberwock, my son ! The jaws that bite, the claws that catch*[1] *!*

1. « Prends garde au Jabberwock, mon fils ! Les mâchoires qui mordent, les griffes qui happent ! »

Au-dessus de moi, le miroir vole en une myriade d'éclats translucides, coupants comme des rasoirs. Ils retombent en pluie fine, comme des flocons de neige, m'effleurant. Les ampoules de la chambre ont éclaté aussi. Un instant, je suis plongé dans les ténèbres. Perdu dans le noir, dans cette obscurité opaque, ce néant absolu, cette absence.

Bienvenue à Wonderland[1].

La lumière se fait soudain, violente. Je cligne des yeux, m'ébroue, puis me rétablis. Je suis debout au centre d'une clairière. Il fait beau, l'air est doux. La voix s'éloigne, égrenant les derniers vers de *Jabberwocky*, le poème d'*Alice au pays des Merveilles*. Je jette un œil à mes vêtements, réprimant un sourire. C'est chaque fois différent. Pour l'heure, je porte un pourpoint jaune et rouge, serré à la taille par un ceinturon de cuir sombre auquel pend mon katana. Le sabre est sagement rentré dans son fourreau d'apparat. Un épais collant noir et des poulaines de cuir tendre viennent compléter le tableau.

Je secoue la tête en riant. Je me fais l'effet d'un enfant de douze ans qui se rend à son premier bal masqué.

J'inspecte les alentours d'un regard circulaire. Un unique sentier s'enfonce dans les bois. Je décide de l'emprunter sans plus tarder, marchant d'un bon pas. Je sifflote en réponse au chant des oiseaux, invisibles à travers les frondaisons. Je me sens gai, dispo. Je soupire d'aise à l'idée que, enfin, j'évolue dans un monde de mon choix, un univers dont j'appréhende la cohérence – à défaut de logique en vigueur à Wonderland ! –, un endroit peuplé de créatures étranges, dont la plupart me sont connues et sympathiques.

Je meurs d'envie de prendre le thé avec le Chapelier.

---

1. Nom original du pays des Merveilles d'Alice.

Un virage à droite, je contourne un bosquet touffu, à la végétation dense. Un autre virage, à gauche cette fois. Je ne reconnais pas le chemin. Encore un virage, puis un autre. Je parviens à une fourche : deux sentiers serpentent un peu plus au cœur de la forêt. Deux panneaux indicateurs sont plantés là. Le premier indique « Par ici », le second prétend « Non, par là ». Bien entendu, ils pointent chacun à l'opposé de l'autre. Il fallait s'y attendre.

On ne puise pas impunément dans l'imaginaire d'un poète héroïnomane[1]. J'affecte de m'intéresser au choix un court instant, l'air faussement intrigué, puis je décrète à haute et intelligible voix :

— Bah ! Pourquoi s'en faire ? Tous les chemins ne mènent-ils pas à la cour ? Je m'en vais donc… par là !

Et je plonge en direction du panneau « Par ici ».

— Stop !

La voix a retenti dans mon dos. Elle est angoissée :

— Arrêtez-vous, malheureux ! Vous commettez une grave erreur de jugement.

Je me retourne et toise un curieux personnage, mi-œuf, mi-homme. Une espèce d'ovoïde monté sur jambes, aux grands yeux tendres et au sourire un peu niais.

J'ai déjà rencontré Humpty Dumpty par le passé. Je lui adresse mon plus beau sourire :

— Plaît-il ?

Ne me reconnaissant visiblement pas, il affiche une expression catastrophée :

— Mais enfin, monsieur, vous ne réalisez donc pas votre méprise ?

---

1. De nombreux intellectuels de l'époque victorienne abusaient de certaines drogues rapportées des colonies. On ignorait encore les ravages que ces substances causaient.

Je lui montre une moue agacée :

— Précisez votre pensée, je vous prie.

Humpty Dumpty lève un doigt sentencieux. Je réprime un soupir – dans ces cas-là, il est insupportable. Il s'éclaircit la gorge, ferme les yeux et débite :

— Eh bien, voilà : après avoir réfléchi à l'itinéraire que vous souhaitiez emprunter, vous avez déclaré vouloir vous diriger « par là », c'est bien cela ?

— En effet.

Il écarquille les yeux et sa face lunaire me dévisage, abasourdie :

— Mais, mais, mais… mais enfin…

Il déglutit à grand-peine et poursuit :

— Mais vous partiez « par ici » !

— Je l'admets volontiers, car c'était bien là mon intention.

Il fronce les sourcils, en proie à une intense réflexion :

— Mais alors… Pourquoi ?

— Pourquoi quoi, au juste ? Faites donc un effort de clarté dans vos propos, mon ami, si vous voulez me voir poursuivre cette conversation !

Je mordille ma lèvre supérieure. Mon ton était un peu trop sévère, j'aurais aimé plus de maîtrise. Humpty Dumpty se redresse, vexé. Sa voix a changé, elle a pris des reflets métalliques :

— Mais… eh bien… Parce que ! Tout simplement : parce que !

Ses petits poings ont frappé l'air avec rage pour ponctuer sa dernière saillie. Ses yeux se sont rétrécis, ils me dévisagent. Il sourit, dévoilant un râtelier de crocs acérés :

— Si on décide de se rendre ici, ce n'est certainement pas là, voyez-vous.

Son discours se résume à des bribes incohérentes, puis sa gorge ne produit plus que des sons inintelligibles. J'observe ses doigts, au bout desquels commencent à pousser des griffes noires et effilées. Je prends soin de ne pas croiser son regard.

Je sais à quoi m'en tenir.

Je recule d'un pas, lentement.

Un mouvement expert et mon sabre a jailli.

Je le regarde, sans fixer ses yeux. J'articule très lentement, en détachant chaque syllabe :

— Tu n'es pas Humpty Dumpty. Tu n'es pas de ce monde. Tu as pris l'enveloppe de mon ami et tu possèdes son esprit. Je ne sais pas si tu as été invoqué à mon encontre ou si tu t'es seulement perdu ici. Je n'ai rien contre toi, je ne te veux aucun mal. Sache seulement que si tu te dresses sur mon chemin, je n'hésiterai pas à t'éliminer. Tu es ici sur mon domaine, je suis le voyageur qui a développé ce monde, il y a de cela plusieurs dizaines d'années terrestres. Tu n'as aucun droit sur mon territoire. Je te laisse une chance : quitte-le maintenant et tu seras sauf.

Un grognement sourd.

Ses dents ont encore poussé, elles dépassent maintenant de sa gueule, écrasant ses lèvres contre sa face. Quelques gouttes de sang perlent, là où les crocs creusent les chairs, qui sont aussitôt lapées par des coups de sa langue avide et serpentine.

Il grogne à nouveau, fait mine de s'approcher.

Je recule aussitôt en assurant mes appuis. Je relève la pointe de mon katana. Je peux sentir chaque muscle de mon corps tendu à l'extrême.

Je continue, scandant les mots :

— Je sais ce que tu es. J'ai combattu certains des tiens par le passé et, comme tu peux le constater, je suis encore là pour en parler.

Il crache de rage. Sa voix est éraillée, déformée – les organes qui emplissent maintenant sa gueule ne sont pas conçus pour lui permettre de s'exprimer. Il chuinte :

— Je sssuis plus fort. Sssaurai te vaincre.

Je secoue la tête :

— Ils m'ont *tous* dit cela. Ils y croyaient comme toi. Ils sont condamnés à errer à jamais dans les royaumes où je les ai détruits. Veux-tu vraiment les rejoindre ? Penses-tu que ce moment est venu pour toi ?

Il dodeline, en une posture tragi-comique qui prêterait à rire en une tout autre circonstance.

Je fais mon possible pour affermir ma voix. Je bluffe à ne plus savoir que faire – je ne suis pas au meilleur de ma forme. Suis-je capable de vaincre cette créature ? Je me vois mal réduire Humpty Dumpty en charpie. Si ce n'est pas son esprit, c'est bien son corps qui est possédé.

Mon adversaire continue son simulacre de danse en une valse hésitante grotesque. Le doute s'est immiscé en lui. Pourvu qu'il soit aussi stupide que l'étaient ses congénères. Avec un peu de chance, il évitera l'affrontement. Aux limites de mon champ de vision, je peux deviner l'éclat fou de ses yeux révulsés. Il réprime à grand-peine ses envies de sang, de meurtre. Son cerveau, embrumé par la rage et l'imminence du combat, essaie de peser le pour et le contre. Parvient-il à me jauger ?

Je décide de forcer le destin.

Levant ma lame au-dessus de ma tête, je me fends et hurle :

— Vas-tu te décider ou devrai-je en finir ?

Il a un haut-le-cœur et bat en retraite. Un pas en arrière, puis deux. Il recule, il fuit. Il disparaît derrière un fourré.

Je me garde bien de le poursuivre. Une vague de sueur m'inonde le dos, engluant le tissu de mon pourpoint.

J'ai eu de la chance, beaucoup de chance. Les mangeurs d'ombre sont performants pour la traque, mais pas très puissants au contact. Celui-là était un chasseur d'ombre, une des créatures les plus adaptées au combat de l'univers…

On me veut décidément beaucoup de mal.

J'étouffe un rire nerveux. C'est aussi me faire beaucoup d'honneur que de se fendre de l'invocation – toujours risquée ! – d'un chasseur à mon encontre. Il va falloir s'appliquer à nettoyer cet univers : les importuns y sont légion ces derniers temps. Je garde mon sabre à la main et poursuis mon chemin, tous sens aux aguets. Je me suis finalement avancé par ici… Ou était-ce par là ?

Je hausse les épaules : quelle importance ?

Mon rire va se perdre dans les frondaisons épaisses.

Je recouvre mon calme peu à peu. J'espère au moins que le corps et l'esprit de Humpty Dumpty ont été libérés et que le malheureux n'a pas trop souffert de cette possession pour le moins cavalière. Perdu dans mes pensées, je quitte le bosquet sombre sans même m'en apercevoir. Me voici en plaine, sous un ciel azuréen, presque trop bleu, trop net. Là-bas, en léger contrebas, j'aperçois les contours du labyrinthe végétal, ses murailles de verdure compactes parfaitement taillées. Peut-être est-elle au centre, à m'attendre en jouant au croquet ?

Je ferme les yeux, imaginant ses mèches blondes, son visage souriant… La vie est belle à nouveau.

Je m'avance sous le soleil radieux, quand un mouvement furtif, dans mon dos, me fait sursauter. Je n'ai pas pu faire volte-face, sabre au poing. Une flèche blanche vient de me dépasser, sautant, courant, bondissant vers le labyrinthe. J'ai eu à peine le temps d'identifier le gilet à carreaux, la montre d'argent et les grandes oreilles. Et la voix, tandis qu'il plonge par l'ouverture d'une des cloisons végétales :

— Plus vite, plus vite, ou je vais être en retard.

Je presse le pas pour ne pas décevoir le lapin blanc.

Les hautes parois du labyrinthe végétal sont comme les murailles d'une forteresse de verdure : épaisses, solides comme le roc. Je m'amuse à les transpercer du regard, en vain. Les entrelacs des innombrables racines et branchages tissent d'infranchissables protections. J'aimerais, à cet instant, posséder la connaissance du lapin.

J'espère me présenter à temps devant la reine. Arriver en retard à une rencontre avec Sa Majesté, c'est aller au-devant de sérieux désagréments… et je m'en voudrais de devoir quitter ce monde pour éviter qu'on m'y coupe la tête, il y a si longtemps que je n'ai pas vu Alice.

Je sais le moyen d'y être conduit au plus vite. Je me mets à siffloter puis, ne voyant toujours rien venir, je chante à tue-tête en progressant dans le labyrinthe.

Ça ne manque pas, ils m'ont bientôt encerclé. Une voix claque derrière moi :

— On ne bouge plus !

Je me retourne, écartant les mains nues en signe d'apaisement. Elles sont cinq, armées de lances. Leurs visages sévères ne masquent pas leur inquiétude. Il est vrai que les cartes à jouer font de piètres combattants, qui ne parviennent à impressionner que le lapin. J'essaie de me montrer amical :

— Enfin ! Pas trop tôt, soldats !

Mon sourire et mon ton enjoué achèvent de les troubler. Les cartes se jettent des regards incrédules, fronçant les sourcils. Celle qui paraît commander la patrouille s'avance vers moi, peu fière :

— Euh… Contrevenant, il est interdit de se promener dans les jardins de Sa Majesté la reine de cœur ! De plus, vous faisiez beaucoup de bruit ! Si Sa Majesté vous avait entendu…

— Elle m'aurait condamné à avoir la tête tranchée, n'est-ce pas ?

La carte se recule, rentrant le cou dans son corps maigre :

— Chut ! Taisez-vous, malheureux ! Si elle vous entendait !

Je m'avance pour lui poser une main complice sur « l'épaule ».

— Mais j'ai bien l'intention qu'elle m'entende, soldat ! Et je lui dirai le sérieux avec lequel vous vous acquittez de votre tâche !

Elle me jette un regard implorant :

— Vrai ? Vous feriez cela !

— Mais certainement ! Conduisez-moi auprès d'elle, et vous verrez !

Elle hésite encore :

— C'est que… Je ne sais si… Êtes-vous seulement invité à la partie de croquet ?

— Bien entendu, soldat ! Me croyez-vous assez fou pour me présenter devant Sa Majesté sans y avoir été convié ?

— De fait, monsieur, de fait.

Elle se tortille un instant, puis interroge ses compagnes du regard. Je les laisse se concerter, m'amusant du spectacle de ces cartes à jouer humanoïdes, courbées les unes vers les autres en un conciliabule enfantin. Elles relèvent finalement la tête :

— Monsieur, si vous voulez bien nous suivre…

Elles m'encadrent et, comme je l'avais prévu, m'escortent jusqu'au centre du labyrinthe.

Je viens de gagner un temps précieux, Sa Majesté n'est pas encore arrivée. La plus grande effervescence règne dans les rangs de ses courtisans. On court, on s'affole, on cherche à apporter la dernière touche à une organisation dont on sait à l'avance qu'elle ne répondra jamais aux exigences de l'événement. Une table est dressée, qui supporte des plats somptueux, plus raffinés les uns que les autres. Des musiciens jouent avec talent des airs pour le moins originaux, mélanges étranges et quelquefois dissonants de musique classique et de fox-trot endiablé. Des troubadours jonglent ou s'échinent à monter des pyramides humaines qui toujours s'effondrent avant d'avoir atteint une hauteur honorable. Ils me font penser à une fourmilière humaine, le sens de l'organisation en moins. Ils s'invectivent, se lamentent et leurs efforts pathétiques en deviennent risibles. Je reconnais là l'humour si particulier de Lewis, qui aura su imprimer sa marque à cet univers – un savant mélange de poésie, de dérision et de cruauté toutes britanniques.

C'est pour cela que j'aime tant investir ce monde. Pour cela, et pour Alice, que j'aperçois enfin, si belle dans la lumière, si calme dans la tourmente. Je n'ose l'appeler, pour ne pas l'interrompre dans sa rêverie.

Je fends la foule et m'approche d'elle à grands pas.

Enfin je tends la main, j'effleure son épaule :

— Alice…

Ses yeux papillonnent comme elle échappe à son rêve. Elle m'avise soudain, comme au sortir d'un épais brouillard :

— Oh, c'est toi.

J'en reste le souffle coupé. Elle est toujours aussi belle – et me fait toujours autant penser à toi, mon amour, mais je m'empresse de chasser cette pensée. Je plonge dans le bleu de ses yeux.

— Alice…

Je me sens tellement stupide que j'en perds tous mes moyens. J'ai posé ma main sur son épaule, j'ai voulu déposer un baiser sur sa joue, mais, comme à son habitude, elle a tourné la tête de sorte que nos lèvres s'effleurent aux coins. Elle me sourit de plus belle, dévoilant ses jolies dents, luisantes comme des perles de nacre.

Sa voix chante à mes oreilles :

— Tu m'as manqué, Wayne. Je ne t'attendais plus.

Il y a comme un soupçon de reproche dans son ton. Je bredouille :

— Je… j'ai été occupé ces derniers temps.

Elle glisse un bras autour de mes reins, se rapproche. Je peux sentir son souffle dans mon cou. Ses longs cheveux blonds cascadent jusqu'à ses fesses. Je ferme les yeux pour ne rien laisser paraître de mon émoi. Alice…

Pourquoi ai-je été si long à revenir ? Peut-être parce que je ne peux la regarder sans que ton visage ne vienne se superposer au sien, mon amour. Peut-être aussi parce que je ne peux m'empêcher de la toucher, de la caresser et que, à chaque fois, j'en ressens une culpabilité décuplée à ta seule évocation, mon ange. Peut-être enfin parce que, quand mon désir est trop fort, c'est toi et toi seule qui apparais, te substituant à elle. Alors, pour quelques secondes d'éternité, tu es à nouveau là, vivante, brûlante, palpitante sous mes doigts, tandis que nos désirs ne font plus qu'un.

Pour chasser cette idée, je la serre un peu plus fort contre moi. Elle soupire d'aise, aimante :

— Wayne…

Je parviens à trouver assez de volonté pour la repousser. Je la maintiens à bout de bras, luttant pour ne pas l'enlacer à nouveau.

— Laisse-moi te regarder, jeune femme.

Je feins de chercher quelque défaut dans sa beauté parfaite, puis fais un signe de dénégation de la tête :

— Non, décidément…

Elle m'interrompt, inquiète :

— Quoi ? Qu'y a-t-il ? souffle-t-elle. Tu ne me trouves plus si jolie ? Je… je ne te plais plus ?

J'éclate de rire :

— Mais si, bon sang ! Laisse-moi finir !

Je tente de retrouver un semblant de gravité pour reprendre, sur un ton docte :

— Non, décidément… tu es toujours aussi belle !

Elle s'empourpre, me gifle :

— Tu es content de ton effet, n'est-ce pas ?

Elle me repousse et laisse éclater sa fureur comme moi le rire que je ne peux plus retenir. Ses yeux lancent des éclairs :

— Comment peux-tu ? Tu disparais sans laisser le plus petit espoir, tu reviens chaque fois la bouche en cœur… et je devrais supporter tes plaisanteries douteuses !

Mon rire s'étrangle comme je la regarde. En colère, elle est plus belle encore. Elle te ressemble tant dans ces moments-là, mon amour. Je me sens si près de toi alors.

Elle s'approche à nouveau. Elle se calme et ébauche un sourire :

— Je devrais te détester, tu sais.

— J'avoue : je n'ai pas une attitude des plus correctes, mais tu dois comprendre que…

Elle a posé ses doigts sur mes lèvres.

— Chut. Assez, Wayne, ne dis plus rien. Tu vas encore mentir.

Elle m'entoure de ses bras. Sans plus réfléchir, je l'enlace et nous restons silencieux un long moment. Personne ne nous a prêté attention, dans la panique généralisée. En cet instant, je songe à Lewis, à la façon dont il choisit naguère de rapporter les aventures d'Alice. Car c'est une jeune femme que je tiens contre moi, pas une petite fille. Et c'est cette même jeune femme que je lui fis découvrir au cœur du rêve.

Lewis ! « Ne t'en fais donc pas, m'avait-il assuré. J'aurais bien plus de succès en jouant sur l'imaginaire enfantin. Personne n'accordera le plus petit intérêt à une fable mettant en scène une fille de cet âge. Par contre, une enfant… »

Le temps lui avait donné raison.

Hélas, nous étions devenus adversaires dans le rêve. Lewis avait succombé aux charmes d'Alice qui, m'ayant élu, ne lui accordait pas le moindre regard. J'avais compris la situation trop tard. Mon ami avait préféré rejoindre d'autres royaumes, se perdant dans des paradis artificiels dans l'espoir d'y trouver une autre jeune femme blonde…

Un discret raclement de gorge met fin à ma rêverie. Le lapin blanc est là, qui nous regarde aimablement. Alice affermit sa prise autour de mes reins, pour m'empêcher de la repousser. Je prends soin de laisser mon bras sur son épaule avant de me tourner vers le lapin :

— Oui ?

— Si je puis me permettre, jeunes gens, la reine sera bientôt là. Vous devriez vous préparer à la recevoir.

— Tu as raison, nous nous sommes laissé emporter, tout à la joie de nous retrouver après une longue absence.

Alice se fait plus tendre encore. Elle se penche en avant, pose sa joue sur mon torse.

— D'ailleurs, nous nous proposions de nous éclipser, avant l'arrivée de Sa Majesté…

Le lapin ouvre des yeux ronds. Il la dévisage en tremblant :

— Vous n'y pensez pas ! Elle sera là d'un instant à l'…

La fanfare éclate et couvre sa voix. Je tourne la tête, sachant par avance quel spectacle je vais découvrir.

Sa Majesté la reine de cœur est toujours aussi laide et imbue de sa personne. La rencontrer est pour moi un plaisir chaque fois renouvelé. Je me délecte de sa bêtise, me divertis de ses démonstrations de vulgarité et de haine. Ce n'est qu'une vivante personnification de suffisance et de stupidité.

Comme de coutume, elle convie l'assistance à une partie de croquet – le jeu consiste à la laisser gagner, en s'extasiant sur son talent. Et comme j'ai mauvais esprit, je m'arrange pour la talonner, voire la battre sur le poteau.

Nous empoignons donc chacun notre flamant rose et nous entamons la partie. J'aime le contact des plumes d'oiseau sur mes paumes. J'aime sentir leur chaleur, et je m'interroge toujours sur la teneur des substances dont on doit les gaver avant chaque tournoi, pour qu'ils subissent un tel traitement sans jamais broncher.

La partie progresse. J'assure le score, en m'appliquant à ne jamais prendre la tête du classement. La reine affecte de ne pas s'apercevoir qu'elle ne me distance pas au total de points.

Alice, inquiète, me lance des regards à la dérobée. Dès que nous nous croisons, elle me chuchote des mises en garde, me conjure de cesser ce jeu dangereux, mais je ne peux m'en empêcher. J'aime voir l'autre folle rouler des yeux en s'étouffant de rage.

Le lapin lui-même finit par se rapprocher.

— De grâce, monsieur, laissez-la gagner… Tout commençait si bien, tâchons ensemble de ne pas mal finir !

— N'aie crainte, mon ami, Sa Majesté gagnera au final. Sachons apprécier sa divine colère à sa juste valeur. Savourons ensemble ce moment de pur bonheur.

Terrorisé, le lapin blanc réprime un frisson. Il fixe son flamant rose, dont le regard est vitreux, n'ose plus relever la tête et s'éloigne rapidement, à petits bonds.

Je ne parviens pas à me détourner du regard de l'oiseau-maillet. Antidépresseurs ? Antalgiques ? Un jour, je trouverai.

— Comment ? Vous osez me contredire, petite effrontée ?

Le cri m'a fait sursauter. Là-bas, à l'autre bout du champ de jeu, la grosse couronnée s'en prend à Alice, qui proteste.

Je me rapproche. Les gardes me surveillent du coin de l'œil, prêts à intervenir. Je ne les crains pas spécialement, mais je répugne toujours à bousculer le fragile équilibre de cet univers.

J'avance encore, sans précipitation. Je ne suis plus qu'à deux ou trois pas derrière la reine de cœur. Elle lève la main sur Alice, qui refuse de baisser les yeux – je la reconnais bien là !

— À genoux, qu'on vous coupe la tête !

Ça manquait. Il y avait trop longtemps que Sa Majesté ne s'était pas laissé aller à son passe-temps favori.

Alice pointe un menton hautain, une expression pleine de morgue plaquée sur le visage :

— Votre Majesté, je m'y refuse. Je ne suis coupable d'aucune faute.

— Et refuser d'exécuter un de mes ordres, ce n'est pas une faute, peut-être ?

La reine de cœur couine à la cantonade, hystérique :

— Qu'on lui coupe la tête, vous dis-je ! Maintenant, tout de suite !

Dans le mouvement, elle tente de gifler Alice. Mon bras se détend, comme par réflexe. J'intercepte son poignet.

— Si Votre Majesté veut bien se donner la peine de m'accorder un peu de sa précieuse attention…

La grosse en a le souffle coupé. Le temps semble s'être arrêté. Tout le monde s'est figé et me fixe. Je suis l'inconscient qui a osé porter la main sur la reine de cœur et c'est une grande première.

Je regrette que Lewis ne soit plus là pour voir ça. Je serais curieux de savoir ce qu'il en aurait fait ! La reine me regarde étrangement, un rictus déforme son visage. Je me fais l'effet d'une déjection animale abandonnée sur son passage. Elle hoquette :

— Voulez-vous, je vous prie, libérer *immédiatement* ma main ?

Je maintiens ma prise et lui adresse mon sourire le plus enjôleur :

— Avec plaisir, Votre Majesté. Dès que vous serez revenue sur votre décision concernant cette jeune femme.

Un murmure de désapprobation s'élève de la foule qui s'est amassée autour de nous, mais je n'en ai cure. Je serre un peu plus ma prise. La reine grimace à nouveau, de douleur cette fois. Elle bredouille :

— Il suffit ! Lâchez-moi, je vous l'ordonne !

— Vous allez d'abord ordonner de libérer Alice, Votre Majesté.

Autour de nous, les cartes à jouer s'affolent. Que faire ? Trancher la tête de la jeune femme, comme cela leur a été ordonné ? Intervenir, au risque de blesser la reine ? Je m'amuse de leur panique.

— Votre garde personnelle semble éprouver toutes les peines du monde à mettre vos ordres en application, Votre Majesté. Restons-en là, voulez-vous ? Annulez vos injonctions ridicules et nous cesserons sur l'heure ce petit jeu qui nous met vous et moi en situation délicate.

Elle ne parle plus, me dévisage et ses yeux plongent dans les miens. Ils sont noirs, plus sombres et profonds que tous les puits de l'enfer. Son haleine me frappe en plein visage, l'odeur est abominable. Je relâche ma prise et bondis en arrière. Des cris de terreur viennent ponctuer çà et là nos déplacements. Dans mon dos, Alice a crié :

— Wayne, attention !

J'ai roulé sur le côté, évitant la charge de la reine de cœur mais pas son crachat, qui m'éclabousse le visage. J'ai juste le temps de fermer les yeux, la douleur est intense. La salive du chasseur est extrêmement acide – concentrée, elle pourrait corrompre l'acier. Je peux sentir grésiller ma chair, ma peau se flétrit au niveau des paupières et j'ai une pommette à vif. Le bras replié, je protège mon visage. Au moins, serai-je à l'abri d'un nouveau jet. Je dégaine mon sabre.

*Nous y voilà*. Le chasseur m'a retrouvé.

J'effectue un déplacement tournant, pour me rapprocher d'Alice sans jamais tourner le dos à celle qui fut la souveraine. La bête est maintenant à quatre pattes, elle crache et grogne dans ma direction. Ses membres se sont considérablement allongés, ils sont maigres et velus. On pourrait les croire fragiles, mais il n'en est rien. Les chasseurs sont de redoutables prédateurs, sans doute les plus efficaces… puisqu'il leur arrive de tuer des dragons. J'essaie de gagner du temps :

— Bien joué, je ne t'ai pas sentie arriver. Quand s'est produite la prise de possession ?

La bête ne répond pas, elle ne peut plus le faire. Le sourire est apparu, puis les dents ont poussé, déformant sa gueule. On dirait un piège à loup ouvert dans ma direction. Des filets d'une bave épaisse s'épanchent et tombent au sol dans un chuintement repoussant.

Les larmes m'inondent le visage. Je leur en suis reconnaissant – mes yeux me font moins souffrir et je recouvre peu à peu la vue.

Le chasseur fait claquer ses mâchoires dans ma direction. J'ironise :

— Tu as fait le bon choix, l'ami. C'était la plus grande gueule du pays. Tu vas pouvoir t'en donner, du plaisir… Si je t'en laisse l'occasion.

Un gargouillis – c'est sa réponse.

Je n'y prête pas attention. Je progresse en pas chassés, par glissements et non par bonds. Toujours soigner ses appuis en prévision d'une charge.

Je serai bientôt près d'Alice.

Parler, parler pour retarder l'instant de l'assaut.

— Vraiment, tu as beaucoup de goût. Tu as élu la plus laide !

Ça y est, je suis devant Alice.

— Mais tu as fait une erreur.

Il bascule la gueule de droite et de gauche, voudrait parler, mais ne peut plus le faire.

— Tu veux savoir ? C'est très simple : dans ce monde, la reine de cœur est la seule que je n'hésiterai pas une seconde à éliminer.

Il hurle de colère. J'ai à peine le temps de lever ma lame qu'il bondit, toutes griffes dehors.

Un choc violent, puis un hurlement.

C'est le sien.

Je peux sentir son odeur immonde, ce suint dont se parent les chasseurs au combat. Je frappe de bas en haut et le katana plonge dans ses chairs. Un liquide vert sombre, au parfum âcre, souille l'acier du sabre. D'un mouvement sec du poignet, je l'en débarrasse.

Déjà, le chasseur se ramasse, boule de haine qui me fait face. Il va bondir à nouveau. J'avance une jambe, me baisse sur mes appuis. Derrière moi, Alice pose une main sur mon épaule.

— Wayne...

Le chasseur plonge une nouvelle fois. Je recule, jette mon sabre en arrière. Mon adversaire, à bout de course, ne rencontre que le vide. Mon katana décrit un cercle parfait. Je tranche de haut en bas. Une de ses pattes gît sur le sol.

J'exulte :

— Eh bien, compagnon ? Tu pensais sans doute vaincre un voyageur du rêve sans rencontrer de résistance ?

Il se dresse sur ses pattes postérieures, me toise de toute sa taille. Il sourit et ses dents d'acier luisent dans la lumière. Alors, seulement, je réalise à qui j'ai affaire.

Alice s'est collée à moi. Nous sommes dos à dos, je la sens trembler.

— Wayne, j'ai peur.

Je la comprends.

Autour de nous, des cartes à jouer se sont avancées. Les soldats affichent tous un sourire d'acier, leurs dents s'allongent peu à peu. La peur me noue l'estomac : *un chasseur polymorphe, c'est un polymorphe* ! Le seul être qui puisse ainsi se démultiplier à loisir et prendre possession des créatures du rêve qui sont dans son champ de vision…

Fort heureusement pour moi, les convives ont tous fui dès le début de notre duel. Dans le cas contraire, je ferais face à une quarantaine de chasseurs. Je vais devoir agir au plus vite et continuer de masquer Alice. Il y a la reine et cinq soldats. Ce sera limite, mais jouable. J'imprime à ma lame un ample mouvement de rotation, traçant des cercles dans l'air, tantôt à gauche, tantôt à droite. Je recule encore, retranché derrière mes moulinets nerveux.

Les autres s'avancent, serrés devant leur reine, qui doit les garder à vue. C'est déjà un bon point. Je les laisse arriver à distance. Je réassure ma prise sur la garde du katana, songeant à Myamoto, à son enseignement.

Le visage du maître apparaît devant mes yeux, confiant.

Alors je sais.

Je prends une forte inspiration, puis je crie, libérant l'énergie accumulée. Je charge parmi eux. Surpris, ils marquent un temps d'hésitation. C'est plus qu'il ne m'en faut : le katana chante sa complainte de mort, tranchant net les cartes, qui s'effondrent sans une plainte. Une à une, elles glissent sur l'herbe, en deux ou trois morceaux, dans le seul bruissement du papier et le souffle de la lame. Je me redresse face à la bête, seule à nouveau. Les soldats sont éparpillés sur le sol. Les sourires d'acier ont disparu de leurs faces. Ils semblent apaisés.

Le chasseur libère un grondement sourd. J'avance toujours, je m'arrête à trois pas, pour jeter un œil par-dessus mon épaule. Alice est là, masquée derrière moi. Elle sait le pouvoir du chasseur, elle le sent. Sa longue robe moulante souligne ses formes. L'imprimé du tissu dessine des dragons asiatiques, rouges sur fond noir. Je plisse les paupières, ne pouvant retenir un frémissement. Ce n'est plus Alice, à cet instant, qui se tient derrière moi. C'est bien toi, mon amour. Tu es revenue.

À tes côtés, le lapin n'a rien noté. Mes yeux plongent dans les tiens et je me sens fort. Je me retourne vers la bête.

— Finissons-en.

Un pas, puis deux.

Mon katana frappe. Trois fois.

Les coups sont précis. Sa tête roule au sol, son torse pend lamentablement, retenu à ses hanches par ce qui lui reste de colonne vertébrale. Son image se fait floue, ses contours vont en s'estompant. Il rejoint ses frères. Ne reste plus de lui qu'un résidu fumant et sombre.

Je me détends. Et je comprends soudain le vrai danger, mais il est trop tard. *La* question explose dans ma tête : Qui est derrière moi ?

Le lapin.

Le lapin blanc est dans mon dos. Je peux sentir son haleine démoniaque, son parfum de ténèbres et de mort. Il pue le cadavre, la fosse commune. Je peux entendre claquer ses dents d'acier. J'imagine sa gueule envahie de crocs luisants et baveux.

Je fais volte-face comme il s'élance. Il vise ma gorge, je n'ai pas le temps d'interposer mon arme. Un choc sur mon torse, une douleur, un hurlement.

J'ai mal, mais ce n'est pas moi qui crie.

Tu t'es jetée devant moi, mon amour. Tu as fait écran, comme toujours. Tu m'as sauvé. Le chasseur a plongé ses dents dans tes chairs, il déchire ton corps et j'entends ta plainte. Je frappe, frappe encore et toujours. Il est vite réduit en charpie, mais il est trop tard. Il est *chaque fois* trop tard. Je suis trop stupide, je n'ai rien vu venir. Le chasseur est mort, mais tu t'échappes, comme la vie s'écoule de ton corps blessé.

Je m'agenouille à tes côtés, impuissant, vaincu.

— Mon ange…

Alice voudrait parler, mais ses forces l'abandonnent. Elle ne sait que plonger son regard dans le mien, tandis que nos mains se joignent. Les dragons, sur sa robe, se déplacent moins. J'embrasse doucement ses lèvres. Son parfum m'enivre.

— Mon amour…

Elle s'efface.

Comme à chaque fois, elle s'est interposée. Comme à chaque fois, dans ces rêves qu'un chasseur transforme en cauchemars immondes.

Sa voix résonne à mes tempes :

— Il faut craindre la mort dans les contrées du rêve, mais ne plus craindre ses morts quand le soleil se lève.

Et je crie ma douleur, mon refus de te perdre encore.

De te perdre pour l'éternité.

Du fond de ma conscience, une voix aigrelette s'époumone, qui me crie de quitter ce monde, de mettre un terme au rêve. Elle a raison. En abandonnant l'histoire, je coupe court à son déroulement. Rien ne se sera produit. Je formule une excuse muette à l'encontre du lapin et de la reine. Alice pousse un gémissement déchirant. Je voudrais la serrer encore – te presser contre moi, mon amour…

Mais je n'ai plus le temps.

Je m'éveille en suffoquant. Je suis comme un scaphandrier jaillissant de l'écume, après une trop longue immersion dans les hauts-fonds. Je suis seul, sur mon lit en bataille. Les premiers rayons du matin blême viennent zébrer mon visage aux traits tirés. Je suis physiquement éprouvé, mais mon potentiel de magie est totalement reconstitué.

Quand vient l'heure, j'embarque pour Roissy. Le voyage est sans encombre jusqu'à la France, les hôtesses de l'air américaines sont charmantes et attentionnées. Je suppose que selon les canons en vigueur chez les humains, elles sont séduisantes. Elles font tout leur possible pour me faire sourire et je n'ai pas le cœur de les décevoir, mais ce qui m'attend dans la capitale française m'occupe l'esprit.

Je vais devoir me livrer à la partie la plus serrée de mon existence.

*On* s'est attaqué à moi. Deux fois.

*On* s'est débarrassé de Roger, pour m'atteindre.

*On* n'aurait pas dû.

C'est contraire à tous mes principes, mais j'ai décidé d'aller jusqu'au bout, cette fois. Après tout, je commençais vraiment à me rouiller.

L'éternité est longue, parfois. Surtout vers la fin.

Je t'attends donc, mon ami, mon frère : notre prochaine rencontre risque fort d'être spectaculaire.

L'avion se pose comme prévu, vers 2 heures du matin, heure locale. Je m'assure que mes bagages me suivent, signalant la présence d'objets rares et précieux dans mes containers.

Je me les fais livrer à domicile et je saute dans un taxi à la banquette confortable. Je ferme les yeux.

*Party time.*

## 10

# Brumes

La porte d'entrée s'est refermée avec un rassurant bruit de coffre-fort. J'ai jeté mon manteau sur le sofa, laissé traîner chaussures et chaussettes sur la moquette du salon. Je foule à pas comptés le sol de mon appartement. Nu-pieds, comme pour mieux me le réapproprier. Cela fait si longtemps.

Je contemple un moment les tableaux qui ornent les murs, comme autant de trophées, autant d'instantanés de ce passé qui s'estompe d'heure en heure. Ma mémoire s'efface, mon essence s'évapore. Roger est mort… Bientôt, je ne serai plus.

Ces peintures sont tout ce qui me reste. Des témoignages de mon passage parmi les humains. Je dois m'accrocher à eux, fouiller dans mes souvenirs pour en extirper matière à rêver, à survivre… Sans Roger, je ne peux continuer à évoluer parmi les humains.

Nous avons tous besoin de rêve. Je veux dire : si les humains en éprouvent le besoin, pour les dragons, c'est une question essentielle, un principe vital. Si l'un d'entre nous ne plonge pas régulièrement dans le rêve, il ne peut renouveler sa matière. Ses forces magiques s'amenuisent, l'obligeant à retrouver son état premier. Il retourne à l'éther. Il perd sa matérialité, il n'est plus. Il ne meurt pas – nous sommes immortels. En revanche, il cesse d'exister aux yeux des humains.

Pour survivre dans ce monde, nous avons donc « simplement » besoin d'un rêveur. De quelqu'un qui croit en nous, rêve de nous – avec nous et pour nous serait plus exact – et nous accorde donc crédit. Plus notre rêveur est doué, plus son imaginaire est riche et plus nous y puisons force et puissance. Il va de soi que notre intérêt est de lui fournir matière à rêver. Nous pénétrons son univers, nous y voyageons pour en exploiter au mieux les possibilités, pour en repousser les frontières et l'enrichir. Au cours de cet échange, chacun de nous est gagnant. Le rêveur renouvelle ses sources oniriques, nous gagnons en puissance. Plus un humain croit en nous et plus nous nous accrochons dans la réalité.

Roger était l'un des plus doués de sa génération. Il rêvait en permanence. Il m'identifiait, percevait ma présence à la seconde où je m'aventurais dans son univers. Il était ma source vive. Je puisais dans ses mondes une puissance inégalable. J'en oubliais mes frères et leur jalousie maladive en matière de rêveurs.

L'un d'entre eux aura sans doute voulu s'approprier l'esprit de Roger et, devant son refus de coopérer, l'aura détruit avant qu'il ne soit en mesure de me prévenir. Je pourrais probablement m'aventurer encore dans les univers de Roger, mais sans parvenir à m'y ressourcer pleinement. Quand un rêveur meurt, sa création lui survit, mais demeure figée. Il ne peut plus l'enrichir, ni en affiner la description. Son rêve est comme une sculpture abandonnée avant terme. Un dragon peut encore y trouver le moyen de se recharger en magie – c'est ce que je fais dans l'univers d'Alice –, mais plus en essence vitale.

Comment dire ? Les dragons ont toujours existé. Ils étaient là avant les hommes et seront là après eux. Parce que les humains ont cru en eux, qu'ils les ont rêvés, imaginés, décrits, les dragons ont trouvé droit de cité sur cette terre.

L'homme nous a craints, nous a vénérés. Puis, en nous découvrant, il nous a admirés. En tout cas, il a été fasciné par la forme que nous lui avons présentée, la plus… humainement correcte. Certains humains, percevant notre pouvoir, ont éprouvé le besoin de nous combattre. Bien entendu, ils n'y sont jamais parvenus physiquement. Il leur a suffi de nous pourchasser dans les rêves, de nous nier.

De nous oublier…

D'autres ont vu en nous une fabuleuse source d'inspiration. Roger était de ceux-là. Il était sans doute le seul ami que j'ai eu sur cette terre. Le seul être humain à me comprendre, à m'accepter. Je lui rendais parfois visite chez lui et nous discutions des heures de ses projets de romans, de ses nouvelles. Il m'accueillait dans son bureau, une grande pièce lambrissée aux murs couverts de rayonnages de bibliothèques. Là, deux fauteuils de cuir élimé nous attendaient. Roger se limitait à son rituel *« What's up, Wayne*[1] *? »* et m'adressait un sourire engageant. Je n'avais plus qu'à lui conter par le menu mes dernières aventures dans le rêve.

Jamais il ne prenait la moindre note. Roger se contentait d'écouter. Ses yeux détaillaient son interlocuteur, comme pour percer à jour les éventuelles incohérences du discours. Il emmagasinait ainsi les idées qui viendraient compléter les siennes pour lui permettre la création de nouveaux romans. Parfois, nous étions rejoints par un chat, dont je n'ai jamais su le nom. La bête ronronnait un instant au pied de son fauteuil, fouettant l'air de la queue, puis s'installait sur ses genoux. Roger, sans même lui accorder un regard, gratifiait l'animal de quelques savantes caresses à la base du cou. Le bruit de forge du chat comblé venait rythmer la conversation.

1. « Quoi de neuf, Wayne ? »

Quand Roger était en verve, il se laissait aller à me décrire ses projets. Il se levait alors, et passait de l'autre côté de son imposant bureau. Il affectait de fouiller parmi ses manuscrits, ce qui ne trompait personne – il était méticuleux et n'aurait jamais égaré la plus petite note – et me lisait quelques lignes, surveillant du coin de l'œil mes réactions. Elles étaient le plus souvent enthousiastes : j'étais son plus grand fan. Il continuait ainsi à me dévoiler de nouveaux horizons, s'amusant à allumer une étincelle de convoitise dans mes prunelles. Roger adorait me surprendre, autant qu'il se passionnait pour les récits que je lui rapportais. Je m'efforçais d'atteindre les confins des contrées du rêve pour lui en rapporter des images, qu'il savait transcender. Quand il assumait son rôle de lecteur, il parlait en détachant chaque syllabe et ponctuait ses phrases par un sourire discret. Il s'évertuait à ne dévoiler que le strict minimum, comme s'il formulait déjà la pensée suivante. Il m'arrivait de l'interrompre pour lui suggérer une idée d'intrigue ou l'intervention d'un personnage. Roger tendait alors sa longue main vers le pot à crayons qui trônait au milieu de son bureau et s'empressait d'annoter les modifications en marge de son manuscrit.

Quand, après plusieurs heures de discussion, de nouveaux horizons s'ouvraient à nous, nous avions pour habitude d'aller nous promener dans un parc de Manhattan, pour finir dans un de ces délicieux restaurants italiens qu'il aimait. Lorsque je quittais mon ami, je retournais en France l'esprit serein, dans la perspective de milliers d'heures d'exploration devant moi.

Roger n'est plus, j'ai perdu un ami. Plus grave encore, je dois très vite trouver un rêveur car les forces me manquent déjà. Il me reste peu de temps. Bientôt, je retournerai à l'espace, au vide, à l'absence.

Je m'approche de la fenêtre. Dehors, la ville est calme. Les lumières de Paris dans la nuit m'ont toujours fasciné – c'est le paysage qui se rapproche le plus de celui que j'affectionne, dans l'espace. Une myriade de points lumineux, perdus dans le lointain, en théories successives, habilement structurées. Ces étoiles, dans le noir, sont comme un caprice du néant. Ce ne sont que des planètes déjà mortes, dont je ne perçois que l'ultime éclat rageur. De folles sources d'énergie que nous ne parvenons pas à atteindre, en dépit de notre vitesse.

Il m'est arrivé plus d'une fois de parcourir des distances infinies pour voler à travers les poussières d'étoiles, de traverser ainsi des nuages d'éclats sombres, tranchants comme des rasoirs, qui partaient en déliquescence, s'émiettant dans la nuit. J'aimais ce décor, ces tourbillons générés par les battements de mes ailes, ces innombrables particules en suspension qui formaient des sillons dans le néant.

Si je ne me ressaisis pas sur-le-champ, c'est ce décor qui m'attend.

Pour l'éternité.

## 11

# Contact

Sarah demeurait souriante, en dépit de l'étouffante chaleur qui régnait dans la librairie. Les lecteurs se pressaient, passionnés et attentifs, et leurs regards amicaux, leurs moues complices la comblaient. Certains, dans la file d'attente, usaient de leurs livres comme d'éventails, en lui adressant de longs soupirs de connivence.

La jeune femme leur adressait clins d'œil et hochements de tête. La canicule n'épargnait personne. Elle pouvait sentir sa chemise collée à sa peau, tandis que des rigoles désagréables se formaient entre ses omoplates, avant de dégouliner jusqu'entre ses reins. Mais Sarah était heureuse d'affronter le public, comme elle avait aimé se noyer dans la foule bigarrée du métro pour se rendre à sa séance de dédicaces.

Elle s'était pour l'occasion affranchie de sa solitude, avait su trouver la force de combattre son agoraphobie passagère – en période d'écriture, elle éprouvait le besoin impérieux de s'isoler, de « se recroqueviller dans sa coquille », avait-elle coutume de dire.

Contre toute attente, elle avait accepté la proposition à la seconde où son attachée de presse l'avait appelée.

— Cela te changera les idées, et tu en as bien besoin en ce moment, avait dit Élise. Il y a si longtemps que personne ne t'a vue. Sors un peu, montre-toi !

Sarah avait acquiescé, les yeux rougis. L'attachée de presse la connaissait bien. C'était une jeune femme brune, avec des yeux qui brillaient d'intelligence. Élise affichait une forte personnalité et un éternel sourire. Elle impressionnait Sarah par sa vitalité inépuisable et son optimisme à toute épreuve :

— Sarah, je t'en prie, lâche-toi ! Laisse-toi un tout petit peu aller !

— Mais… Je… J'ai ce bouquin à finir.

— Et alors, bon Dieu ? ! Tu en as fini d'autres !

— Merci de me soutenir, lui avait-elle répondu, acerbe.

— Ce n'est pas ce que je veux dire, Sarah. Tu as du talent, *tu* le sais, *je* le sais. Et tu as des lecteurs – beaucoup de lecteurs – qui se feront un plaisir de te rencontrer. Tu ne crois pas que des sourires viendraient à merveille en ce moment ?

Sarah se sentait sur le point de craquer. Tétant sa cigarette avec fébrilité, elle ne parvenait pas à parler, laissant des plages de silence s'installer au bout du fil. Réalisant son état, Élise s'était empressée d'ajouter :

— Allez, secoue-toi ! Voilà ce qu'on va faire : tu vas commencer par prendre deux jours pour te balader. Je t'interdis d'écrire !

Sarah n'avait pu retenir un petit rire crispé devant son ton martial :

— À vos ordres, mon adjudant.

Élise avait ri de bon cœur, avant de chuchoter, maternelle :

— On se retrouve chez moi samedi vers 11 heures, on déjeune ensemble et on va toutes les deux à la librairie. Je ne te lâche pas d'une semelle. D'ailleurs, j'ai du temps devant moi. Que dirais-tu d'aller prendre un thé en ville, tout de suite ?

Sarah aurait voulu objecter quelque chose, mais Élise ne lui en laissa pas le temps :

— Taratata ! Pas de discussion ! Je saute dans le métro. Aucune excuse ne sera tolérée, tu as un quart d'heure !

Sarah avait saisi l'occasion. Elle avait éteint son ordinateur, s'était douchée puis habillée en hâte. Elle avait retrouvé Élise à Châtelet. Ensemble, elles avaient marché à travers les ruelles du Marais pour atteindre une des boutiques Mariages, où elles adoraient discuter des heures entières en buvant des thés brûlants préparés avec soin. Sarah avait ri aux commentaires d'Élise, concernant la plastique des serveurs en costume de lin beige qui, selon elle, « se déplaçaient sur les parquets soignés comme autant de danseurs de tango argentins ». Elle s'était amusée des confidences de sa compagne, peu avare d'anecdotes glanées ici et là, au gré des divers salons du livre.

Sarah aimait la jeune femme. Son appétit de vivre, sa bonne humeur communicative agissaient sur elle comme des rayons de soleil auxquels elle se ressourça. Quand elle quitta son attachée de presse, elle la prit dans ses bras.

— Merci, avait-elle bredouillé.

Élise s'était contentée de hocher la tête en signe de dénégation :

— *De nada, senorita.*

Puis elle était partie sur un ultime sourire :

— À samedi ? Tu promets ?

Sarah, mima un salut scout, deux doigts en l'air.

— *Sir, yes, Sir !* À samedi.

Elle avait suivi à la lettre les recommandations d'Élise et s'était promenée pendant deux jours dans la capitale. Ce furent deux journées d'abandon, de ces longues déambulations à l'aventure pendant lesquelles on s'interdit de penser. Sarah se laissait guider par ses pas.

Elle se retrouva devant la Grande Mosquée, revisita le merveilleux édifice, après un arrêt au salon où elle dégusta quelques gâteaux. Elle dériva ensuite à travers le Jardin des Plantes, en s'asseyant deux heures durant sur un banc, le visage offert au soleil.

Elle longea les quais sur des kilomètres, en fouinant avec application l'intégralité des étalages des bouquinistes qui fleurissaient sous le beau temps. Elle alla se perdre en direction du Louvre et s'offrit quelques heures de contemplation dans la nouvelle aile du musée.

« Que c'est bon d'être un légume ! », se répétait-elle, mi-amusée, mi-coupable.

Mais elle chassait bien vite ses préoccupations : « Samedi, signatures ! Le travail attendra ! »

Chaque soir, Élise l'avait appelée pour des prétextes futiles. L'attachée de presse en profitait pour s'enquérir de l'état de santé morale de sa protégée.

— Continue à me harceler, et je prends le maquis ! avait fini par lui dire Sarah dans un éclat de rire.

— Tu en es bien incapable : *tu as un bouquin à finir*..., lui avait répondu Élise, en parodiant son ton geignard.

Les deux jours avaient passé comme un rêve.

Vint enfin le samedi. Sarah s'était levée de bonne humeur. Elle avait bu son café en se prélassant dans son bain parfumé, avait procédé à une véritable séance d'essayages vestimentaires, avant d'opter pour un jean noir et un chemisier de soie sombre. Avant de quitter son appartement, elle avait souri à son reflet, dans le grand miroir du couloir :

— En scène !

Elle s'était ensuite rendue au restaurant avec son attachée de presse. Après un copieux déjeuner, les deux jeunes femmes avaient rejoint la grande librairie où Sarah devait, en compagnie d'autres auteurs de romans policiers, dédicacer ses ouvrages pendant trois ou quatre heures. Elle préférait ces séances de rencontre dans les librairies aux interminables marathons des salons du livre qui usurpaient souvent leur nom – il s'agissait au mieux d'immenses foires où il convenait de vendre vite et bien, sans prendre le temps d'échanger des points de vue avec les lecteurs.

Ici, elle rencontrait sans doute moins de monde, mais prenait le temps de discuter, d'écouter et d'être entendue.

Tout allait pour le mieux en cette fin d'après-midi. Les lecteurs s'étaient déplacés en nombre et aucun des auteurs présents n'avait eu le loisir de s'ennuyer. On plaisantait, on discutait ferme. Les critiques bon enfant passaient d'un point à l'autre de la grande salle où étaient dressées les tables de signature. Sarah rencontrait un joli succès. Assise à ses côtés, Élise lui souriait :

— Alors, miss, comment va le moral aujourd'hui ?

— À merveille, grâce à toi !

Élise agença les piles de livres dressées devant Sarah. Elle secoua la tête :

— Je n'ai aucun mérite. C'est toi qui écris.

— Allons, tu sais très bien de quoi je veux parler. Toute cette *angoisse* qui m'étouffait, je… Tu m'as permis de l'évacuer et…

La jeune femme ne finit pas sa phrase.

Dans le public qui se pressait devant les tables, une ombre avait attiré son regard. Sarah balaya l'assistance en plissant les yeux, mais ne distingua rien d'anormal. La lumière des rampes d'halogènes suspendues au plafond l'aveugla, faisant jaillir devant ses prunelles des étincelles noires. Gênée, elle secoua la tête. « J'ai dû rêver, se dit-elle. La fatigue… »

Elle ouvrait la bouche pour reprendre son dialogue, quand la silhouette se manifesta à nouveau aux limites de son champ de vision. C'était un mouvement furtif, accompagné d'une impression de malaise aussitôt évanouie. Sarah aurait juré avoir senti un mouvement de cape. Elle avait entraperçu une forme ample et souple, à l'ombre grandissante. Elle avait été caressée par le souffle de l'étoffe qu'on avait fait danser devant son visage.

Et puis, elle vit l'œil qui la fixait et perçut l'éclair qui jaillissait de sa prunelle. Elle vit le rictus qui ourlait la lèvre supérieure, se rétractant pour dévoiler un sourire carnassier. Elle chercha à dévisager celui qui la fixait ainsi et l'expression de gourmandise dans ses yeux lui fit détourner la tête.

Elle sut qu'*il* était là.

L'homme en noir de ses cauchemars était présent dans la salle.

En tous points semblable à la créature qui hantait son sommeil, il était là et se délectait du spectacle. Si ses vêtements étaient modernes, sa haute stature et son expression ne trompaient pas : il était venu pour elle. Il souriait.

Sarah en eut un haut-le-cœur. Jamais on ne l'avait regardée de la sorte. Le regard que posait sur elle l'homme en noir n'était pas humain. Il était froid, calculateur. Il la… *disséquait.* Ses yeux étaient des bistouris qui tranchaient sans vergogne dans ses chairs, des poinçons d'acier perforant son crâne. Avec la froideur méthodique d'un médecin légiste, il la découpait en fines lanières. Le malaise de la jeune femme allait grandissant.

L'homme en noir, en promenant simplement ses yeux sur elle, s'amusait à tout dévoiler de Sarah. Il soulevait une à une toutes ses protections, comme on effeuille une fleur fraîchement cueillie. Une chape de glace s'abattit sur les épaules de la jeune femme, qui gémit en réalisant qu'il atteindrait bientôt son âme. Sarah se sentit salie, violée. Elle se serait crue morte, présentée nue à l'étal d'un boucher cannibale, offerte à la convoitise des acheteurs anthropophages…

Le temps s'était figé. Sarah ne percevait plus aucun signal extérieur. Autour d'elle, les gens parlaient, se mouvaient comme au ralenti. Elle perdait pied, elle s'envolait.

Il tendit la main vers elle et elle ne sut plus lui résister. Elle allait quitter la table, marcher vers la sortie.

Bientôt, elle le rejoindrait.

Elle se leva soudain, bousculant son plan de travail. Des piles de livres s'effondrèrent comme des châteaux de cartes, que des fans, d'abord interloqués, se baissèrent pour ramasser.

Élise tourna vers elle un regard interrogateur. Sarah l'ignora et s'empressa de quitter la pièce par l'accès réservé au personnel. Elle courut s'enfermer aux toilettes. Prise d'incontrôlables nausées, elle vomit. La brûlure de l'acide lui ravagea d'abord la gorge, puis des flots de bile passèrent la barrière de ses lèvres. Ses jambes ne la portaient plus. Elle chancela, s'agrippant au rebord d'un lavabo. Elle eut encore la présence d'esprit d'ouvrir un robinet en grand et de présenter son visage au jet d'eau glacé avant de glisser sur le sol. Sa tête heurta le mur, envoyant une pluie de gouttelettes voler sur le carrelage.

Une libraire, affolée, la découvrit dans un état proche de l'hébétude.

— Mademoiselle ? Vous… vous avez besoin de quelque chose ?

Cédant à un accès de panique, elle se pencha sur Sarah, qui fit un effort de volonté pour lui souffler un « ne vous en faites pas, ça va aller » qui ne parvint pas à la rassurer. La libraire la saisit par les épaules pour la redresser.

— Venez, je vais vous emmener dans un bureau plus frais, vous pourrez vous allonger.

Elles furent bientôt rejointes par deux autres employées de la librairie, qui accompagnèrent Sarah dans un vaste bureau lumineux, où on la coucha sur un canapé confortable. La pièce était climatisée, l'air frais raviva quelques couleurs sur le visage de la jeune femme. Sarah semblait affublée d'un masque de cire, elle était agitée de tremblements convulsifs. Devant ses yeux hagards, le visage de l'homme en noir esquissait un sourire obscène.

Élise fut bientôt dans la pièce :

— Sarah, mon Dieu, j'ai eu si peur !

Elle l'enlaça tendrement :

— Ça va aller, ma grande, tu vas boire un peu, et tu vas te remettre. Quelle chaleur, dans cette librairie !

Elle prit soudain conscience que Sarah grelottait.

— Sarah…, grimaça-t-elle, soucieuse. Tu te remets, dis ?

Sarah aurait voulu lui répondre quelque chose d'apaisant, mais ne parvenait pas à contrôler ses mâchoires qui s'entrechoquaient.

Dans sa tête, le rire de l'homme en noir explosa en échos stridents.

# 12

# EXPÉRIENCE

J'ai piqué droit sur la première librairie et j'ai traîné un long moment dans le rayon SF et *fantasy*. J'ai laissé divaguer mon regard sur les titres des livres, dont les tranches dessinaient des frises bariolées au long des étagères. Je me suis penché sur les tables de présentation des nouveautés pour y détailler les couvertures, j'en ai caressé quelques-unes.

J'ai toujours éprouvé le besoin viscéral d'entrer en relation charnelle avec les livres. J'aime sentir leur papier, le parfum si particulier du livre neuf, encore imprégné de l'odeur de l'encre à peine sèche… Cette sensation d'imminence, d'urgence, cette excitation de la découverte m'excitent au plus haut point. Je ne sais jamais si je vais aller jusqu'au bout d'un livre, mais je m'y plonge à chaque fois sans *a priori*, seulement guidé par la nécessité de rêver. C'est ainsi que, parfois, j'atteins *le* plaisir, le seul, le vrai : celui du voyage et de l'abandon.

*Le plaisir du dragon.*

Je ne suis animé d'aucune fascination pour les ouvrages anciens. Ils appartiennent au passé, ne renferment plus la moindre parcelle d'âme – si tant est qu'on puisse morceler l'esprit d'un auteur. Penser que des humains soient capables de dépenser des fortunes pour collectionner des recueils à la couverture ternie m'a toujours précipité dans des abîmes d'incompréhension. Les éditions originales ne présentent plus aucun intérêt. Elles ne sont que des testaments, des legs de leurs auteurs. Il me faut des livres récents, porteurs des rêves et de l'imaginaire de leur créateur. D'un écrivain *vivant*, de surcroît. À quoi bon perdre son temps à explorer un univers voué à l'immobilisme, dans lequel on n'aura plus rien à partager ?

Une pile impressionnante attire mon attention. Le libraire a fait la part belle à un nouvel auteur, promu nouveau « maître de la SF française » sur des présentoirs publicitaires. En fait de maîtres, on a hélas affaire le plus souvent à des petits marquis, qui sont autorisés à faire trois tours sur la piste de danse avant de retourner à l'oubli… ou se condamnent à l'aigreur éternelle des écrivains ne pouvant vivre de leur plume. Et qu'on ne vienne pas me dire qu'on n'écrit pas pour être lu ! Ce mensonge résume tous les travers de l'espèce humaine, il m'est particulièrement insupportable. La seule chose que les hommes écrivent pour ne pas être lus, c'est leur journal intime… et il s'en trouve pour le publier, à terme.

J'approche des romans. Les jaquettes sombres, rehaussées d'une image de synthèse aux couleurs vives, presque agressives, annoncent des aventures faisant largement appel aux nouvelles technologies. Il y est question d'Internet, de réalités virtuelles entrecroisées et de voyages dans le temps. Je réprime un sourire. Rien de très inhabituel pour moi, mais je dois pouvoir y trouver mon bonheur. Je caresse la couverture, la pellicule mate du papier est particulièrement soignée.

— Bonjour !

La voix est claire, son timbre de basse agréable. Je ne réponds pas et me tourne avec une lenteur calculée. Un jeune homme – il doit avoir dix-sept ou dix-huit ans – s'est approché dans mon dos, l'air avenant. Il porte un long manteau de cuir noir. Ses cheveux sombres sont retenus en catogan et son bouc dru et bien taillé lui confère des airs de grand inquisiteur des temps modernes. Il danse d'un pied sur l'autre, serrant contre lui une chemise cartonnée, copieusement graffitée, qui doit renfermer des cours. Il a découvert que je suis plus âgé que ce que semblaient lui indiquer mes vêtements et ne sait s'il doit poursuivre. Je me contente de lui sourire. Il s'enhardit :

— Vous aussi, vous êtes fan des *New Cyberpunks* ?

Je secoue la tête.

— Non. Pas encore.

Il a une moue de connaisseur, s'éclaircit la voix pour m'assurer :

— Vous pouvez acheter sans hésiter, c'est tip top.

J'en saisis un exemplaire, parcours la quatrième de couverture.

— L'auteur est américain, à ce que je vois.

Mon interlocuteur s'approche de moi et me glisse, sur le ton de la confidence :

— Non, en fait, c'est un Français. Il a préféré prendre un pseudo pour écrire de la *hard science*, parce que, bon, il fait pas que ça et ça pourrait le desservir.

— Le *desservir* ?

— Ben oui, vous savez : quand on écrit dans un genre, en France, c'est mal vu de faire autre chose…

Il me lâche ses renseignements comme s'il s'agissait d'un dossier qualifié Secret Défense. Je me penche vers lui :

— Il a écrit d'autres choses ?

— Euh… Oui, mais rien à voir avec ça. Des trucs de *fantasy* bidon, avec de la magie, des dragons… Vous voyez le genre !

Il m'adresse un ricanement de connivence, puis s'empare d'un autre exemplaire du livre.

— Ça, c'est de loin ce qu'il a fait de mieux. Ça devrait être une trilogie, dont on attend le dernier tome pour décembre.

— Merci pour les conseils. Je crois que je vais essayer.

J'empoche les deux premiers livres et me dirige vers la caisse. Il me suit quelques pas, se ravise et lance dans mon dos :

— Il sera en signature demain après-midi.

Il ouvre sa chemise cartonnée et sort un prospectus de la librairie organisant la rencontre. Je repars en lui témoignant ma gratitude :

— Merci beaucoup. *Vraiment.*

J'ai de quoi être satisfait, il ne m'aura fallu que quelques minutes pour obtenir toutes les coordonnées nécessaires. Ce garçon vient peut-être de me sauver la vie. Il s'entête à me suivre, ce qui m'oblige à lui signifier la fin de l'entretien d'un laconique « J'y serai ».

— Moi aussi.

Il m'a souri comme un enfant voyant entrer un nouveau membre dans sa bande et s'en est retourné vers les rayonnages.

Le lendemain, je me présente à la séance de dédicaces avec une heure d'avance. Je veux être aux premières loges. Très vite, de nombreux lecteurs viennent s'amasser devant la table de signature. L'homme a du succès, ce qui est plutôt bon signe. Un portrait grand format est fixé au mur, derrière sa chaise encore vide. C'est une photo mise en scène avec soin, qui montre le profil à contre-jour d'un homme sans âge, aux cheveux longs, qui tire sur une cigarette en recrachant un nuage de fumée bleutée. Son nom est imprimé en lettres d'argent. Je détaille l'icône sans parvenir à m'en faire un avis.

J'espère ne pas perdre mon temps, il m'en reste si peu…

L'auteur apparaît deux heures plus tard, accompagné de son attachée de presse, une jeune femme brune à l'allure dynamique, qui écarte les premiers rangs de lecteurs impatients. Dans leur sillage, quelques amis venus soutenir l'auteur. Je me place en troisième position dans la file d'attente. Je veux pouvoir écouter les conversations et le jauger. En attendant, je l'observe tout à mon aise.

Il est encore jeune et cherche à se vieillir en arborant une barbe de trois jours soigneusement entretenue. Il est caparaçonné dans un blouson de cuir élimé et porte une chemise au col grand ouvert. Ses bottes de moto ferrées font résonner le dallage. Il se laisse tomber sur son siège en affichant un air blasé, fouille un moment dans sa poche, en extirpe un paquet de gauloises fripé. Il allume une cigarette en méprisant l'interdiction légale et les mines effarées des libraires et daigne enfin lever les yeux vers son public.

Ce faisant, il prend soin de reproduire fidèlement la photo au-dessus de lui. À l'évidence satisfait de son entrée, il nous adresse un très large sourire :

— Salut, tout le monde !

Quelques réponses timides lui parviennent de l'assistance. Son attachée de presse nous invite à approcher pour commencer la rencontre. Il n'y a plus de file d'attente qui tienne, nous voilà comme des promeneurs à la foire, un troupeau de badauds devant l'étal. Je constate que les lecteurs sont jeunes pour la plupart. Chacun a en main les deux volumes les plus récents, que l'on présente devant soi comme un laissez-passer absolu.

On se presse dans mon dos. Tous veulent voir celui qui les fait rêver et profiter au maximum de la conversation. J'entends faire de même et me contente de regarder en affichant un sourire bon enfant.

Il échange quelques phrases avec chacun d'eux, se détendant visiblement à mesure que le temps s'écoule. La poussée se fait plus forte dans mon dos et je me laisse dépasser sans résister. Quand vient mon tour, je m'accroupis devant la table pour le regarder droit dans les yeux :

— Bonjour.

Il cille une ou deux secondes avant de répondre :

— … Salut.

Je lui souris. Son trouble est normal, tous les humains ressentent la même gêne quand nous étirons nos pupilles à la verticale. Ils sont rares à réaliser pourquoi, mais notre regard les fascine à ce moment-là. L'effet ne dure qu'une fraction de seconde, juste assez pour désarçonner l'interlocuteur, qui croit avoir rêvé.

Je poursuis :

— Vous arrive-t-il d'accorder des interviews pour des journalistes amateurs ?

À l'évidence, il aimerait savoir ce qui le dérange en moi, mais ne parvient plus à se concentrer. J'ai repris une apparence normale. Il n'a rien noté. Il se décontracte.

— Oui, lâche-t-il enfin, quand j'ai le temps. En ce moment, c'est un peu délicat, je…

— Ce soir, par exemple ?

Il me fixe, interloqué.

Ma voix a changé, tandis que je plonge mes yeux dans les siens. Cela *aussi* est un de nos pouvoirs sous forme humaine.

— Ce soir, ce serait parfait, non ?

Il hoche la tête.

— Oui, après tout, pourquoi pas !

Après une courte hésitation, il arrache une feuille d'un carnet de notes, griffonne quelques mots.

— Voilà mon adresse et mon numéro de téléphone.

Je me relève sans attendre la dédicace.

— Merci beaucoup. Pour mes livres, nous verrons plus tard. Je vous laisse à vos fans !

Stupéfait, il ne réussit pas à détacher son regard du mien. Je le libère d'un dernier « À plus tard, et merci encore ». Puis, je m'éloigne en fendant la foule d'admirateurs. Je n'ai pas atteint la sortie qu'une main me saisit au coude. L'attachée de presse m'a suivi. Elle me dévisage, inquiète :

— Vous avez fait *ça* comment ?

Ses yeux clairs me sondent. Je cherche à l'apaiser :

— L'habitude. Quand on est pigiste ici et là, on apprend à se débrouiller pour obtenir de bons papiers.

Son visage s'éclaire.

— Vous êtes doué, alors ! De tous les auteurs dont je m'occupe, c'est celui qui déteste le plus les journalistes. Il a beau lui-même écrire des critiques littéraires, il vous poursuit tous d'une haine tenace. En tout cas, félicitations et merci. Depuis le temps que je le tannais pour qu'il accepte deux ou trois entretiens…

— Disons que j'ai un don particulier pour amadouer les écrivains.

Je lui tourne le dos et m'éloigne. En marchant vers la sortie, je prends un malin plaisir à chuchoter :

— Et j'ai le pouvoir de suggérer des idées aux humains qui me regardent dans les yeux.

Bien entendu, elle ne m'entend pas. Et ne peut se douter une seconde qu'elle vient de parler à un dragon. C'est probablement ce qui la sauve – je n'ai aucun intérêt à laisser des témoins derrière moi avant de m'être assuré de la collaboration indéfectible de mon nouveau *partenaire*.

Je l'appelle vers 20 heures. Il décroche vite, répond d'une voix nerveuse et m'invite à passer. Il semble angoissé. Peut-être a-t-il pris conscience de la manipulation ? J'en doute, mais je décide d'agir en douceur. Quand je sonne enfin chez lui, il m'accueille avec un masque d'inquiétude :

— Entrez, monsieur… Monsieur comment, au fait ?

— Wayne.

Il me dévisage, incrédule. J'affiche une expression sereine.

— Je suis d'origine américaine.

— Ah. Et vous vivez ici depuis longtemps ?

— Depuis… des lustres. Mais j'ai toujours beaucoup voyagé. L'âge venant, je me calme et je me contente de m'évader par la lecture.

Il finit par se décrisper et s'efface pour me libérer le passage. Nous voici dans un salon au parquet vitrifié. Ses murs blancs sont décorés d'originaux des couvertures de ses romans. Les illustrations, dédicacées, sont encadrées avec goût. Il surprend mon regard.

— Les illustrateurs qui travaillent dans ma maison d'édition sont des amis. J'ai obtenu le droit de choisir ceux à qui l'on confie les couvertures. Ils me sont reconnaissants.

Son ton suinte de suffisance. Un mauvais point. Je m'efforce de rester affable.

— Le succès ouvre de nombreuses portes.

— C'est vrai, me répond-il sans relever l'ironie.

Il contourne une table basse en fer forgé, se laisse chuter dans un fauteuil au revêtement craquelé qui gémit sous l'agression et me désigne un divan de cuir :

— Je vous en prie.

Il allume une gauloise. Je peux voir ses ongles rongés, ses phalanges jaunies. J'ai affaire à un anxieux. Ses yeux bougent très vite, balayant le décor quotidien sans se fixer plus de quelques secondes. Mon hôte semble chercher un réconfort, n'en trouve pas et se résout à revenir vers moi :

— J'ai quelque chose à vous avouer.

— Ah oui ?

— Oui, je… je ne donne jamais d'interview, j'ai une sainte horreur de ça. Je ne sais pas ce qui m'a pris.

Je feins de me relever en prenant appui sur un des accoudoirs :

— Oh, je comprends. Si vous préférez que je revienne une autre fois…

Dans le mouvement, j'ai modifié mes pupilles, puis je l'ai fixé – j'agis à ma guise, puisque nous sommes seuls. Il en bégaie.

— Non, non, ce n'est pas ça… Restez. Je… En fait, je pense que tout est déjà dans mes livres.

Mes pupilles s'allongent encore, je modifie aussi ma voix :

— Oui, j'ai bien saisi. Mais je pense qu'il y a bien d'autres choses à découvrir dans vos univers.

Il tend vers moi un visage cramoisi, ne respire plus. Il est presque totalement en mon pouvoir, mais sa dernière parcelle de conscience lui hurle des ordres contradictoires. Son front est lacéré de profondes rides de désarroi, il roule des yeux éperdus. Il ne sait plus que faire – laisser la terreur lui dévorer les entrailles ou, au contraire, accepter ce qu'il voit ? Il opte pour une troisième solution et s'évanouit.

Il croit pouvoir m'échapper et son corps se détend. Son visage inconscient ébauche un sourire. Il est comme un enfant sans défense qui se cache sous sa couverture pour masquer le film d'horreur qu'il suit à la télé. Je le regarde un moment, puis je me décide à le rejoindre au cœur de ses rêves.

*You can run, but you can't hide*[1]…

*Je le retrouve perdu dans un couloir sans fin. Une espèce de corridor d'acier, aux dimensions inhumaines. Un conduit d'aération où nous ne pouvons progresser qu'à quatre pattes. Il se tient à une vingtaine de mètres devant moi, et ne s'est pas encore aperçu de ma présence. Penché au-dessus d'une grille, il observe ce qui se trouve en dessous. La lumière*

1. « Tu auras beau courir, tu ne réussiras pas à te cacher. »

*filtrant lui projette une carte stellaire sur le visage. Il semble perdu dans sa contemplation.*

*Je m'accorde quelques instants pour l'étudier : il a chaussé une paire de lunettes réfléchissantes, au design futuriste. Ses cheveux sont attachés en catogan et sa combinaison de toile épaisse, renforcée aux genoux, lui permet de se mouvoir sans trop de problèmes. Il a ceint autour de sa taille un harnachement de cuir aux multiples poches fermées par des zips. Un holster pend sous son aisselle. Je peux voir briller la crosse d'acier d'une arme inconnue.*

*Il ne me faut qu'une poignée de secondes pour modifier mon apparence et lui ressembler comme un frère. Quand je juge le résultat satisfaisant, je le rattrape. Réalisant mon approche, il roule sur le côté, dégaine dans le mouvement et braque sur moi son arme. C'est une poignée de métal pareille à une goutte de mercure hyper profilée.*

*— Bouge pas ! aboie-t-il.*

*Je me redresse très lentement. Ma tête effleure le haut du conduit, j'écarte les mains en signe de reddition.*

*— Du calme. Je ne te veux aucun mal.*

*— Ta gueule ! Je sais parfaitement que des chiens de garde hantent les conduits du complexe et tu n'es pas le premier à essayer de m'avoir ! Les ordures qui dirigent cette mégacorp sont bien trop soucieuses de leurs intérêts pour se garantir d'un seul système de surveillance.*

*Je hoche la tête :*

*— C'est vrai, l'ami. Mais je ne suis pas l'un des leurs. Je te l'ai dit,* je suis comme toi. *De ton côté.*

*Il retire ses lunettes, me fixe avec insistance. Je peux voir ses pupilles dilatées. Ses gestes sont rapides, nerveux. Trop rapides : il ne parvient pas à les maîtriser. Je me hérisse en comprenant qu'il a pris des drogues de combat – dérivés du PCP ou que sais-je ? Il va falloir prendre le contrôle très vite, si je ne veux pas me faire éjecter du rêve comme un malpropre. Fort heureusement, c'est lui qui m'offre la première occasion :*

*— Approche ! Reste dans cette position. Ouais, mains sur la tête !*

*Sa voix est hystérique, son débit saccadé. Il se passe une main sur le visage pour se débarrasser de la sueur âcre qui l'inonde. Quand je ne suis plus qu'à un mètre de lui, il braque sur moi une fine lampe torche :*

*— Qui t'es ? Mmmh ? Ta gueule me dit quelque chose…*

*Je confirme d'un hochement de tête :*

*— On se connaît, on s'est vus, il y a quelques heures à peine.*

*— La ferme ! Tu viens de te vendre, connard, ton baratin n'a servi à rien !*

*Il braque à nouveau son arme sur mon visage.*

*— Il y a des jours que je suis enfermé ici. Il m'a fallu une semaine pour parvenir au-dessus de la salle des terminaux en déjouant tous les pièges de ce foutu complexe, et tu voudrais que je gobe ton histoire de rencontre ! Ah, ah ! C'est vraiment me prendre pour un demeuré !*

*Je modifie ma voix, maudissant ces lunettes réfléchissantes qui l'empêchent de distinguer mes yeux. Je me penche imperceptiblement en avant.*

*— Du calme. Je te dis qu'on s'est déjà rencontrés,* ailleurs, *il y a peu de temps.*

*— Ça suffit, couine-t-il, bouge plus, je te dis ! Remue encore, et je te grille !*

*Il agite son arme devant lui, dessinant des entrelacs. Sa voix monte encore d'un ton dans les aigus :*

*— Je sais que je t'ai déjà vu quelque part… Ça serait pas dans un des couloirs de la mégacorp, dis ?*

*Je transpire d'abondance sous ma cotte de toile. Je n'ose pas imaginer l'effet de son arme. Il doit deviner mes pensées, car il tend le bras et me griffe la joue de sa pointe.*

*— Tu sais ce que je vais faire, dis ? Je vais te découper un bras avec le faisceau de mon grilleur. La douleur ne va pas être immédiate, mais quand elle va éclater dans ta tête, tu n'auras même plus la force de crier… Ensuite seulement, je t'achèverai. Parce que c'est tout ce que méritent les traîtres qui travaillent pour la Murder Inc.*

*Il jouit un moment de la peur qu'il croit m'inspirer. En plein délire, il ne s'aperçoit même pas que je baisse la tête. Son arme accroche mes lunettes, les soulève. Ça y est, il voit mes yeux.*

*Sa voix n'est plus qu'un croassement pathétique :*

*— Qu'est-ce que c'est que c…*

*J'ai aussitôt modifié mon apparence. Mes vêtements se déchirent, tandis que mes ailes et mes membres s'allongent.*

*Il hurle de terreur et déclenche son tir.*

*Une seconde trop tard.*

*Il n'a pas menti : la brûlure est si douloureuse qu'elle m'empêche d'agir. Je laisse échapper un feulement de rage – sous cette forme, nos cordes vocales trop épaisses ne modulent que des grognements – et sens une de mes pattes se détacher de mon corps.*

*Rien de trop grave.*

*Mon sang violet coule sur la conduite, qui grésille sous sa morsure acide. Il reste stupéfait.*

*— Mon Dieu… mon Dieu…, bégaie-t-il, les yeux écarquillés.*

*L'heure n'est plus aux palabres stériles. J'étends mon cou et je happe son arme, la sectionnant d'un claquement de gueule. J'en recrache la moitié dans sa direction. Il met son bras en bouclier et commence à ramper à reculons dans le conduit. Il procède maladroitement, ses pieds glissent sur la flaque de liquide essentiel qui s'échappe de mon épaule en glougloutant.*

*Le conduit commence à gondoler sous notre poids, il s'affaisse. En dessous, on perçoit maintenant une agitation grandissante. Il fallait s'y attendre, les occupants des lieux réagissent à notre feu d'artifice…*

*Je rattrape le fuyard d'un bond et approche ma gueule de son visage. Je cligne les yeux un instant pour me délecter de son parfum de terreur. Il est moite et tremblant, et j'adore cette odeur qui précède la curée… Je me ressaisis pourtant : il n'est pas temps de le tuer. Je suis venu pour collaborer, et il n'a fait que répondre à ce qu'il a pris pour une agression. Au prix d'un effort titanesque, je me modifie encore une fois.*

*Je tends la main vers lui.*

*— Tu veux vivre ? Alors suis-moi sans discuter.*

*Il continue de secouer la tête de droite et de gauche, avec frénésie, comme pour nier la réalité qui nous entoure. Je soupire, agacé. Je me suis mépris sur les capacités de mon hôte à s'adapter aux situations extrêmes…*

*Des bruits sourds me parviennent, aussitôt suivis de bouillonnements inquiétants. Une odeur effroyable de brûlé monte dans le conduit : les gardes du complexe font à leur tour usage de leurs armes. Notre abri va bientôt s'effondrer. Je décide qu'il n'est plus temps de négocier. Je décoche un coup de poing à mon « compagnon », qui l'étend de tout son long. Le saisissant par une cheville, je l'entraîne à ma suite.*

*Par bonds successifs, je parviens à un carrefour de couloirs étroits. Dans mon dos, les gardes sont parvenus à se hisser dans le corridor et se lancent à notre poursuite. Je peux entendre leurs ordres. Ils approchent. Nous sommes encore masqués par un coude, mais ils ne tarderont pas à nous rejoindre.*

*Je crache au sol un flot de bile, qui s'enflamme à son contact et dégage aussitôt un épais nuage. Ce sera toujours de précieux instants de gagnés. Puis je tente de faire abstraction de la folie ambiante pour me concentrer. Roger m'avait appris naguère à utiliser les pouvoirs de ces princes : regarder autour de soi, noter le détail le plus infime, le modifier, imperceptiblement d'abord, puis s'en éloigner peu à peu…*

*Déjà, les parois du couloir se transforment.*

*À quelques mètres de nous, des cris brefs, suivis du sifflement strident des lasers. Les faisceaux s'entrecroisent autour de nous. Le couloir change d'aspect, son revêtement se boursoufle, fait place à de la pierre, les hurlements de colère s'estompent. Je me glisse dans le boyau calcaire en traînant mon hôte inerte. Le sol est couvert de mousse et de boue putride.*

*Les cris se sont tus. Nous sommes passés dans un autre rêve.*

*Je m'adosse à la pierre et je souffle. J'adresse une prière à Roger, qui m'a une nouvelle fois sauvé au cœur d'un univers étranger. Je considère l'homme allongé à mes côtés. Inconscient, il respire avec difficulté. Je le réveille d'une bourrade dans les côtes :*

*— On se lève, bonhomme !*

*Il grogne, puis sursaute :*

*— Hein ? Quoi ?*

*Il s'agite, se redresse, regarde en tous sens, m'aperçoit enfin et s'étrangle :*

*— Vous ! Qu'est-ce que…*

*Je pose un doigt sur mes lèvres.*

*— Chut. J'en ai plus qu'assez de tes états d'âme. Tu vas te taire.*

*Il est pétrifié, me lance des regards ahuris. Il ouvre la bouche pour parler, mais je l'interromps :*

*— Encore un mot, un seul,* et je te tue.

*Ce n'est pas une menace, mais une promesse.*

*Il accuse aussitôt réception et se tait. Je plisse les yeux et goûte le silence.*

*— Tu sais ce qui me ferait plaisir ? dis-je en levant les yeux vers la voûte. Boire un verre de bon vin. Un grand cru. Classé.*

*Il ne desserre pas les lèvres. Le message est passé, il s'est changé en statue de glaise. Son teint est cireux, ses cheveux défaits lui collent à la peau en mèches grasses. C'est à peine s'il ose respirer, à petites goulées.*

*Je lui dévoile mes canines.*

*— Nous avons quitté ton monde futuriste. Cet univers ne me convient pas. Je sais que tu aimes t'y réfugier et rêver d'aventures solitaires, au cours desquelles tu sauves le monde à grands coups de sabotages et d'actions commandos. Mais les mégacorporations me font suer, et je déteste la transpiration superflue.*

*Il regarde ses mains, tâte ses vêtements. Nous sommes à présent costumés de cuir et de peaux tannées. De larges épées pendent à nos côtés. Je le laisse à sa contemplation stupéfaite avant de poursuivre :*

*— Tu as de la chance que je me sois procuré tes premiers bouquins, tu sais. Tes idées d'alors étaient séduisantes… Dommage que tu les aies abandonnées.*

*Il découvre peu à peu le couloir où nous gisons, puis m'interroge du regard.*

*— Nous voilà dans un de tes mondes d'*heroic fantasy. *Tu te souviens ? Ces terres où volent les dragons, où il faut combattre pour survivre…*

*Il me regarde à nouveau et acquiesce sans un mot.*

*— Je sais ! Nous sommes dans les catacombes de la citadelle de jais. Perdus dans les souterrains du roi mort.*

*— Tss, tss, tss ! Jacques a dit « on la ferme » ! J'ai choisi ce monde pour te présenter l'étendue de mes pouvoirs et t'en faire saisir l'intérêt. Alors voilà…*

*Je lui consacre les deux heures qui suivent en détaillant par le menu mon existence, ainsi que les possibilités que nous ouvrirait une éventuelle collaboration. Il m'écoute sans jamais m'interrompre, les bras autour de ses genoux comme un enfant sage.*

*Quand j'ai fini, il me regarde en souriant, détendu.*

*— Ça va, j'ai compris.*

*— À la bonne heure ! Et qu'en penses-tu ?*

*Il me jette un regard méprisant :*

*— J'ai dû forcer sur les médocs, ces derniers temps. Ça ressemble trop à une hallucination, je dois faire une mauvaise réaction, c'est tout.*

*Il pose le front sur ses bras et parle d'un ton rageur :*

*— Il n'y a pas eu de séance de dédicaces, il n'y a pas eu de rencontre et* tu n'existes pas. *Tu n'es qu'un foutu produit de mon imagination et je vais te gommer, te faire disparaître et m'empresser de t'oublier.*

*Il se lève, pose les mains sur ses hanches dans une posture de défi et m'assène, bravache :*

— Tu n'existes pas. *Je suis le maître de cet univers et, en tant que tel, j'en reprends le contrôle.*

*Il ferme les yeux et son visage se crispe.*

*— Je suis le maître de ce monde, scande-t-il. Tout ici m'appartient.*

*Il répète plusieurs fois sa litanie. Quand je juge qu'il s'est suffisamment ridiculisé, je me lève à mon tour et lui glisse à l'oreille :*

*— Pour ce qui est des déductions brillantes, il va falloir encore progresser, Sherlock.*

*Mon ton mielleux n'a pas l'heur de lui plaire. Il est blême :*

*— C'est pas possible, c'est pas vrai…*

*— Si fait, mon doux seigneur.*

*Et j'exécute à ses pieds une révérence grotesque, puis quelques pirouettes choisies, en prenant soin à chaque fois de modifier mon apparence, passant allègrement de la bête au bouffon, du monstre au chevalier.*

*— Et, comme tu peux le constater, c'est moi qui dirige la manœuvre.*

*Il vacille, perturbé, puis il s'ébroue, se pinçant le haut du nez.*

*— Je vois…*

*— Tu ne vois rien. Tu n'as jamais rien vu, mais tu peux commencer une existence nouvelle, si tu acceptes d'ouvrir ta conscience.*

*— J'y suis ! exulte-t-il. C'est un univers de jeu de rôles ! Une crétinerie à tiroirs, qui permet de se glisser de l'un à l'autre sans effort. On change de personnage comme de chemise !*

*Il éclate de rire, avant de grasseyer :*

*— Une de ces stupidités qui fascinent tant la petite Sarah !*

*Je lui pose la main sur l'épaule.*

*— Sarah ?*

*Il se dégage d'un geste violent.*

*— Oui. Sarah. C'est une pauvre fille qui rêve d'écrire des bouquins de* fantasy *et qui ferait mieux de rester jouer dans sa cour. Une maniaco-dépressive qui devrait se cantonner à ses polars miteux. Nous avons la même attachée de presse, Élise me l'a imposée une ou deux fois…*

*— Tu l'as rencontrée ?*

*Il crache son mépris :*

*— Je viens de te le dire ! Nous nous sommes retrouvés côté à côte lors de divers salons. Elle a sauté sur l'occasion pour s'épancher et me faire part de son admiration. En fait, elle cherchait surtout une opportunité de me confier son envie d'écrire autre chose que ces histoires pitoyables. Elle espérait probablement que je lui prendrais un de ses manuscrits…*

*Je l'interroge, les yeux dans le vague :*

*— Élise, c'est la brune qui était à la séance de signature ?*

*— Oui, c'est… Eh, mais ? Comment peux-tu être au courant de…*

*J'ignore sa question et je m'empresse de lui dévoiler mes propres fantasmes, sans retenue aucune. Son imaginaire étriqué est submergé. Mes visions chaotiques se lancent à l'assaut de sa raison, dont les défenses cèdent. Il s'effondre trop vite à mon goût, mais ses cris de terreur m'emplissent les oreilles bien après que j'ai quitté son rêve.*

Je m'éveille dans son salon.

Il est inconscient, tassé au fond de son fauteuil de cuir. Il gît bras en croix, jambes allongées, en caricature christique. Un filet de bave coule aux commissures de ses lèvres. Des vaisseaux sanguins ont éclaté dans ses yeux, tissant sur ses globes oculaires un filet arachnéen. Un peu de sang perle également à ses oreilles.

Je fouille son appartement d'un soin maniaque. Je trouve les nombreuses boîtes de calmants et de somnifères, je les laisse traîner sur la table du salon. Autant faciliter le travail de la police.

Lorsque je retrouve la rue, le froid de la nuit me saisit. Ce qui aurait dû me permettre de me ressourcer m'a affaibli, je ne suis plus que l'ombre de moi-même. Si je continue ainsi, j'aurai perdu toute matérialité avant le prochain coucher du soleil…

Je hèle un taxi, qui me dépose chez moi. Là, je vais m'allonger dans mon sanctuaire. Le retour à la réalité s'annonce douloureux, je perds un à un tous mes pouvoirs, *je me dissipe.* Je ne pourrai bientôt plus évoluer dans ce monde. Je vais redevenir ce que j'avais oublié être : un dragon, une créature inconsistante, condamnée à ne plus évoluer qu'en rêve.

Adieu, planète bleue.

Une étincelle luit soudain devant mes yeux embrumés.

« Élise », a-t-il dit.

*Élise et Sarah.*

# 13

## Sarah et Wayne

Sarah déambulait dans son appartement, comme en proie à une crise de somnambulisme. À la voir tourner en rond, la démarche heurtée, hésitante, on eût dit un de ces ours captifs qui arpentent leur fosse dans le but improbable d'en trouver un jour la sortie.

Elle s'était abrutie de calmants en rentrant chez elle, ce qui l'avait jetée sur son divan dans un état d'hébétude avancée. Elle ressassait les derniers événements. Les visions la hantaient, elles éclataient devant ses yeux en bulles d'encre gluantes. Pour fuir ces cauchemars éveillés, elle n'avait pas hésité à avaler des doses importantes de somnifères. Hélas, victime d'un effet paradoxal des produits, elle avait passé la nuit assise dans son lit, incapable de trouver le sommeil. Elle s'était levée en fin de matinée, au prix d'efforts surhumains. Aveuglée par la réverbération, elle avait tiré les rideaux de la grande salle de séjour et avait chaussé des lunettes noires.

Après avoir traîné encore, elle avait fait un café si exécrable qu'elle renonça à le boire après deux gorgées. De guerre lasse, elle s'était réfugiée sur le sofa. Elle se tenait là, au beau milieu de son salon, quand elle avisa son reflet dans la glace :

— Tu as fière allure, Sarah ! Il est 15 heures, et tu es encore en peignoir – et lunettes de soleil, s'il te plaît ! –, les cheveux en bataille…

Elle s'approcha du miroir, souleva ses verres fumés avant d'ajouter :

— … et le teint passablement déterré.

Elle laissa fuser un petit rire douloureux qui vira à la toux catarrheuse. Elle s'obligea à passer par la salle de bains. Elle était en train de devenir folle, elle en avait conscience, mais qui pourrait bien lui venir en aide ? Quelle médecine saurait lui faire admettre que *les dragons n'existaient pas*, qu'ils n'évoluaient pas parmi les humains… Que cela ne pouvait pas être ? Quel médecin, surtout, se montrerait assez irresponsable pour la laisser en liberté si elle lui avouait tous ses coupables fantasmes ? Au mieux, se retrouverait-elle dans un asile ensoleillé, à traîner ses chaussons au cœur d'un parc arboré, parmi d'autres malades en proie aux pires délires. Une colonie de zombies, décérébrés à grands coups de pilules colorées, comme celles qu'elle avait envoyées voler à travers son appartement…

Le jet d'eau brûlante eut un effet apaisant. Elle se colla le dos au carrelage. La puissance de l'eau sous pression lui prodiguait de délicieux massages. L'eau chassait les nuages de bulles translucides, la lavait de ses cauchemars, entraînés dans le tourbillon à ses pieds. Sarah se sentait épuisée, mais béate : les jambes molles, les bras sans force, elle glissa lentement sur ses appuis et se retrouva bientôt accroupie sous le jet fumant.

On sonna trois coups brefs à l'entrée.

— Loi de Murphy, grogna-t-elle. Tout corps plongé dans l'eau du bain subit immédiatement la sonnerie du téléphone… ou celle de l'entrée !

Elle ricana un moment de sa bêtise. Elle se sentait tellement bien, là, affalée sur le carrelage, à ne plus penser.

La sonnerie retentit encore une fois.

« Je ne suis pas là ! », fut-elle tentée de s'écrier, mais elle s'extirpa tout de même de sa cabine de douche. Enfilant un kimono, elle agrippa une serviette avant de se diriger vers l'entrée en se séchant les cheveux. Elle entrebâilla la porte et jeta un œil prudent à l'extérieur.

Un homme s'éloignait à pas lents, les mains enfoncées dans les poches de son manteau sombre. En entendant la porte s'ouvrir, il se retourna vers elle et Sarah tressaillit.

— Oh, je vous ai fait peur, dit-il d'une voix apaisante. Pardonnez-moi, mademoiselle, je… je désirais rencontrer l'auteur de ces livres.

Sarah se mordit les lèvres. L'espace d'une demi-seconde, elle avait cru voir l'homme en noir qui l'obsédait, mais celui qui se tenait devant elle avait une tout autre allure. Son visage aux traits fins était empreint de douceur et son expression trahissait une extrême lassitude.

Il s'avança en lui présentant des exemplaires de quelques-uns de ses romans et risqua un timide sourire :

— Je peux entrer ?

« Au moins serons-nous deux dans le même état », pensa Sarah en libérant le passage. L'inconnu se dirigea droit vers le salon, sans attendre d'autres indications de la jeune femme. En lui emboîtant le pas, Sarah le détailla : il était grand, jeune et mince. Ses cheveux bruns coupés court et son long manteau lui conféraient une allure d'éternel étudiant, mais elle estima qu'il devait approcher de la trentaine. Il s'arrêta devant les baies vitrées, en écarta les rideaux de la main.

— Beau temps sur Paris, aujourd'hui.

Elle réalisa alors qu'elle était en peignoir, les cheveux encore humides, et qu'il lui accordait un répit pour se changer.

— Ou… oui, bafouilla-t-elle.

Elle fit une curieuse mimique et ajouta, rouge de confusion :

— Je vous laisse quelques minutes, le temps de me sécher.

— Je vous en prie.

Il avait parlé sans se retourner, pour ne pas augmenter sa gêne. Elle en profita pour filer.

— Mettez-vous à l'aise, lança-t-elle par-dessus son épaule. Servez-vous quelque chose, le bar est dans le coin, à votre droite.

Parvenue dans sa chambre, elle s'empressa d'enfiler un chemisier et un jean, puis se frotta les cheveux avec frénésie. Elle se maudissait intérieurement. « Ma pauvre fille, ça va de plus en plus mal. Voilà que tu laisses entrer des étrangers chez toi, maintenant ! Et que va-t-il te demander ? Tu ne sais même pas comment il a pu découvrir ton adresse ! »

Elle retrouva un semblant de calme et consentit à reparaître au salon. Le jeune homme l'attendait, installé dans le divan. Il avait posé son manteau à ses côtés et sirotait un whisky. Il se leva à son arrivée.

— Je vous en prie, restez assis, lui dit-elle.

Il ne se fit pas prier et posa son verre sur la table basse. Il se porta en avant, mains jointes, coudes en appui sur ses genoux. Ils se dévisagèrent tous deux, attendant que chacun fasse le premier pas. Un silence gêné s'installa. Il décida de rompre la glace :

— Je… j'ai obtenu vos coordonnées par votre attachée de presse, commença-t-il après s'être éclairci la voix.

« Élise, nom de Dieu, qu'as-tu encore inventé ? », pensa Sarah en serrant les mâchoires. Mais elle se garda de l'interrompre, ponctuant sa tirade d'un hochement de tête.

— J'ai déjà réalisé des interviews avec d'autres auteurs de la même maison d'édition et je… Enfin, voilà : je ne suis pas vraiment journaliste…

« À la bonne heure ! se dit-elle. Voilà que j'attire des admirateurs prêts à inventer n'importe quoi pour venir découvrir les auteurs *in vivo*. »

— Disons que je ne suis encore que simple pigiste. Je me débrouille pour écrire quelques papiers, que je place à droite ou à gauche, en essayant de me faire un nom. Mon seul talent, jusqu'à présent, aura été de réussir quelques articles sur des personnalités encore peu connues du grand public. Des écrivains, des artistes qui ont des choses à dire et que les lecteurs découvrent avec intérêt…

Quand il se tut à nouveau, Sarah lui décela un charme certain. Elle nota son sourire carnassier et s'interrogea sur le magnétisme de son regard. Elle n'aurait pas su expliquer ce qui la fascinait dans les yeux clairs de son interlocuteur.

— Admettons, déclara-t-elle. Il faudra tout de même que je contacte mon attachée de presse. Vous conviendrez, je pense, qu'il existe des façons moins cavalières de proposer des reportages aux romanciers ?

— Je réalise à quel point cela doit vous sembler gênant…

— N'en parlons plus. Vous êtes là, autant faire votre travail.

Sarah se servit un verre et ils trinquèrent tous deux :

— À votre réussite, donc. Et à votre incroyable toupet !

— À notre *future collaboration*, fit-il en dévoilant ses canines.

Elle en ressentit un malaise passager, mais se plongea presque aussitôt dans son regard, qui n'était pas seulement apaisant. Sarah se surprit à le trouver quasi hypnotique, mais sans doute le physique agréable de son invité n'était-il pas étranger au phénomène ?

« Depuis quand n'as-tu pas eu l'occasion d'exercer tes charmes sur un homme ? », s'interrogea-t-elle. Elle décida de se laisser aller et se noya un instant dans les yeux de son vis-à-vis… avant de se redresser, gênée. « Foutue gamine romantique ! », se sermonna-t-elle en s'efforçant de masquer son trouble.

Ils devisèrent ainsi un long moment. Wayne – l'homme avait fini par lui avouer son nom, confus de n'y avoir pas songé plus tôt – était un jeune Américain installé à Paris depuis quelques années. Littéraire de formation, il s'évertuait à travailler dans l'édition. Il avait déjà effectué plusieurs traductions pour des revues, mais rien qui ne l'emballât autant que ses reportages :

— Aujourd'hui, j'éprouve un besoin… *vital* de rêver, lui déclara-t-il, le regard perdu au loin.

— Moi aussi, reconnut-elle.

Elle le rejoignit et s'accouda comme lui au balcon. Le soleil aurait bientôt disparu derrière les immeubles. La Seine se teintait de violet profond. Les derniers rayons leur caressaient le visage. Wayne la regarda avec une soudaine intensité :

— Sarah, je dois vous avouer quelque chose…

« Nous y voilà », se dit-elle, sans oser l'interrompre.

— J'ai appris que vous hésitiez à écrire des romans de *fantasy*.

Elle se tourna vers lui, surprise.

— Qui vous a dit ça ?

Il eut un geste de défense.

— Ne vous fâchez pas, je vous en prie ! C'est mon travail d'apprendre des trucs de ce genre.

Il observa un moment de silence avant de reprendre :

— Je voulais vous en parler, car l'idée me paraît excellente. J'ai lu une bonne partie de vos ouvrages. Votre style est parfait pour des récits de ce genre.

N'osant plus le regarder, Sarah fixait les tours de Notre-Dame.

— Oui, peut-être. Il faudra qu'un jour je m'y attelle. En attendant, j'ai d'autres projets. Je dois terminer le prochain Palmer et…

— Pas *peut-être*, la corrigea-t-il. C'est l'évidence, vous devez écrire ce type de romans !

Elle lui adressa un sourire triste.

— Vous êtes gentil, Wayne. Mais j'ai des idées en tête qui me troublent au point de m'empêcher de coucher mes visions sur papier.

— Si je peux vous être d'une quelconque utilité…

Sarah sentit son visage s'illuminer :

— Je n'en suis qu'à quelques notes, mais je peux vous les montrer si vous le désirez.

— Avec grand plaisir.

Ils s'installèrent ensemble devant le bureau de la jeune femme. Wayne se consacra avec passion à la lecture des quelques feuillets que Sarah lui tendit. Ils se tenaient face à face, et elle en profita pour le détailler à son aise. Fascinée, elle observait ce presque encore adolescent au regard hypnotique. Il se tenait raide et parcourait avec le plus grand sérieux son manuscrit. Elle le trouva beau alors, et s'attendrit de ses gestes.

Il dut percevoir son trouble et modifia son attitude pour redevenir froid et professionnel. Quand il releva la tête, il était admiratif.

— C'est excellent, Sarah. Ce projet devrait trouver son public sans aucun problème.

Elle haussa les épaules.

— Allez dire ça à mon éditeur !

Elle sortit du bureau et retourna s'asseoir au salon, Wayne sur les talons. Ils burent encore un ou deux verres en échangeant des banalités et Sarah se sentit bientôt grisée. Elle ne maîtrisait plus tout à fait un petit rire nerveux, qu'elle jugeait stupide sans parvenir à s'en défaire. Elle se détendit peu à peu, et décida de se laisser bercer par la voix de Wayne. Elle trouvait son timbre particulièrement grave et chaud, et ses yeux… *captivants.*

*On sonna à la porte. Sarah s'arracha du fauteuil pour aller ouvrir. Elle se félicita de cette visite inopinée – n'était-elle pas sur le point de commettre une terrible bévue en tombant dans les bras de cet inconnu ?*

*Élise s'engouffra dans l'appartement.*

*— Ma chérie, j'espère que tu ne m'en veux pas trop… J'ai donné tes coordonnées à un jeune type qui est passé au bureau ce matin. Je ne sais*

*pas ce qui m'a pris – jamais je ne fais ce genre de chose, tu le sais, mais… je n'ai pas pu lui résister. Il a des yeux su-bli-mes ! D'ailleurs, s'il vient te voir, je veux ton avis : je le trouve beau, mais beau !*

*Elle s'étrangla en réalisant la présence de Wayne dans le salon.*

*— Merci, lui lança-t-il avec une moue amusée.*

*— Je… je suis désolée… Je ne pensais pas vous déranger…*

*Son regard médusé passait de Sarah à Wayne, en allers-retours scrutateurs.*

*— Mais tu ne nous déranges pas, lui certifia Sarah. Nous en étions à discuter de mon avenir dans la littérature, tu arrives donc à point nommé !*

*Élise choisit un fauteuil face au divan. Elle refusa le whisky, optant pour un verre de jus d'orange. La conversation reprit, sereine. Wayne devisait avec gaieté, enchantant les deux jeunes femmes en leur relatant des extraits choisis de ses interviews les plus cocasses.*

*Élise se détendit enfin. Elle regardait Sarah, s'émerveillait de la découvrir si enjouée. Elle se surprit à souhaiter que tout cela ne soit pas un rêve…*

Le hurlement de la sirène l'arracha à sa rêverie.

*Wayne bondit sur ses pieds, jetant des regards inquiets alentour. Le jeune homme ressemblait maintenant à un sniper perdu derrière les lignes ennemies. Son visage s'était creusé, il paraissait avoir les nerfs à vif.*

*Sarah mit son état sur le compte de l'alcool. Elle lui prit le bras.*

*— Ce n'est rien, Wayne. L'alarme d'incendie se déclenche parfois, quand des occupants fument dans les couloirs ou n'aèrent pas leur appartement…*

*Wayne ne l'écoutait plus. Saisissant au passage son manteau, il marcha d'un pas décidé vers la cuisine, dont il ouvrit la porte. Une vague de chaleur les saisit à la gorge. Sarah recula, une main devant le visage. La cuisine était en proie aux flammes, qui montaient en colonnes avides pour lécher le plafond, dont les plâtres se déformaient en cloques énormes. Des tourbillons âcres envahissaient l'espace, rampant au sol et se tordant à leurs pieds.*

*Sarah étouffa un cri :*

*— Wayne, non !*

*Déjà il s'avançait. Il fut aussitôt avalé par les flammes. Elle vit danser son ombre dans la fumée, puis le perdit de vue.*

*Élise, les traits tirés, la rejoignit.*

*— Qu'est-ce… qu'est-ce qu'il fait, mon Dieu ?*

*La fumée aux vapeurs irritantes leur ravagea les poumons. Succombant à une formidable quinte de toux, elles glissèrent au sol, crachant et pleurant, totalement aveuglées.*

*À travers le rideau de ses larmes, Sarah réalisa soudain que les flammes jaillissaient de la cuisine en torrents de lave. À leur contact, tout s'embrasait : les rideaux d'abord, qui flambaient comme des torches, puis les meubles, dont les craquements secs couvraient par intermittence le vrombissement de l'incendie. Les livres tombèrent des étagères, en papillons de feu, avant de communiquer leur lèpre incandescente à la moquette. À la manière d'un incendie de brousse, le mur de flammes progressait pour encercler ses victimes.*

*Les deux jeunes femmes se replièrent vers le salon. Elles furent bientôt acculées à la baie vitrée. Sarah céda à l'effroi, tandis que la cuisine vomissait des flots de braise. « Il est là, se dit-elle. Il est dans la cuisine, il crache sa colère. Le dragon est chez moi et va nous consumer… »*

*Çà et là, des meubles gisaient sur le sol, comme autant de créatures mortes, allongées sur le dos, éviscérées. Les tiroirs béants laissaient s'échapper leurs documents qui volaient en tous sens, attisant encore les flammes qui les happaient goulûment. Des gerbes d'étincelles et de résidus charbonneux montaient vers le plafond. Sarah réalisa soudain que sa compagne était agenouillée auprès d'elle, psalmodiant comme une petite fille, suppliant qu'on lui vienne en aide.*

*Les flammes furent bientôt près d'elles… Sarah se redressa et bondit à travers les foyers qui ravageaient le salon. Elle atteignit un placard et s'empara d'un extincteur. Ses gestes étaient mécaniques, son esprit paralysé par la peur. Elle agita le bidon, le dégoupilla et le braqua vers le foyer qui crépitait tout près d'Élise. Hélas, l'engin de secours se refusa à assumer sa fonction. Tout juste accepta-t-il, dans une toux catarrheuse, de cracher quelques maigres flocons de neige carbonique aussitôt digérés par les langues brûlantes du brasier.*

*Un cri de douleur s'éleva. Sarah, horrifiée, vit qu'Élise brassait l'air comme un épouvantail désarticulé par la tourmente. Ses cheveux avaient pris feu, ses vêtements étaient comme une torche. Sarah n'eut aucune réaction. Une peur immonde la clouait au sol. Elle aurait voulu se jeter sur son amie, la couvrir d'un vêtement, étouffer les flammes… mais elle se trouva incapable de bouger. Elle assista, impuissante, misérable, au spectacle atroce de cette jeune femme qui grillait devant ses yeux en hurlant toute la douleur du monde.*

*La plainte ne fut bientôt plus qu'un gargouillis inarticulé. Élise tomba au sol et disparut dans le nuage de fumée qui stagnait au sol, comme avalée par des sables mouvants.*

*Sarah se secoua soudain : il fallait bouger, pour ne pas mourir !*

*Un craquement phénoménal se fit entendre. Dans une vibration de fin du monde, le plafond venait de s'écrouler en partie. Les plaintes et les gémissements redoublèrent de volume et d'intensité : Sarah découvrit que son salon était situé sous la chambre à coucher de l'appartement supérieur, et que ses occupants, surpris dans leur sommeil, avaient été donnés en pâture au brasier.*

*Dans ce chaos indescriptible, Sarah se mit à balbutier des bribes incohérentes.*

*— J'allais agir… J'étais sur le point de… De* quoi, *grands dieux ?*

*Un nouveau hurlement, derrière elle, la tira de sa léthargie. Elle exécuta une nouvelle volte-face.*

*Wayne n'était plus seul.*

*Il reculait pas à pas, insensible aux morsures des flammes. Il tenait son manteau enroulé autour de son avant-bras et pointait devant lui un sabre japonais. Un autre homme l'avait rejoint.*

*Les deux adversaires se toisaient.*

*Ils brandissaient chacun une arme blanche.*

*Sarah fut violemment ébranlée quand elle reconnut la silhouette sombre qui progressait avec souplesse, faisant voler les pans de son manteau. Elle perçut le sourire bestial et fut saisie par l'éclat de son regard, par la démence qui y étincelait.*

*L'homme en noir était revenu, il se tenait là, dans son salon.*

*Il affrontait Wayne.*

*Ce dernier crispait la main sur la garde d'un katana, dont la lame semblait lancer des éclairs. Face à lui, l'homme en noir maniait une épée d'or et d'argent, à la garde ouvragée.*

*L'image était saisissante à force d'étrangeté. Sarah en resta muette. Elle chercha à nier tout cela :*

*— Ce n'est pas possible, répétait-elle, pitoyable. Tout cela ne peut pas être !*

*Là-bas, les épées s'entrechoquaient, scandant leur discours de mort. La jeune femme releva la tête, se frotta les yeux. Si, c'était possible : toute cette folie était bien réelle. Elle assistait à un duel, debout au milieu des flammes.*

*Elle tomba à genoux et laissa fuser un éclat de rire qui s'étrangla en hoquet larmoyant.* Folle ! *Elle était définitivement folle, et s'inventait des images hallucinées au beau milieu d'une situation éprouvante. Il ne pouvait y avoir un inconnu, bataillant là, au centre de son salon…*

*Un nouveau cri la fit sursauter : Wayne venait d'être touché à l'épaule. Il hurlait de douleur et de rage. Il redoubla de fureur quand son adversaire bondit à son tour au-dessus des flammes et se redressa face à lui.*

*Sarah grimaça devant le visage cramoisi de l'homme en noir. Son cri de colère la glaça.*

*— Tu es fini, Wayne ! Elle est à moi, à moi seul !*

*Wayne secoua la tête.*

*— Non. Pour la prendre, il faudra me tuer.*

*L'homme en noir eut un rictus sadique. Il contempla un instant Wayne, feignant de s'apitoyer sur son sort.*

*— Soit ! Tu as choisi, Wayne. Ton romantisme désuet t'aura perdu, il ne te reste plus qu'à mourir pour cette fille.*

*Il se porta brusquement en avant et ses attaques redoublèrent de violence. Il assénait des volées de coups d'estoc et de taille, que Wayne parait au jugé, sans parvenir à reprendre le dessus. Il fut peu à peu acculé dos au brasier. Sa chemise s'enflamma, il grimaça quand les flammes lui léchèrent la peau. Le cri de son adversaire, inhumain, vint se mêler à la plainte du jeune homme.*

*Cédant à une soudaine impulsion, Sarah s'avança au milieu des flammes. Elle se brisa la voix en tentant de couvrir le bruit alentour :*

*— Wayne ! J'arrive !*

*Il ne l'entendait pas, luttant avec acharnement pour ne plus céder un pouce de terrain à son adversaire. Sarah ne pouvait détacher ses yeux de Wayne, qui frôlait l'apoplexie : sujet à de violents spasmes, son visage était rouge sombre. Il était proche de l'asphyxie. Elle ne voyait plus que cette veine, sur son cou, qui gonflait, gonflait…*

*Mue par l'énergie du désespoir, Sarah envoya rouler le bureau qui se dressait sur sa route. Elle dégagea la route à grands coups de pied, dégageant tout ce qui traînait devant elle. Le nuage noir s'ouvrit devant elle.*

*— Je suis plus forte que les flammes, plus forte que la peur, psalmodiait-elle. J'ouvre les eaux noires de cette folie.*

*Elle secoua la tête pour se débarrasser des larmes qui engluaient ses yeux. Encore deux pas et elle fut aux côtés de Wayne… Un choc, dans ses reins, la souleva de terre. Sarah s'agrippa au bras qui la tenait au-dessus du sol. Avec un haut-le-cœur, elle réalisa que l'homme en noir s'était emparé d'elle.*

*— Reste en dehors de ça ! grinça-t-il.*

*La voix de l'homme en noir n'était plus humaine. Ses yeux étaient fendus de pupilles verticales, sa peau elle-même s'était couverte d'écailles sombres. Un spasme violent brisa la jeune femme, qu'il laissa choir sur le sol.*

*Sarah vomit un jet de bile. La tête lui tourna tant qu'elle fut sur le point de sombrer dans l'inconscience, mais la chaleur étouffante la maintint éveillée. Les flammes parcouraient la pièce en tous sens. Elles cernaient la jeune femme, dessinant une haie brûlante autour d'elle.*

*De courtes flammèches s'en échappaient, bondissant vers les joues de Sarah pour tenter d'y déposer des baisers avides. Elle bondit sur ses pieds. La terreur décuplait ses forces :*

*— Ça suffit, sale con ! Laisse-le !*

*Elle se jeta devant Wayne, faisant rempart de son corps, mais le monstre ne l'entendait pas. Il ne pensait plus qu'à avancer, à la repousser pour frapper son adversaire. Il happait l'air vicié à grandes goulées, avalant des nuages de poussière noire et collante. Devant lui, Wayne faiblissait. Il finit par fléchir devant le monstre, qui leva haut son épée.*

*— Crève donc ! hurla l'homme en noir.*

*Sarah, dans un mouvement d'ultime révolte, s'accrocha à son avant-bras pour l'empêcher d'abattre son arme. La bête se tourna vers elle, incrédule :*

*— Tu oses t'attaquer à un dragon ?*

*Il lui cracha au visage un jet de salive brûlant qui la fit lâcher prise. Wayne profita de cette diversion pour se redresser et lui asséner un violent coup de tête. Il y eut un bruit d'os brisés. L'homme en noir chancela. Un sang épais gicla de son nez. Wayne le saisit alors à bras-le-corps et le souleva au-dessus de sa tête. Il s'avança vers la fenêtre et, dans un ultime effort, projeta sa dépouille à travers la baie. La vitre explosa en myriades d'échardes effilées.*

*Sans une plainte, la bête disparut dans les ténèbres.*

*Comme en réponse, l'incendie s'éteignit, laissant place aux cendres.*

*Sarah se releva et s'approcha de Wayne. Il avait le souffle court et rauque, ses épaules se soulevaient à un rythme effréné.*

*— C'est fini, murmura-t-elle.*

*Il secoua la tête.*

*— Non, Sarah. Ça ne fait que commencer.*

*Elle fronça les sourcils.*

*— Que… que veux-tu dire ?*

*Il se tourna vers elle, impassible. Ses pupilles étaient verticales.*

*— Il t'en faut du temps, pour réaliser la situation…*

*Sarah réprima un frisson. Wayne était devenu un monstre lui aussi. Sa langue bifide s'agitait entre ses lèvres. La jeune femme se jeta en arrière pour éviter son contact et courut vers le bureau renversé. Un tiroir béant lui offrit ce qu'elle voulait : une arme automatique que lui avait offerte son père au tout début de sa carrière « pour qu'elle sache au moins à quoi cela pouvait bien ressembler ». Elle ôta le cran de sécurité et fit jouer la culasse. Le cliquetis rassurant de la balle jaillissant du chargeur se fit entendre. Sarah pointa son pistolet vers Wayne.*

*— Ça suffit, ne bouge plus !*

*Wayne écarta les bras. Il s'évertua à sourire, mais sa gueule grimaçait :*

*— Sarah, enfin ! Calmez-vous, je vais tout vous expliquer…*

*Il effectua un mouvement tournant pour s'approcher d'elle.*

*— Assez ! aboya-t-elle. Avance encore d'un pas et je te tue !*

*Il grimaça à nouveau. Regardant ses pieds, il hocha la tête et soupira :*

*— Bon. Je sais ce qu'il me reste à faire.*

*La jeune femme devina le mouvement au moment où il l'esquissait. Elle pressa la détente.*

*— Crève, saloperie !*

*Wayne s'était déplacé à une vitesse hallucinante. Ses vêtements avaient éclaté. Il n'avait plus rien d'humain quand Sarah vida son arme dans sa direction. C'était une créature à l'ossature puissante, toute de muscles et d'écailles. Le pistolet cracha un essaim de plombs, qui atteignirent leur cible. Le recul de l'arme lui meurtrit les poignets, tandis que Wayne chancelait sous les impacts. Un liquide poisseux s'écoula de ses plaies béantes.*

*Sarah s'obstina à presser la détente, mais le percuteur claquait à vide. Wayne était toujours debout. Il tordit la gueule dans sa direction – Sarah devina qu'il ébauchait une espèce de sourire.*

*— Touché, mademoiselle, siffla-t-il. Mais pas coulé !*

*Elle lui lança son arme à la gueule, il l'esquiva sans problème. Ses réflexes étaient phénoménaux en regard de sa masse. Il paraissait glisser d'un endroit à l'autre.*

*Il fut soudain juste devant elle.*

*Il la surplombait, colossal. Sa gueule s'abaissa tout près de son visage. Elle pouvait sentir son haleine. Quelques gouttes d'une bave brûlante lui tombèrent sur le front.*

*— Et si on causait, Sarah ?*

*Sarah balaya du regard le décor de fin du monde qui la cernait. Aucune opportunité de fuite ne s'ouvrait à elle. Elle s'avoua vaincue.*

*— D'accord. Je suis à vous.*

*Il sembla se détendre – du moins referma-t-il la gueule, masquant ses dents, ce qui eut pour effet de le rendre plus supportable. Il parut également rapetisser.*

*Le monstre la regardait maintenant dans les yeux.*

*— Je vais tout vous expliquer, Sarah.*

Un spasme violent la tira de son sommeil. Sarah réalisa qu'elle avait hurlé de peur en se réveillant. La lumière du bureau l'aveugla. Elle se frotta la nuque, percluse de courbatures et grommela :

— Excusez-moi. Je… J'ai dû m'endormir, je… J'ai fait un cauchemar.

Elle s'interrompit, chercha Élise du regard. Nulle trace de la jeune femme. Wayne était bien là. Il gisait sur le tapis, inconscient. Elle s'agenouilla à ses côtés et lui souleva la tête.

— Wayne ? Ça va ?

Il lui adressa un pauvre sourire et souffla :

— On va considérer que oui. Merci de m'être venue en aide, Sarah. Je ne m'en serais pas sorti tout seul.

Elle réprima un hoquet de surprise et manqua le laisser retomber.

— Que… quoi ? croassa-t-elle.

Il battit des paupières.

— Vous commencez à comprendre. Il vous faut encore un peu de temps.

Elle se releva et s'éloigna de lui. Il reprenait peu à peu ses esprits et adopta une posture fœtale. Elle partit à la recherche d'une cigarette et se dirigea en traînant les pieds vers la cuisine où elle mit le percolateur sous tension. Elle éprouvait la nécessité de boire du café. De nombreuses tasses, très serrées.

L'horloge murale lui indiqua 8 h 15. Elle avait donc dormi toute la nuit, mais se sentait épuisée. Elle retourna au salon. Wayne s'était assis en tailleur sur le sol. Il but le breuvage en silence. Sarah se concentrait sur son bol. Le café lui brûla le palais. Elle s'étira, se força à ne pas regarder son compagnon. Dans quel état pouvait-il bien être au sortir de ce cauchemar ? Qui était-il vraiment ? Comment savait-il ce qu'elle avait pu rêver ? D'ailleurs… *était-elle vraiment éveillée* ? Autant de questions qui affluaient pêle-mêle dans son esprit tourmenté, sans éveiller le moindre soupçon de réponse satisfaisante.

Elle posa son bol sur la table basse et inspecta le cendrier. Elle y découvrit des restes de gélules colorées et tourna vers Wayne un visage penaud.

— Rassurez-moi, Wayne. (Elle marqua une pause, redoutant sa réaction, puis souffla :) Hier soir, tout en discutant, nous n'avons pas bu… *et* pris des médicaments ?

Il secoua la tête.

— Non, Sarah. Pas d'excès.

Elle hésita un instant avant de poursuivre :

— Alors… qu'est-ce qui s'est passé au juste ?

Il sourit.

— Vous vous êtes endormie. Et je me suis permis de vous rejoindre.

— Comment ça ? siffla-t-elle, méfiante.

— Eh bien, disons que nous avons partagé un moment de sommeil, voilà tout.

À ces mots, elle secoua la tête. Voilà que toute la folie recommençait. Elle le foudroya du regard.

— Non, Wayne, *sérieusement*. Je vous demande ce qui s'est passé hier soir, après que je me suis endormie.

Il lui répondit d'une voix égale :

— Vous vous êtes endormie. Je veux dire : je vous ai endormie.

— Pardon ?

Elle aurait voulu contrôler sa voix, mais ne put s'empêcher de produire ce curieux cri éraillé. Wayne s'efforçait de parler avec douceur.

— Nous avons ce pouvoir. Nous pouvons endormir les humains.

— Ah oui, dit-elle, ironique. En tout cas, vous n'avez pas celui de nous bercer ! J'ai fait un foutu cauchemar…

Il ne dit rien, mais ses yeux la scrutèrent. Il afficha un sourire mystérieux, qu'elle trouva agaçant.

— Votre rêve avait bien commencé, Sarah. J'avais la situation en main, avant l'intrusion de votre ami.

Elle l'interrompit :

— Vous voulez parler d'Élise ?

— Non. Je veux parler de celui qui a cherché par tous les moyens à se débarrasser de moi, à me chasser de votre esprit.

Elle frissonna.

— Oh ! poursuivit-elle. C'est donc bien ça. Vous l'avez vu aussi…

Elle finit par lever vers lui un visage plein de larmes.

— Wayne… Je suis folle, n'est-ce pas ? Je suis sujette à des crises de démence, hein ? Vous me parlez gentiment parce que je vous fais peur ?

Il renifla, fit claquer sa langue, puis reprit en soupirant :

— Non, Sarah. Tout s'est bien passé comme vous l'avez rêvé. Tout est arrivé, dans *votre rêve*.

— Non, fit-elle, butée. C'est totalement irrationnel. La preuve en est que vous êtes incapable de me décrire la scène. Les images de mon cauchemar m'appartiennent, elles ne sont que le reflet de mes démons intérieurs !

Elle avait crié les derniers mots et le dévisageait, à bout de souffle. Elle avait peur. Il perçut son trouble grandissant et fixa un point au-dessus de lui, laissant s'installer le silence. Son regard vagabonda un moment, puis il lâcha, sans la regarder :

— *Touché, mademoiselle… mais pas coulé !*

La réplique lui fit l'effet d'une douche glacée. Sarah sentit qu'elle perdait pied.

— Quoi ? Qu'est-ce que tu as dit ?

Il plongea ses yeux dans les siens. Elle réalisa alors que ses pupilles étaient verticales. Elles la sondaient, la transperçaient. Elles mettaient son âme à nu.

— *Touché, mademoiselle… mais pas coulé !* répéta-t-il.

Ce fut comme si l'univers venait de basculer sous les pieds de Sarah. Anéantie, elle se recroquevilla dans son fauteuil. Elle fixait ses mains croisées sur la table, pour ne plus regarder son interlocuteur. Le regard de Wayne la terrifiait.

— Sarah ?

La voix du jeune homme était suave. On eût dit celle de l'institutrice qui veut rassurer un enfant apeuré. La jeune femme dut faire un gros effort de volonté pour se redresser et lui faire face.

— Nous avons toujours été là, parmi vous.

— Quoi ?

Il ferma les yeux et répéta :

— Nous autres, dragons, avons toujours été parmi vous. Depuis le commencement. (Il lui accorda un instant pour se calmer, et poursuivit, sur un ton complice.) Je vois dans vos yeux que vous commencez à comprendre.

— Attends deux secondes, là… Je… je crois que…

— C'était moi, tout à l'heure, dans votre rêve. Vous le savez bien.

Son regard lisait en elle. Sa voix était hypnotique. Sarah cligna des yeux et décida de se laisser bercer.

— Nous avons ce pouvoir, reprit-il. Je vous ai testée, vous êtes capable d'entendre ce que j'ai à vous dire. Commençons donc par le commencement : *au début, étaient les dragons…*

Et Sarah écouta, bouche bée.

Peut-être rêvait-elle encore ? Tout cela ne pouvait être vrai, n'est-ce pas ? Quand il acheva son long monologue, elle se décida timidement :

— Wayne ?

— Oui ?

— Bon… ben… on va continuer cette conversation dehors, hein ? J'ai besoin d'air et d'espace.

— Je comprends, Sarah. Allons-y.

Elle saisit son blouson en cuir, il enfila son manteau et lui emboîta le pas. Au passage, elle nota pour la première fois une raideur suspecte qui affectait un pan de son vêtement. « Son katana… », se dit-elle, sans parvenir à chasser cette désagréable idée.

Ils marchèrent plusieurs heures, arpentant les quais de la Seine sous le soleil. Ils déjeunèrent dans un charmant petit restaurant, non loin de l'Hôtel de Ville. Sarah tombait peu à peu sous le charme de Wayne, elle en avait conscience, mais ne se sentait plus la force de lutter. Elle était sans doute folle, mais à quoi bon se battre contre elle-même ? Peut-être parviendrait-elle à vivre ainsi, en s'acceptant. Elle était fascinée par ce garçon – ce dragon ? – qui lui avouait se contenter de lire des livres, de rêver et de découvrir d'autres univers.

Il ne chercha pas à abuser de la situation et se conduisit en parfait gentilhomme, adoptant une attitude presque désuète à son égard. Sarah se savait plutôt jolie, et se sentit presque blessée par le manque d'entrain de son cavalier. Il faisait certes preuve d'attention, mais aucun de ses gestes ne trahissait la plus petite marque de désir ou de convoitise. Peut-être était-il timide ? Elle se surprenait à l'imaginer ainsi, se refusant à accepter la version la plus dure : Wayne n'éprouvait pas le plus petit intérêt pour elle.

En fin d'après-midi, ils se décidèrent à retourner à l'appartement de la jeune femme. Là, Wayne entreprit l'inspection des rayonnages de sa bibliothèque. Il choisit avec soin une douzaine de ses livres.

— Je peux vous emprunter ceux-là ?

Elle lui dévoila la blancheur éclatante de ses dents :

— Bien sûr !

Elle aurait voulu se mordre la langue à cet instant : quelle idiote ! Pourquoi ne pas le supplier de les emporter, tant qu'elle y était ?

On sonna à la porte. Sarah s'arracha du fauteuil pour aller ouvrir. Elle se félicita de cette visite inopinée – n'était-elle pas sur le point de commettre une terrible bévue en tombant dans les bras de cet inconnu ?

Élise s'engouffra dans l'appartement.

— Ma chérie, j'espère que tu ne m'en veux pas trop… J'ai donné tes coordonnées à un jeune type qui est passé au bureau hier matin. Je ne sais pas ce qui m'a pris : jamais je ne fais ce genre de chose, tu le sais, mais… je n'ai pas pu lui résister. Il a des yeux su-bli-mes ! D'ailleurs, s'il vient te voir, je veux ton avis : je le trouve beau, mais beau !

Elle s'étrangla en réalisant soudain la présence de Wayne dans le salon.

— Merci, lui lança-t-il avec une moue amusée.

— Je… je suis désolée. Je ne pensais pas vous déranger…

Son regard médusé passait de Sarah à Wayne, en allers-retours scrutateurs.

— Mais tu ne nous déranges pas, lui certifia Sarah. Nous en étions à discuter de mon avenir dans la littérature, tu arrives donc à point nommé !

Sarah passa devant Wayne, qui souriait étrangement. Une curieuse impression de déjà-vu lui oppressait la poitrine. Elle l'interrogea du regard, mais il se contenta de lui adresser un discret signe de dénégation. Élise choisit un fauteuil face au divan. Elle refusa le whisky, optant pour un verre de jus d'orange. La conversation reprit, sereine. Wayne devisait avec gaieté, enchantant les deux jeunes femmes en leur relatant des extraits choisis de ses interviews les plus cocasses.

Élise se détendit enfin. Sarah la regardait et s'émerveillait de revivre cette scène. Elle se surprit à souhaiter ardemment que tout cela ne soit pas un rêve. Wayne se leva et prit congé des deux jeunes femmes.

— Je ne voudrais pas abuser de votre temps, et je suppose que vous avez bien des choses à vous dire.

Sarah le raccompagna à l'entrée. Avant de partir, il se pencha à son oreille.

— Bien entendu, tout cela reste entre nous.

Elle battit des cils pour lui signifier son accord.

Il effleura ses lèvres d'un délicat baiser.

— Merci, Sarah. Je reviens bientôt.

Elle referma la porte, s'y adossa le temps de quelques inspirations, puis se prépara à affronter la curiosité d'Élise, qui ne manquerait pas de la presser de questions.

Elle sut faire bonne figure.

Le lendemain, on sonna trois coups brefs à la porte. Sarah se leva, se drapa dans un peignoir bleu ciel et ouvrit. Wayne ne masquait pas son enthousiasme.

— J'ai lu vos livres.

— Tous… tous les douze ? hoqueta-t-elle.

Il eut une moue gênée, comme un enfant surpris la main coincée dans le pot de friandises.

— Oui, je… C'est vraiment… (Il déglutit et son air gauche émut Sarah.) Je peux entrer ?

Elle s'écarta prestement.

— Allez m'attendre au salon, je cours me changer.

S'ils prirent un café en silence, leurs yeux en disaient long. Wayne lui parla à nouveau des dragons. Sarah lui posa les questions qui lui brûlaient la langue depuis la veille, il prit le temps de lui répondre, sans rien lui cacher. Elle se sentit vibrer, gagnée par une passion qu'elle avait oubliée depuis fort longtemps.

Wayne lui offrait un merveilleux cadeau, elle avait le sentiment de vivre enfin. Elle cligna des yeux et, derrière ses paupières, de nouveaux horizons apparurent. Elle éprouvait à nouveau le besoin d'écrire, de créer et lui en fit part.

— Nous allons faire de grandes choses, se contenta-t-il de répondre.

Il observa son visage radieux de petite fille rattrapée par ses rêves secrets. « Cette fille a du talent, de l'imagination, songea-t-il. Sûrement plus qu'il n'en faut pour me permettre de survivre. Je vais la piller, violer son âme, m'abreuver de ses rêves. Je vais vivre, grâce à elle… »

Il se mordit les lèvres. « *Non.* Je peux me faire aimer de cette femme, nous pouvons nous associer. Chacun d'entre nous en sortira grandi. »

— Un problème, Wayne ?

Elle fronçait son joli front en l'observant. Il secoua la tête.

— Non, Sarah. Aucun problème entre nous.

## 14

## La voie du sabre

Sarah marche devant moi, bras croisés sous la poitrine, tête penchée sur le côté. Promeneuse romantique dans la lumière naissante. Je l'ai accompagnée dans ce parc pour lui parler encore.

— J'aime m'y rendre en tout début de journée, m'a-t-elle avoué. L'air y est doux, le bruit de la ville atténué. En fermant les yeux, on peut oublier Paris…

J'espère que notre relation peut durer. Sarah *peut* comprendre, la flamme qui brûle dans ses yeux, tandis que je lui livre un à un mes secrets, en est le témoin. Elle fixe un point invisible, au-dessus de moi, semble voir à travers les arbres, les immeubles qui nous entourent. Elle plane très loin, hume l'air en silence. Elle m'entend, elle m'écoute, mais ne me regarde pas. Elle veut sans doute se concentrer sur mes mots, ne pas se laisser troubler par une expression ou un sourire.

Je tente d'attirer son attention. Son regard me fascine – ce mélange de vitalité, de volonté farouche et de tristesse infinie. Comme Roger, qui semblait si détaché, à la fois distant et complice…

Mais Sarah est plus que ça.

Elle cache, enfouie au fond de son âme, une fêlure, une douleur qui la hante et la meurtrit. Elle la maîtrise, au prix d'un effort permanent, mais la bête est là, qui la ronge. Je le lis dans ses prunelles, quand ses yeux luttent contre les larmes. Dans ces moments-là, elle reste muette quelques secondes, puis chasse au loin les images sombres, d'un mouvement gracieux de ses boucles rousses.

Le parc des Buttes-Chaumont est calme à cette heure. Nous avançons, le regard perdu au-dessus de la crête des immeubles. Délaissant les allées goudronnées, trop policées, nous nous sommes enfoncés dans les traverses qui serpentent à travers les bosquets. Je reste en retrait, piétinant son ombre qui danse sur les chemins. Je me tiens hors de son champ de vision. Je suis allé trop loin avec elle, je ne peux plus la laisser partir. Elle sait tout, ou presque – il lui reste encore à apprendre, mais elle progresse vite…

Elle paraît rêveuse, mais a parfaitement conscience de l'endroit où je me trouve et de ce que j'y fais. Elle me guette, me surveille, comme pour mieux anticiper la plus petite de mes réactions. Elle ne me voit pas. Elle me devine. Je crois que nous pouvons *vraiment* faire équipe.

Sarah s'immobilise devant l'étang, au bas du parc. Elle tourne vers l'eau sombre son joli front barré d'une ride songeuse et se mordille la lèvre. Elle semble un peu perdue. Je sais qu'il n'en est rien : elle s'efforce de remettre en place tous les éléments du puzzle infernal que je lui ai dévoilé. De la pointe de son menton charmant, elle me désigne la sortie. Je lui réponds d'un cillement complice et lui emboîte le pas. Nous traversons devant la mairie du XIX^e^.

Elle s'est tournée vers moi, m'a adressé un sourire sublime, qui a illuminé son visage triste. J'ai fait l'effort de le lui retourner – Sarah est séduisante et probablement désirable. Elle est très belle.

*Pour une humaine.*

Imperceptiblement, alors que nous remontons les ruelles ombragées, je me porte à sa hauteur. Elle a décroisé les bras, marche très raide, ralentissant le pas. Je m'approche, pose une main sur sa taille. Elle frémit, mais ne s'écarte pas. Nous nous figeons un instant. Je saisis l'occasion pour déposer un baiser sur son front. Elle se détend.

— Baiser de dragon ?

— Baiser de dragon.

Je pose mon front contre le sien.

— Amis ?

Elle se dégage avec douceur, fait « oui » de la tête. Puis, elle se dresse sur la pointe des pieds et fait claquer un baiser sonore au coin de mes lèvres.

— J'ai envie de faire *vraiment* ta connaissance, Wayne.

Sa voix est flûtée. Presque aussi douce que ses lèvres…

— Je suppose que ça nous tiendra lieu de contrat.

Elle repart déjà. Je la rattrape, passe un bras autour de ses épaules et l'entraîne vers la station de taxis. J'ai décidé de l'emmener chez moi.

Nous avons encore beaucoup à nous dire.

Je l'ai invitée à entrer avant de refermer la porte en silence. J'ai pris son manteau, lui ai proposé le sofa. Elle s'est assise tout au bord, les mains sur les genoux. Elle ne me quitte plus des yeux. Elle attend, me surveille. J'affecte de ne rien remarquer, disparais dans la cuisine et lui rapporte un rafraîchissement. Nous trinquons. Je mets de la musique, nous échangeons quelques banalités sur la décoration, qu'elle semble apprécier. Elle se lève pour détailler les tableaux. Je la regarde, suivant des yeux sa silhouette attendrissante, toute de rondeur et de féminité.

Soudain, j'ai peur de lui faire du mal…

— Ces toiles ont dû coûter une petite fortune.

J'ai sursauté. Je ne suis plus assez concentré : le manque de rêve. À ce rythme, je ne pourrai bientôt plus agir à ma guise. Je bredouille :

— Oui… Une petite fortune, oui.

Elle fronce les sourcils en revenant vers moi :

— Quelque chose ne va pas, Wayne ? Tu es livide.

Je secoue la tête.

— Non, Sarah, rien de grave. J'ai juste besoin de quelques heures de repos. Et d'un petit déjeuner gargantuesque !

J'ai voulu rire, mais ma pauvre ruse ne prend pas. Sarah me fixe. Ses yeux se sont voilés et les larmes se pressent au bord de ses paupières, sans jamais parvenir à s'échapper. Elle me dévisage, tente de me deviner… En vain. Elle secoue la tête en signe de renoncement.

Je l'invite à me rejoindre dans la cuisine où nous dévorons moult pancakes arrosés de sirop d'érable. Nous avons tous deux besoin de reconstituant. Le percolateur siffle en comblant le vide des tasses de porcelaine. Nous prenons le café sans un mot. Sarah balaie des yeux le décor, elle doit produire des efforts titanesques pour se persuader que tout ceci est bien réel. Je me contente de lui sourire. Il n'est plus temps de parler. Je dois me recharger.

Elle se laisse tomber sur le divan, télécommande à la main, un bras replié derrière la nuque. Sitôt le grand écran illuminé, elle entreprend d'exploiter au mieux les possibilités du satellite, passant d'une chaîne à l'autre en pestant :

— Comment font-ils ? Autant de canaux, de programmes… et rien d'intéressant à regarder !

Elle zappe avec frénésie, se plonge dans la contemplation de l'écran à cristaux liquides. Elle s'étourdit et finit sur un éclat de rire :

— Dieu merci, je n'ai pas ce type d'engin à la maison. Je pourrais passer des heures à m'abrutir, à refaire le monde et à pleurer sur mon sort !

Elle m'adresse un regard clair, guette une réaction. Je reste silencieux, me contentant d'un haussement d'épaules fataliste.

— Je t'ennuie…, dit-elle, peinée.

Je lui effleure la joue.

— Non, Sarah. Mais je dois m'isoler un moment. Je… Il faut que je me hâte d'accomplir quelques formalités.

Je me retourne vite et quitte la salle. Dans le couloir, je fouille mes valises, j'en sors le sabre et me dirige vers mon musée. Sarah a affecté de ne pas relever ma dernière déclaration. Je lui en sais gré. J'aborderai moi-même la question, *plus tard*. Si j'en ai encore la possibilité.

Je m'enferme dans mon sanctuaire.

Une fois rabattue la lourde barre d'acier dans les encoches prévues à cet effet, je me sens vraiment à l'abri. Là, dans ce musée personnel, nul ne peut physiquement m'atteindre.

Chacun d'entre nous s'est ainsi aménagé un repaire protégé par des rituels puissants : un dragon, quel qu'il soit, ne peut y pénétrer que s'il y est expressément invité par le maître des lieux. Ce dernier y entrepose les objets revêtant pour lui une importance – magique ou sentimentale.

De plus, c'est notre endroit de prédilection pour rêver. Si d'aventure nous rencontrons un problème au cœur du rêve, au moins sommes-nous certains que notre enveloppe charnelle est à l'abri.

Je m'allonge à même le sol, cherchant à me détendre au maximum. Je fixe un à un les trésors entreposés ici et déjà une foule de souvenirs, jaillissant des plus profonds méandres de ma mémoire, vient exploser devant mes yeux mi-clos.

Cette perruque poudrée, reposant sur le dossier d'un fauteuil Louis XI, est celle que j'affectionnais quand je fréquentais la cour – j'y croisais courtisans de tous horizons, intrigants de toutes conditions et quelques femmes aussi, qui m'offrirent des moments pour le moins… mémorables.

Ce casque d'acier, à la protection nasale déformée, était porté par un des Saxons que j'eus le privilège d'affronter sur les côtes anglaises, alors que, aux côtés de Guillaume, nous venions de débarquer pour conquérir le royaume.

Cette pipe à large fourneau, toute d'ivoire sculptée et rehaussée d'incrustations précieuses, qui repose sagement dans son coffret, ne me quittait jamais à l'époque où je fréquentais le milieu des intellectuels londoniens, au tout début du siècle. J'y rencontrais les esprits humains les plus créatifs et ouverts : des êtres d'exception, fascinants, capables de tous les excès pour atteindre les paradis artificiels et en ramener des visions fortes, *essentielles*. Des hommes et des femmes qui vouaient leur vie à la recherche des limites humaines. Des poètes, des scientifiques, agissant avec détermination et rigueur – et le plus souvent animés par cet éternel cynisme, ce détachement tout britannique…

Ces classeurs de cuir rouge, rangés par ordre chronologique sur une étagère de bois précieux, renferment des années de comptabilité, quand je m'installai à San Francisco pour y faire fortune en tant qu'antiquaire. C'était dans les années 1950, période pour laquelle j'ai une tendresse toute particulière. Je mis cette décennie à profit – l'expression est faible, au regard des bénéfices réalisés ! – pour écouler nombre de trophées ramassés sur les corps de tous ces dragons qui avaient voulu m'affronter, parce qu'ils me jalousaient.

Il est vrai que j'avais le don de rencontrer les meilleurs rêveurs de l'époque et veillais farouchement sur mes domaines de voyage. Quelques-uns tentèrent en vain d'y pénétrer à mon insu, mais les chasseurs d'ombre que j'avais affectés à la garde des lieux leur firent vite comprendre la nécessité d'obtenir mon autorisation. Les plus impétueux d'entre eux, cédant à une colère qu'ils estimaient légitime, vinrent ainsi me défier.

Si je suis encore là pour en parler, c'est qu'ils périrent l'un après l'autre. Comme c'est la règle, je devins chaque fois maître de leurs possessions. Combien d'années je mis à écouler ces fabuleux trésors, amassés au fil des siècles !

On ne me posait aucune question : c'était, pour les humains, une période de faste et de folie, où tout était admis. On vénérait les puissants et les riches et j'occupais une place de choix dans chacune de ces catégories. Je prenais un malin plaisir à voir s'étaler alors mes « prises de guerre » aux murs de richissimes bourgeois américains : chaque trophée affirmait un peu plus ma notoriété auprès des humains, mais aussi – et surtout ! – retentissait comme un avertissement macabre auprès de mes frères dragons. Tous ceux qui avaient ainsi l'occasion d'apercevoir des effets personnels, encore empreints de leur charge magique, ultime témoignage de leur appartenance à un dragon, prenaient conscience des risques inhérents à un combat m'opposant à eux.

Mieux valait me laisser en paix : sans doute rêvaient-ils moins fort et moins bien que moi, mais au moins avaient-ils encore la possibilité de le faire. Me provoquer en duel, c'était renoncer définitivement aux plaisirs de l'existence. Car j'étais redoutable en duel. Peut-être étais-je le meilleur, à l'époque, mais je n'avais aucun mérite. J'avais simplement su choisir les plus fabuleux maîtres d'armes. Et j'avais surtout eu beaucoup de chance qu'on m'ait laissé le temps d'apprendre auprès d'eux…

Ma main s'est resserrée sur la poignée du katana qui dort à mes côtés, pieusement laissé au fourreau. La relique, si elle ne renferme plus aujourd'hui la plus petite étincelle de magie, n'en reste pas moins évocatrice d'un passé chargé d'émotion.

*Elle est toujours porteuse de rêves.*

Je vais pouvoir l'utiliser et accorder un répit à Sarah. Je laisse mes doigts glisser sur l'ivoire de la garde, je caresse le fourreau sombre. Enfin, après tout ce temps, j'ai fini par la retrouver. *On* m'a laissé la reprendre, *on* voulait que je m'en porte acquéreur.

C'est plus qu'une faveur, mieux qu'une invitation : c'est un défi, une provocation en duel. *On* veut m'affronter.

Je me dois d'accepter, mais je crains le pire. Après des siècles d'inactivité, il me faudrait multiplier les séances d'entraînement, trouver des occasions de manipuler ce sabre ancestral à l'équilibre parfait, en éprouver la formidable efficacité… Il y a des jours où je me sens si vieux, si usé. C'est dans de tels moments de doute que la lassitude s'empare de moi, que son venin sournois plonge dans mes veines, véhiculant à travers mon corps l'insidieux poison du renoncement.

J'aimerais alors que l'immortalité ait une fin.

Dans un soupir, je sors le katana de son fourreau. Je le tiens à bout de bras, au-dessus de mon visage, faisant jouer sa lame pour y accrocher des reflets de lumière électrique. L'halogène y fait naître des étincelles aveuglantes, qui m'obligent à fermer les yeux. Une larme vient rouler sur ma joue tandis que je me revois, combattant à l'arme blanche, traversant l'Europe médiévale en direction de l'Asie.

C'était une terre sauvage, un continent à découvrir. Je m'y taillais un chemin tortueux, au fil de l'épée. À cette époque, les dragons avaient encore tant à découvrir des hommes qu'ils se passaient du rêve pour se consacrer aux voyages terrestres.

L'éblouissement a fait naître des étoiles brûlantes derrière mes paupières. J'y plonge avec délices et assurance : *je suis ici chez moi*, au cœur de mon sanctuaire, je ne risque rien.

Je vais pouvoir rêver en paix, me souvenir de cette période bénie de mon existence.

Me souvenir…

*J'affectionnais à l'époque l'épée bâtarde, un glaive épais à double tranchant, aussi efficace d'estoc que de taille – d'où son nom. Loin de privilégier la technique pure, j'optais pour une fureur guerrière qui emportait tout sur son passage. Je m'enivrais dans un maelström de fureur, qui laissait peu de chance à mes adversaires. Je frappais, transperçant et tranchant à travers les défenses, adoptant une structure de combat désordonnée, instinctive.*

*Ma force et ma colère – ma peur aussi, je ne m'en suis jamais caché – faisaient le reste. J'abattais ma lame et ma fureur allait à l'unisson de la vibration et de la souffrance qui montaient dans mon bras. Mes opposants levaient leur lame, résistant férocement d'abord, puis de plus en plus mollement. Ils allaient en s'affaiblissant, jusqu'au moment où, épuisés et vaincus, ils acceptaient la morsure de l'acier dans leurs chairs.*

*L'espadon avide luisait de leur sang en chantant sa mélopée de douleur et de mort. Je traçais un sillon sanglant à travers le monde, jalonnant mon passage d'éclats carmin pour toute signature. Je cherchais mes limites, enchaînant combat après combat, défi après défi. Provocations stupides, démonstrations bravaches étaient mon lot quotidien. J'étais comme ces chiens fous qui divaguent dans les rues, prêts à mordre la première main charitable qui se tend, plus par réflexe que par volonté de blesser.*

*J'étais un prédateur. Je me nourrissais de la souffrance que je faisais naître sur ma route. Une joie féroce, proche de la jouissance, me tiraillait les entrailles comme je massacrais ceux qui, avec courage ou inconscience, se dressaient en travers de mon chemin. J'étais en cela plus proche du dragon que de l'humain. La frêle enveloppe de ce dernier me fascinait : comment pouvait-on régner sur ce monde en étant si peu préparé à la guerre ? Comment les hommes avaient-ils fait pour s'imposer aux félins, aux fauves ?*

*J'étais force vive, brutalité et plaisir bruts.*

*J'allais au gré des vents fous, sans attache, sans morale.*

*Après quelques siècles d'errance qui n'avaient pas suffi à m'assagir, j'atteignis le Japon. Je n'avais encore jamais ouvert les yeux.*

*J'étais aveugle et sourd, je ne communiquais qu'à la pointe de mon arme… Jusqu'à ce jour béni des dieux où je rencontrai Myamoto.*

*La réputation de l'escrimeur japonais m'avait attiré à lui comme le plus puissant des aimants. L'appel était irrésistible : on me décrivait le plus grand combattant que cette terre ait porté, on m'annonçait le plus excitant des challenges.*

*J'allais de l'avant, fasciné. J'imaginais un être démoniaque, mi-homme, mi-bête. Une créature hybride, capable de me tenir tête et – n'était-ce pas mon but inconscient ? – de me vaincre, de mettre un point final à mon périple. Le seul qui pourrait, d'un coup de sabre parfaitement maîtrisé, mettre un terme à mon existence. Sceller mon errance.*

*J'adressais de muettes suppliques à tous les dieux pour que cet homme se montre à la hauteur de sa réputation : plus encore que le plaisir de tuer, la peur de la mort et toutes les interrogations qu'elle suscitait me plongeaient au plus profond de cauchemars où je me noyais. Des tourbillons d'images de mort et de peur m'assaillaient dans mon sommeil, me tenaillant les tripes et le cœur pour m'abandonner au matin, exsangue, avec sur les lèvres cette seule interrogation : se pouvait-il qu'un humain soit à même de me tuer ? Immortel j'étais… mais cela garantissait-il mon invincibilité ?*

*J'avais choisi, comme tous mes semblables, d'assumer l'apparence charnelle des humains pour partir à la découverte de cette terre. J'en acceptais les conséquences : j'étais limité par les capacités de ce corps étriqué. Toute transformation m'était interdite, tant que je ne reprenais pas ma forme originelle…*

*Je progressais donc, découvrant un peu plus chaque jour ce Japon médiéval aux règles, au mode de pensée si particuliers. Je m'ouvrais à une philosophie de l'existence qui ne m'avait pas effleuré quand j'arpentais les territoires occidentaux. Je me laissais pénétrer par cette vision de l'univers et de la vie. Plus j'apprenais à les comprendre, plus je m'apprêtais à accepter la défaite comme une possibilité.*

*Ce qui était inconcevable avant d'aborder les côtes de l'archipel devenait plus probable à chaque nouveau lever du soleil… et je me surprenais à l'accepter comme inéluctable.*

*C'est dans cet état d'esprit pour le moins étrange que je finis par retrouver le maître d'escrime, Myamoto Musashi. Il s'était retiré dans un monastère, et ne se consacrait plus qu'à la rédaction de poèmes – ou haikus – inspirés, ainsi qu'à la structuration de son art, qu'il avait décidé de transmettre après avoir passé la majeure partie de sa vie à l'éprouver.*

*Le maître Musashi avait défait en combat singulier les plus grands samouraïs du Japon, on ne comptait plus ses victoires.*

*J'abordais l'homme comme on lève les yeux sur une icône : il se racontait plus d'exploits à son sujet qu'il n'avait pu en accomplir au cours de sa vie. Je me préparais à croiser une espèce de tueur froid et parfait… et, contre toute attente, je levais le voile sur un homme sage et mesuré, qui avait atteint la sérénité à travers son art.*

*Mon âme était empreinte de fureur et de rage ? Tout, autour de lui, n'était que lenteur et équilibre.*

*J'en fus décontenancé : j'avais rêvé d'un duel, je ne pouvais plus espérer qu'un dialogue… J'en concevais une certaine rancœur, mais m'obligeais cependant à solliciter une entrevue.*

*À ma grande surprise, Myamoto accepta de me rencontrer. Il me demanda d'attendre quelques jours, qui lui étaient nécessaires pour achever un travail. Je pris mon mal en patience, adoptant le mode de vie des moines qui peuplaient ce cloître montagneux. Quand enfin je pus l'aborder, toute velléité agressive m'avait quitté.*

*Loin d'accepter de prime abord un* gaïjin[1]*, il me témoigna son plus total mépris. Il me fallut de longs travaux d'approche, ainsi qu'une substantielle modification de mon apparence physique – et autant d'incursions dans ses rêves – pour venir à bout de sa résistance.*

*Pour être exact, plutôt que de son mépris, il me faudrait parler de sa répugnance. L'homme s'interdisait toute communication de son savoir avant d'avoir achevé la rédaction de ses préceptes. Combien d'heures passais-je, bouche bée, à observer le maître, à me pénétrer du moindre de*

1. « Étranger », « sauvage », en japonais.

*ses mouvements, à m'imprégner de son savoir, de sa science – de son art, car Myamoto était le plus grand des escrimeurs.*

*Il était le sabreur ultime, le combattant absolu. Il méprisait les règles : la seule loi qui le guidait était celle de la victoire. J'avais assumé une apparence asiatique pour me faire accepter, il m'en sut gré. Dès lors, s'ouvrit pour moi un fabuleux apprentissage, un échange comme j'en connus bien peu. Si Myamoto ne communiqua à ses disciples que de rares bribes de son savoir, je n'en laissais échapper aucune. J'étais l'élève le plus studieux, le plus appliqué de ce maître avare de partage.*

*Peu à peu, notre relation prit une tournure nouvelle, comme je m'introduisis dans ses rêves : Myamoto, surpris, violenté par cette intrusion, me rejeta… pour revenir bientôt sur sa décision. Il accepta cette complémentarité indiscrète comme un moyen d'augmenter encore son potentiel. L'accord était tacite – il partageait son art et je lui offrais mes visions. Il composait des haikus transcendés, je progressais dans l'art du combat. Pourtant, loin d'alourdir nos approches respectives par une accumulation d'éléments extérieurs, nous tendions chacun vers une épure extrême. À terme, je ne devais retenir qu'un principe de son enseignement : chaque coup devait être porté pour tuer, car chaque coup reçu pouvait se révéler fatal.*

*C'est au sortir de son apprentissage que j'affrontai Katsuhiro Otaka – ou devrais-je dire Arsh'alks'Arkraat ? Nous avions entendu, Myamoto et moi, les récits des combats d'un* bushi[1] *surdoué qui écumait le nord de l'île à la recherche de mon maître. L'homme semblait poursuivre le désir d'affronter Myamoto pour prouver au monde la supériorité de son art – du moins était-ce ce qu'il affirmait haut et fort.*

*Nombreux étaient ceux qui s'étaient gaussés de lui, arguant de la stupidité de sa démarche… Leurs corps s'accumulaient depuis sur son chemin. Katsuhiro Otaka progressait, laissant derrière lui un sillon sanglant, que nul ne paraissait à même d'endiguer.*

*J'avais appris son existence à Myamoto, qui accueillit la nouvelle avec une sérénité tout asiatique. Assis sur une simple natte, le dos raide, une*

1. Guerrier japonais.

*main posée sur ses jambes repliées, il s'appliquait à rédiger une nouvelle page de son grand œuvre. Je l'observais, fasciné : aucun des traits de son visage ne trahissait la plus petite émotion. Je l'avais côtoyé pendant une dizaine d'années sans jamais parvenir à appréhender cette philosophie d'une* destinée *qui lui conférait un calme imperturbable.*

*Il reposa son pinceau sur la tablette de bois laqué, rectifia l'agencement de son kimono puis, sans relever les yeux du parchemin tendu devant lui, se contenta d'articuler :*

*— Ce n'est qu'un juste retour des choses. Je me suis moi-même conduit ainsi il y a fort longtemps. Pourquoi devrais-je déplorer qu'un jeune* bushi *tente à son tour de s'imposer au panthéon des sabreurs ?*

*J'essayai de rétorquer, mais Myamoto me fit taire d'un geste de la main :*

*— Assez ! J'affronterai ce guerrier quand il se présentera à ma porte. Si sa technique est la meilleure, je serai mort avant de ressentir la honte d'une défaite.*

*Je n'osai plus l'interrompre. Il attendit quelques secondes, silencieux, avant de mettre fin à la conversation :*

*— Peut-être le déferai-je, qui sait ? Dans tous les cas, je sortirai grandi de ce combat.*

*Il se releva, dépliant ses jambes en deux temps, prenant soin de soutenir son genou droit d'une main ferme. J'affectai de ne pas le regarder, pour ne rien ajouter à sa honte. Je constatais pour la première fois que Myamoto avait vieilli. Je ne m'en étais pas aperçu jusqu'à ce jour. Sa fréquentation quotidienne m'empêchait le recul nécessaire.*

*Il m'apparut fatigué à ce moment-là. Mon maître n'était plus qu'un vieil homme à la technique et à la sagesse confirmées… mais qui manquerait cruellement de vivacité au moment du duel. Je le laissai quitter la pièce et pris ma décision sur l'heure. Je partis dans la soirée sur le chemin, bien décidé à affronter le* bushi *errant avant qu'il n'atteigne la demeure de Myamoto.*

*Je commis sans le savoir l'irréparable.*

*Je rencontrai mon adversaire sur un chemin escarpé de montagne. Il progressait seul, marchant d'un bon pas dans le matin ensoleillé. Son kimono sobre, ses sandales de bois et son large chapeau ne trahissaient nullement son rang de maître d'armes : il se présentait sous les traits d'un simple* rônin, *un samouraï mercenaire louant ses services au plus offrant. Il allait ainsi, un sac de toile jeté sur l'épaule, les deux sabres traditionnels glissés dans la ceinture.*

*Je le saluai, il se présenta. Il n'eut même pas un signe de surprise quand je lui annonçai mon intention de l'affronter. À peine m'adressa-t-il un courtois hochement de tête.*

*— Vous m'offrez là l'occasion de m'entraîner une dernière fois avant de tuer votre maître.*

*Nous nous débarrassâmes de nos affaires, nous saisissant de nos sabres pour nous placer de part et d'autre du sentier. Le soleil nous éclairait de côté : aucun de nous n'était aveuglé et le duel pouvait avoir lieu en toute équité. Nous nous observâmes ainsi un long moment, immobiles comme deux statues guerrières. Nous nous toisions tous deux, concentrant nos énergies vitales dans l'attente de cet instant où elles jailliraient en un unique assaut.*

*L'enseignement de Myamoto porta ses fruits : le combat fut rapide comme l'éclair. Mon adversaire se rua sur moi, effectuant un mouvement tournant de son sabre, qu'il jeta en arrière pour le ramener au-dessus de lui, visant haut et fort. Je vis la lame décrire un arc de cercle parfait pour plonger sur mon front. J'attendis le dernier moment pour m'effacer et lui porter le même coup, mais plus bas. Je sentis à peine une résistance sous le fil de ma lame, tandis que son bras se détachait de son corps, roulant dans la poussière du sentier sans lâcher son katana.*

*Il resta debout, me fixant sans une plainte tandis que des flots de sang venaient rougir son kimono. Je l'observais, attendant qu'il s'affaisse à mes pieds. Je respectais son silence et son courage.*

*Il finit par fléchir et son torse plongea en avant.*

*À ma grande surprise, il ne chuta pas, mais, détendant brusquement ses jambes repliées, se projeta en avant pour me porter un violent coup de tête qui m'atteignit au milieu du torse. Sidéré, je perdis l'équilibre et roulai en arrière sur les pierres du chemin. Ma nuque heurta une roche, un brouillard pourpre s'abattit devant mes yeux.*

*J'entrevis à peine la transformation de mon adversaire, qui assuma une forme draconique tandis que je sombrais dans l'inconscience. Je maudis ma trop grande confiance, comme mes forces m'abandonnaient. Je m'étais laissé abuser par l'un de mes semblables… Je fermai les yeux et me sentis rouler dans le vide, sombrant dans un océan de ténèbres.*

*Je ne sais pas combien de temps je restai ainsi.*

*Je me relevai en pleine nuit et retournai, piteux, à la demeure de mon maître. La dépouille de Myamoto m'attendait sur le sol, devant la maison. Je m'appliquai à offrir une sépulture décente à celui qui avait été mon ami.*

*On l'avait dépouillé de son arme.*

J'émerge du rêve comme un survivant des décombres d'une catastrophe. Je garde la main crispée sur la poignée du katana.

C'est celui de Myamoto. Il n'y a aucun doute.

On me l'a laissé à dessein.

Ce faisant, on a commis une erreur, car si plus aucun fluide magique n'y est contenu, sa lame abrite encore l'esprit de mon vieux maître.

Le moment venu, je saurai en faire bon usage.

## 15

## Rêves de sang

Sarah passa quelques heures blottie au fond du divan de cuir. Depuis que Wayne l'avait abandonnée, elle se laissait hypnotiser par l'écran de télévision, écarquillant les yeux à en pleurer, sans parvenir à saisir le sens des images qui défilaient devant elle.

Son esprit vagabondait à la lisière de la lourde porte qui s'était refermée derrière le jeune homme. N'y tenant plus, elle se leva d'un bond et se glissa à pas feutrés dans le couloir. Elle resta là, le souffle court, à détailler cette porte épaisse aux contours renforcés, au capitonnage de cuir. « Une porte de coffre-fort… ou de cellule d'asile psychiatrique », pensa-t-elle avec effroi.

Elle en caressa la surface du bout des doigts. C'était chaud, très doux, et probablement très lourd. Infranchissable. De si près, on pouvait voir les tiges d'acier qui s'échappaient de son blindage pour s'enfoncer dans le mur, telles des serres aiguisées. La jeune femme soupira en se remémorant son chuintement caractéristique, quand Wayne l'avait refermée. Que pouvait-il bien faire, à l'abri derrière ce mur de silence ?

Elle haussa les épaules, consciente de son impuissance.

— Sarah, ma fille, autant en prendre conscience pendant qu'il en est encore temps : tu es tombée amoureuse de Barbe Bleue ! Il va jaillir d'un instant à l'autre, un long poignard à la main et se jeter sur toi. Tu vas finir dépecée, suspendue à un crochet à côté de toutes celles qui t'ont précédée ici, tandis que le monstre boira ton sang…

Elle rit de sa bêtise et retourna vers le salon en traînant les pieds. Elle avait encore bien des choses à élucider en compagnie de Wayne. Sarah se blottit à nouveau dans le divan. Elle se roula dans un plaid à la chaleur réconfortante et ne tarda pas à s'endormir. Sa respiration, rapide d'abord, s'apaisa à mesure que son rêve prenait corps.

*Elle marchait sur un sentier ombragé, à l'abri des frondaisons épaisses. Elle le connaissait bien, l'ayant arpenté à maintes reprises.*

*Sarah prit une forte inspiration. L'air avait ici une saveur particulière, un je-ne-sais-quoi qui lui procurait un bien-être infini. Elle sourit comme une enfant. Elle était à nouveau chez elle.*

*Elle prit plaisir à parcourir le chemin qui la menait de l'ombre à la lumière, tendant l'oreille pour identifier les chants des oiseaux, s'émerveillant de la course acrobatique d'un couple d'écureuils. Elle cueillit un magnifique bouquet mêlant fleurs sauvages et fougères argentées. Elle atteignit enfin la limite de la forêt. Écartant une branche basse qui ployait en travers du chemin, elle révéla le somptueux décor de Camelot, le château d'Arthur Pendragon.*

Allongé en travers de son lit, Wayne haletait. Les yeux exorbités, ouverts sur le néant, il fixait le plafond voûté de la salle. D'un geste crispé, il rejeta au loin la couverture qui oppressait son torse ruisselant de sueur. Un filet de bave aux commissures de ses lèvres, il délirait :

— Roger… Il… Non, je ne peux pas !

Il se redressa soudain, comme pour mieux s'arracher à ce cauchemar qui le hantait. Il inspira plusieurs fois et massa ses paupières avant de se contraindre à rouvrir les yeux et accepter la réalité. Il se passa les mains sur le torse, les ramena trempées et se résolut à se diriger vers la salle de bains. Il prit une douche brûlante, le front appuyé au carrelage du mur, laissant à l'eau ruisselante le soin de le débarrasser des derniers vestiges de ce mauvais rêve.

Le visage de Roger le poursuivait, rien de plus normal, mais Wayne ne supportait pas d'en voir les traits se déformer peu à peu pour être remplacés par ceux de son principal adversaire. Roger se transformait peu à peu en être démoniaque, puis en dragon ricanant qui le toisait chaque fois et le renvoyait à son incapacité à réagir. « Il parvient à prendre le contrôle de mes propres rêves », songeait Wayne, que cette seule constatation plongeait dans des abîmes de perplexité.

Le malaise allait grandissant.

Quand donc l'homme en noir se déciderait-il à l'attaquer ? En quelle occasion Wayne le verrait-il bondir, arme à la main, pour le défier et – probablement, hélas – le défaire ? « Il gagne chaque fois en puissance, il s'affirme. » Ces mots frappaient à ses tempes endolories, en *leitmotiv* entêtant contre lequel il ne disposait d'aucun remède.

Il se sécha avec soin, enfila une chemise sombre et un pantalon ample avant de se rendre au salon. Son cauchemar l'avait laissé plus vidé que jamais. Il décida de retrouver Sarah. Elle seule pouvait encore l'aider. « Elle est là, disponible. Je dois me servir, j'en ai le pouvoir, le droit… et le devoir ! se dit-il avant de se reprendre aussitôt. Doucement, se répéta-t-il. Il faut progresser avec prudence, ne pas la vider, ce serait la catastrophe. »

Le spectre de sa précédente expérience lui revint en mémoire. Cette fois, le visage halluciné du malheureux, hébété sur son fauteuil, ne le fit pas sourire.

Il trouva Sarah endormie sur son divan, se pencha sur elle et se surprit à la trouver attendrissante. Il soupira, sentant déferler en lui une vague de lassitude – oui, il pouvait se recharger au contact de Sarah tout en la préservant, mais en lui laisserait-on le temps ?

Il s'allongea au pied du divan, caressa un moment les boucles rousses de la jeune femme, puis lui prit délicatement la main. Elle s'était abandonnée, elle lui communiquerait sa force.

— Dors bien, petite Sarah. Rêve bien. J'arrive.

*Alors qu'elle s'approchait du château, Sarah avait croisé quelques demoiselles de compagnie de Guenièvre. Ensemble, elles avaient choisi de partir sur les sentiers de la forêt. Brocéliande était si belle à l'automne… Elles s'étaient aventurées sous l'abri doré des feuillages, pour atteindre la rivière d'argent. Là, elles s'étaient plu à se baigner, loin des regards indiscrets des gardes du château. Elles avaient échangé plaisanteries et confidences. Sarah s'étonna des derniers bruits qui couraient dans les couloirs de Camelot : on parlait d'envahisseurs, de guerriers de jais surgis du néant, qui pillaient et tuaient sans discernement, massacrant tout sur leur passage, n'abandonnant que des ruines fumantes…*

*Elle frissonna. Ainsi, Camelot lui aussi pouvait craindre une invasion ? Les rires cristallins de ses compagnes lui répondirent :*

*— Que tu es sotte, lui déclara Servane, une grande fille blonde au sourire enjôleur. Ne sais-tu donc pas que les dragons veillent sur nous et sur le roi Arthur ? Qui serait assez fou pour venir braver les preux de la Table ronde ? Qui provoquerait l'Enchanteur, quand ce dernier peut à tout moment réveiller le grand dragon ?*

*Sarah dut en convenir, on jouissait à Camelot d'une tranquillité certaine. Servane se pencha à son oreille et s'empressa d'ajouter, comme sous le sceau du secret :*

*— Mais il est vrai que Lancelot et quelques-uns des preux d'Arthur se sont rendus en reconnaissance au-delà de Brocéliande…*

*Elles sortirent de l'eau et se séchèrent aux derniers rayons du soleil, devisant gaiement et évitant cet épineux sujet : l'heure était aux rires et aux chants. Ce soir, pour fêter les retrouvailles, on irait danser et s'amuser avec quelques écuyers parmi les plus charmants ! Il s'en trouvait, parmi les nouveaux promus, de fort séduisants qu'on disait courtois et vifs d'esprit. Au moins passerait-on un bon moment !*

*Elles se rhabillèrent et repartirent en direction du château.*

*C'est au détour d'un sentier que surgirent les cavaliers noirs – une demi-douzaine de chevaliers, caparaçonnés de jais et moulinant l'air de leurs masses luisantes, s'avançaient en hurlant. Les jeunes femmes n'eurent pas le temps de courir à couvert. Servane et Sarah, plus promptes à réagir, s'étaient laissées glisser sur le sol et évitèrent ainsi les coups qui leur étaient destinés. Leurs compagnes, hélas, furent fauchées les unes après les autres. Les fléaux s'abattaient, projetant des myriades de gouttelettes luisantes sur les écorces des arbres, en constellations pourpres. Les victimes, sans un cri, s'effondraient alors sur l'herbe trop verte, fragiles épis de blé couchés par la faucheuse.*

*Les premiers cavaliers, furieux d'avoir manqué leur cible, eurent tôt fait de mettre pied à terre et s'avançaient déjà vers Sarah et sa compagne, les encerclant en rugissant comme des bêtes sauvages.*

*— Hardi, compagnons ! Ces deux-là sont prestes !*

*L'un d'entre eux avait plongé sur Servane. Il lui enserra brutalement les jambes pour la plaquer au sol.*

*La jeune femme hurla de terreur en se débattant. Des mains grasses et sales s'étaient portées sur la bouche de Sarah et sur sa gorge, l'étouffant, la contraignant à fléchir les genoux. Elle essayait de mordre, de ruer, mais les poignes s'étaient refermées sur leur victime et imposaient leur loi ignoble. La jeune femme était sur le point de sombrer, des étoiles noires explosaient sous ses paupières closes.*

*Un hurlement guerrier retentit alors, qui stupéfia ses assaillants. Un roulement de sabots l'accompagnait.*

*Sarah fut libre soudain, mais ses jambes refusaient de la porter davantage. Elle roula dans l'herbe.*

*La suite de la scène ne lui fut visible qu'à travers le filtre de tulle de son large jupon. Elle distingua un cavalier à l'armure étincelante, qui virevoltait au milieu des guerriers de jais, une épée à la main, une masse d'armes dans l'autre. Il taillait et tranchait dans les chairs de ses adversaires avec une précision et une vitesse ahurissantes. Ses armes fracassaient les os, découpaient les membres tandis qu'il tournait au cœur de la mêlée.*

*Un à un, les guerriers mordirent la poussière. Sarah, tétanisée, ne pouvait détacher les yeux du ballet sanglant. La voix de Servane l'arracha à son état d'hébétude :*

*— C'est… lui, c'est… Lancelot.*

*Sarah se pencha sur la jeune femme, glissant une main sous sa nuque pour la réconforter. Servane lui adressa un pauvre sourire, qui éclaira son visage tuméfié. Le silence régna soudain autour d'elles, succédant à la tempête qui s'était abattue sur les lieux.*

*Sarah aida son amie à se relever. Ensemble, elles se portèrent à la hauteur du chevalier. Son armure d'argent était poisseuse du sang de ses adversaires, et il semblait éprouver des difficultés à porter sa masse d'acier aux ailettes acérées. Il laissa choir ses armes, mit un genou dans la poussière et les salua :*

*— Mes Dames, je prie pour que ces soudards ne vous aient pas mises à mal.*

*Servane grimaça.*

*— Nous sommes sauves, chevalier, grâce à vous. Hélas… Il n'en va pas de même pour nos malheureuses compagnes.*

*Lancelot se redressa et balaya la scène du regard. Sa respiration était si lourde sous son heaume que Sarah se demanda de manière incongrue comment on pouvait supporter pareil masque de fer sans s'étouffer. Elle se maudit intérieurement de cette démonstration inopportune de pragmatisme. Ne pouvait-elle donc pas jouir de l'instant, sans toujours se poser toutes ces questions qui lui ruinaient l'existence ?*

*Tournant les talons, Lancelot marcha à pas mesurés vers les corps inertes des jeunes filles. Il ôta son heaume, révélant une épaisse chevelure brune que la sueur du combat avait agglutinée en mèches sombres. Avec des gestes lents et respectueux, il souleva une à une les dépouilles et les aligna sur l'herbe qui bordait le chemin. Puis il s'agenouilla et pria.*

*Servane fit de même et Sarah, ne sachant quelle attitude adopter, décida de l'imiter. Ils prièrent silencieusement, puis Lancelot se releva et se retourna vers elles.*

*Sarah étouffa un hoquet de surprise.*

*— W… Wayne ? croassa-t-elle.*

*Il lui sourit de toutes ses dents.*

*— Lancelot, pour vous servir, Ma Dame. Lancelot ou… tout autre nom qu'il vous siéra de me donner !*

*Servane lui adressa une révérence gracieuse.*

*— Nous ferez-vous l'honneur de nous accompagner jusqu'au château, Monseigneur ?*

*— Bien entendu, Ma Dame. Les routes de Brocéliande ne sont plus ce qu'elles étaient. Le chaos semble y gagner chaque jour un peu plus de terrain et je ne puis vous laisser sans protection. Dès que nous aurons rejoint Camelot, je détacherai une troupe qui viendra quérir les corps de vos infortunées compagnes.*

*Sarah, estomaquée, restait sans voix. Elle emboîta le pas du chevalier, qui marchait à côté de sa monture, rênes en main. Ils parvinrent tous trois sans encombre au pied du château.*

*Wayne – Lancelot ? Sarah ne savait plus – fit ce qu'il avait annoncé. Une escorte s'élança vers la forêt et ramena les corps, auxquels on offrit une sépulture décente. Le paladin, appelé auprès du roi, lui fit un rapport détaillé sur la situation aux abords de Brocéliande.*

*La Table ronde avait été réunie pour l'occasion : le chaos se pressait aux portes du royaume, Arthur se devait de réagir au plus vite. Fallait-il réveiller à nouveau le grand dragon ? Les preux de Camelot suffiraient-ils à défaire les envahisseurs ? Qui étaient donc ces guerriers de jais surgis de nulle part, qui frappaient sauvagement avant de disparaître, comme engloutis par l'ombre de la forêt ?*

*Autant de questions qui restèrent sans réponse.*

*Sarah, elle, vacillait au bord d'un gouffre de perplexité : Lancelot – ou Wayne ? Le doute était là, qui la rongeait ! – s'était présenté devant ses pairs et chacun l'avait considéré comme de coutume, sans paraître s'émouvoir de son apparence physique... Se pouvait-il que Wayne – le Wayne qu'elle connaissait, là-bas, à Paris – soit l'exact reflet de... Lancelot du Lac ?*

*Elle oscillait, en équilibre sur le fil du rasoir.*

*— Ça ne va plus du tout, ma grande. Tu te laisses dévorer par le délire et ce, jusque dans tes propres rêves !*

*Elle secouait ses mèches rousses, essayant en vain de chasser les mauvais pressentiments qui l'assaillaient de toutes parts. Elle s'occupa toute la soirée, dédaignant la fête – pouvait-on encore songer à s'amuser quand on avait vécu d'aussi tragiques épisodes quelques heures plus tôt ?*

*Elle partit s'enfermer dans les appartements des dames de compagnie. C'est là que Lancelot – elle l'avait finalement décidé : ce serait Lancelot ! – la rejoignit tard dans la nuit.*

*Sarah ne parvenait pas à trouver le sommeil. Accoudée à sa fenêtre, elle se perdait dans la contemplation des étoiles, qui accrochaient des perles de feu aux flancs des gigantesques statues de dragons gardant les murailles de la forteresse.*

*Il s'était glissé sans bruit dans son dos et elle frémit quand sa main se posa sur sa taille.*

*— Pardon, Ma Dame, je vous ai fait peur, bredouilla-t-il, faussement confus.*

*« Et comédien, avec ça ! », pensa Sarah en se retournant.*

*— Ainsi, chevalier, il est de mise de s'introduire nuitamment dans les alcôves des dames et d'avoir à leur encontre des gestes déplacés ?*

*Le visage de Lancelot vira au cramoisi. Elle le trouva attendrissant.*

*— Je... Pardonnez-moi, Ma Dame. Je... ne sais que vous dire. Je...*

*Cette fois, Sarah le jugea sincère et reprit sur un ton apaisant :*

*— Oublions cela, voulez-vous ?*

*Un silence gêné s'installa entre eux, que Lancelot eut peine à briser.*

*— M'accorderez-vous une promenade sous la lune ?*

*Elle feignit d'hésiter un moment, puis accepta l'invitation. Ils descendirent tous deux dans la cour du château, saluèrent les gardes à la porte et s'avancèrent entre les dragons sculptés. C'est à peine si Sarah nota au passage le surprenant blason des hommes d'armes – un cœur rouge, qui leur couvrait la poitrine. Peut-être Guenièvre avait-elle demandé à son époux ce changement ? C'était peu probable.*

*Une légère pression des doigts de Lancelot sur les siens et Sarah s'empressa de chasser ses pensées parasites.*

*La brise s'était levée et leur caressait le visage, l'air était chaud et doux. L'automne se montrait clément sur Brocéliande. La forêt offrait sa protection aux nombreux animaux qui la peuplaient : cerfs, ours, lapins blancs…*

Lapins blancs ?

*— Tu dérailles vraiment, Sarah, siffla-t-elle entre ses dents.*

*— Vous disiez, Ma Dame ?*

*— Rien, mon ami, rien. Je…*

*Un éclair blanc sur le côté lui fit tourner la tête. Elle avait entraperçu deux longues oreilles… Sarah se mordit l'intérieur des joues. Elle avait vu briller l'argent de la montre et la voix geignarde lui était parvenue : « Je vais être en retard ! Mon Dieu, je vais être en retard ! »*

*Elle s'était instinctivement raidie.*

*Lancelot, protecteur, avait glissé un bras autour de ses épaules :*

*— Une menace, Ma Dame ?*

*— Non, je…*

*Elle s'humidifia les lèvres, puis passa une main lasse sur son front. La folie la guettait, elle n'en doutait plus et sa névrose lui pourrissait la vie jusqu'au plus profond de ses rêves. Voilà que sa démence la poursuivait au cœur de ce qu'elle avait de plus précieux ! « Pas maintenant ! se morigénait-elle. Pas quand tu vas enfin avoir droit à la scène romantique ! Secoue-toi, Sarah ! Offre-toi enfin un moment de bonheur ! »*

*Wayne, comme s'il avait perçu son désir, se pencha soudain et ses lèvres passèrent sur les siennes, aussi légères que les ailes d'un papillon. Sarah se laissa aller. Au diable les lapins blancs et les soldats de cœur !*

*Elle était bien, en ce moment.*

*Et elle avait bien le droit de se laisser aller parfois !*

*Elle se blottit dans les bras de Lancelot – ou Wayne ? Elle décida que cela n'avait plus la moindre importance – et chercha un soutien moral, qui lui fut accordé par les statues de dragons, érigées au-dessus d'eux.*

*L'une d'entre elles, aux oreilles curieusement allongées, lui adressa un clin d'œil complice.*

*— Ne l'écoute pas, Sarah ! Vous avez tout le temps.*

*C'était une créature hybride, aux longues pattes postérieures et aux incisives proéminentes, qui portait gilet et montre à gousset. Refusant de se laisser troubler davantage, la jeune femme adressa un rictus au lapin géant et se désintéressa de lui pour se consacrer à son compagnon. « C'est ridicule, se dit-elle en se laissant enlacer. Tout ceci est grotesque ! Sarah, ma fille, tu réagis comme une midinette : ce garçon t'a tapé dans l'œil et tu ne trouves rien de mieux que de le mettre en scène dans tes rêves ! »*

*Lancelot déposa un nouveau baiser dans le creux de son épaule. Ses gestes étaient tendres, il l'embrassait avec délicatesse, remontant peu à peu dans son cou, puis sur sa joue, s'attardant près de son oreille pour souffler, énamouré :*

*— Ma Dame…*

*Sarah se sentait défaillir. Elle se serra davantage contre lui, tandis qu'il poursuivait :*

*— Mon tendre amour… Alice…*

— Alice ?

*Sarah s'était raidie. Un haut-le-cœur l'avait soulevée au point que son bassin était venu heurter celui de Lancelot. Une douleur fulgurante l'avait transpercée.*

Sarah s'éveilla sur la moquette, au pied du divan. À ses côtés, Wayne dormait encore. En découvrant son expression réjouie, elle comprit et fut prise d'une furieuse envie de le gifler. Elle éprouva toutes les peines du monde à se contrôler. N'y tenant plus, elle le saisit aux épaules et le secoua en tous sens.

— Wayne ! Réveille-toi !

Il quitta le rêve à son tour, ouvrit les yeux et la considéra en silence. Elle martela sa poitrine à coups de poing rageurs.

— Tu t'es introduit dans mon rêve ! Tu n'avais pas le droit ! Et moi, moi…

Elle éclata en sanglots et le repoussa. Il attendit un instant avant de se rapprocher. Quand il l'attira contre lui, elle se radoucit et sécha ses larmes. Il esquissa un sourire penaud.

— Pardonne-moi, petite Sarah, mais j'en avais besoin. C'était une question de survie.

Elle le dévisagea à nouveau et un éclair de colère illumina ses yeux. Elle ravala ses larmes, se blottit contre lui.

— Je savais que tu comprendrais, murmura-t-il, rasséréné.

Son ton sourd et son timbre rocailleux émurent la jeune femme.

— Tu vas me sauver, je n'en pouvais plus, ajouta-t-il dans un souffle.

Il s'allongea à côté d'elle, comme un enfant contre un parent protecteur. Visiblement exténué, il s'endormit à nouveau. Sarah le considéra longtemps. Elle passa les doigts dans ses cheveux et se coucha à son tour à même le sol du salon. Elle l'enlaça, dans un geste quasi maternel, et plongea avec lui dans un sommeil de plomb.

Elle était épuisée.

Deux heures plus tard, Sarah avait recouvré une partie de ses moyens. Wayne, en revanche, était livide.

— Il m'a contacté, lui glissa-t-il d'une voix blanche. Nous avons rendez-vous dans une boîte de nuit, à deux pas d'ici.

— Qui ? L'homme en noir ?

— Oui. Je... Il en veut à ta vie, Sarah. Et je dois y aller.

Elle lui saisit le bras, y enfonçant ses ongles.

— Très bien, Wayne. Admettons. Mais avant de continuer à jouer cette partie de folie, j'ai besoin d'en savoir plus. Qui es-tu vraiment ? Que cherches-tu ? Qu'attends-tu de moi ? Quel est ton nom ?

— Une question à la fois.

Il avait tranché net. Réalisant son erreur, il se radoucit.

— Je te l'ai déjà dit, Sarah, je suis... un dragon.

Elle fronça les sourcils, l'air buté.

— *Les dragons n'existent pas.* À part peut-être dans une certaine forme de littérature et dans quelques esprits malades... dont le mien.

Il ignora sa remarque et continua sur un ton égal :

— Comme tous les miens, j'ai la faculté de voyager dans le rêve. Nous le faisons tous. Nous sommes condamnés à aller toujours de l'avant. Nous puisons notre essence – appelle ça notre réalité, si tu préfères – dans vos rêves. Nous vous les volons, les enrichissons, les adaptons à nos besoins. Bien entendu, tout cela doit aller dans les deux sens. C'est un échange, une complicité. C'est pour te le prouver que je suis entré dans ton univers et que je l'ai peu à peu modifié pour y inclure des éléments d'un de mes univers de prédilection.

— Alice ?

— Alice. Fin de la première question. En ce qui concerne la deuxième et la troisième... Disons, pour simplifier, que nous avons besoin d'une certaine *essence* pour poursuivre notre chemin. Cette essence, nous la trouvons dans les univers des rêveurs humains. Seulement, il y a un problème.

Sarah pinçait les lèvres pour ne pas crier et l'exhorter à aller plus vite. Elle ne supportait plus ses précautions oratoires. Wayne était un dragon, la belle affaire ! Qu'il aille donc jusqu'au bout de ses explications démentielles, on jugerait en fin de discours !

— Ce… problème, déclara-t-il enfin, est que peu d'entre vous sont capables de supporter ces incursions sans sombrer dans la folie.

— C'est ce qui m'est arrivé, n'est-ce pas ? lâcha-t-elle d'une voix brisée.

Il secoua la tête.

— Non, Sarah. Tu fais partie de ceux qui ont un mental assez fort pour supporter l'expérience. Tu es une espèce de paradoxe vivant, à la fois incrédule, pragmatique et… rêveuse. Un sujet mutant, chez les humains. De plus, tu possèdes un imaginaire riche et varié. Tu es une romancière de talent et je pense que nous pouvons former un duo productif, si toutefois tu le veux bien. Pour le reste… Je me suis révélé à tes yeux, j'ai donc enfreint la première de nos règles.

— Il y en a d'autres ?

— Quelques-unes.

Sarah le fusilla du regard. Combien de mensonges, combien d'allusions à venir ? Elle sentit monter en elle une bouffée de haine, quand il réprima un sourire goguenard.

— Je ne voudrais pas que tu considères ma prochaine réponse comme une provocation. Tu tiens *absolument* à connaître mon *vrai* prénom ?

— Absolument, si tu n'y vois pas d'inconvénient. J'ai toujours voulu savoir parler dragon. Bien entendu, ça restera entre nous.

Il ignora l'ironie du propos et prit une profonde inspiration.

— Bien. Mon vrai prénom, traduit dans votre langue, correspond à peu de chose près à Sh'KK'T'haarsshk'H'akz.

Elle eut une mimique curieuse.

— *Scusi*, *signore*, je n'ai pas bien saisi.

Il répéta, plus lentement :

— Sh'KK'T'haarsshk'H'akz.

Puis il émit un petit rire de gorge, avant d'ajouter, sur le ton de la confidence :

— Mais tu peux m'appeler Wayne, je ne m'en formaliserai pas.

— OK, Wayne.

Elle se leva, s'étira et fit quelques pas à travers le salon. Elle envoya voler ses mèches rousses et se retourna en souriant.

— C'est vrai, après tout : c'est cool, Wayne. (Elle revint vers lui et l'embrassa sur le front.) Wayne ?

— Sarah ?

— J'aimerais qu'on soit amis tous les deux. Je crois que j'ai encore pas mal de trucs à apprendre pour ne pas mourir idiote. Ah, dernier point : je t'accompagne. Tu ne l'affronteras pas seul.

— Merci, dit-il avant de l'attraper par la main. Suis-moi, j'ai quelques petites choses à te montrer.

Il l'entraîna au bout du couloir, fit jouer la serrure de la porte blindée et l'introduisit dans une vaste salle aux murs tendus de soie sombre.

— Voilà, Sarah, tu as devant toi la mémoire d'un dragon.

Sarah chancela et dut prendre appui sur le mur du couloir. Devant elle s'ouvrait une caverne d'Ali Baba, une véritable salle des reliques. Une espèce de musée qui lui laissait le souffle court.

Wayne parlait dans son dos, la laissant divaguer au gré de ses découvertes. Il discourait à voix basse pour ne pas troubler la sérénité des lieux.

— Bien entendu, j'ai constitué mon trésor au fil des années – des siècles, serait plus juste.

Sarah s'émerveillait, les yeux écarquillés comme une petite fille devant la vitrine de Noël des grands magasins. Wayne avait réuni une collection d'objets hétéroclites et précieux. Chacun d'entre eux correspondait à une rencontre importante avec un humain. Un bijou, une étoffe, un tableau, un meuble… ou une arme.

Il avait procédé de même à chaque événement marquant de son parcours et, par voie de conséquence, de l'Histoire. Sarah crut voir défiler, en quelques minutes, un résumé de l'histoire de l'humanité. Elle se sentit prise de vertiges. Régulièrement, son esprit se refusait à admettre ce que ses yeux voyaient. Elle cherchait à reprendre le dessus, mais cédait le pas, submergée par l'assurance avec laquelle Wayne décrivait ses voyages, ses rencontres, ses expériences.

Elle aurait voulu éclater de rire, courir à la fenêtre et beugler, face à la nuit :

— Écoutez, vous tous ! Je connais un dragon ! Vous m'entendez ? *Je connais un dragon !* Ils existent, ils sont là !

Elle imaginait déjà les infirmiers arriver, souriants, faussement détendus. Ils s'approcheraient avec précaution pour la ceinturer et lui enfiler la camisole… Elle se surprit à souhaiter que ce soit la solution la plus adaptée à son cas. À ce moment-là, elle aurait accepté sans sourciller l'obligation de passer le reste de ses jours à avaler des petites pilules bleues ou roses. Tranquille, béate. Définitivement.

— Je ne crois pas aux dragons, se répétait-elle. Mais Wayne existe. Il n'y a pas d'autre solution, Sarah : tu as dû péter un plomb sans t'en apercevoir. Tu es folle, voilà tout…

Elle s'assit sur le parquet impeccablement ciré et consacra l'heure qui suivit à reconstituer le trajet de Wayne à travers le temps. Elle fut attirée soudain par deux tableaux.

Le premier représentait une femme très belle, à la peau claire. Elle avait de grands yeux verts et un port de tête altier, mis en évidence par une cascade de cheveux blonds qui lui tombait sur les épaules. Fait troublant, elle était vêtue d'une robe aux motifs asiatiques, représentant des dragons célestes sur fond noir. Le décor, trop neutre, ne permettait de situer ni l'époque, ni le lieu de réalisation de cette toile.

Le second tableau était un portrait en pied. Il représentait un homme très grand et mince, au visage sans âge et aux longs cheveux blancs. Tout de noir vêtu, il portait un chapeau à larges bords, qui lui masquait les yeux. Il s'appuyait avec négligence sur une rapière de type hispanique, à la garde finement ciselée, rehaussée de pierreries. Son sourire était plein de morgue. Il laissait apparaître des canines trop longues pour ne pas attirer l'attention. On sentait confusément que l'artiste avait bien tenté d'en atténuer l'impact graphique, mais qu'il avait été victime de son talent. L'homme en noir était terrifiant. Il se dégageait de lui une force, une animalité – une *sauvagerie* ? – que Sarah avait rarement ressenties à la vue d'un homme. Elle se souvenait d'avoir réagi de la sorte quand elle était enfant, en s'approchant de la cage des loups, lors d'une visite au zoo. Elle s'était trouvée nez à nez avec un vieux mâle, et l'éclat jaune de ses pupilles l'avait pétrifiée… Elle avait l'impression étrange de sentir encore le parfum de la bête à la vision de ce tableau.

Sarah se mit à frissonner quand elle prit conscience d'un détail : la rapière de l'homme en noir… *elle l'avait déjà vue* ! Elle en identifiait la garde sans erreur possible. C'était bien le monstre de ses cauchemars… Elle resta tétanisée au pied des deux tableaux placés côte à côte sur le mur de la salle, et dut s'ébrouer pour quitter le sanctuaire.

Elle retrouva Wayne à son bureau. Il consultait un agenda de cuir, en effectuant de fréquents allers-retours dans les nombreuses notes griffonnées au fil des pages. La lumière pâle de la fin de journée accrochait à son visage des ombres inquiétantes. Il noircissait un bloc de papier vélin.

Sarah se posa dans le cuir confortable d'un fauteuil club et attendit. Elle se garda bien de l'interroger au sujet des deux tableaux. Elle s'appliquait au contraire à effacer le stress violent ressenti à leur découverte. Quand il releva la tête, Wayne lui adressa une grimace triste.

— Je te l'ai dit, je sais *qui* c'est. Je sais *où* le trouver.

Sarah l'interrogea du regard. Le front de Wayne était barré de deux stries verticales. Il poursuivit, hésitant :

— J'aurais dû intervenir depuis des lustres. Je n'ai pas vu le changement, je ne l'ai pas prévu. Il est pourtant essentiel de penser avec quelques coups d'avance. Je m'étais endormi. J'ai sommeillé si longtemps. Je m'étais… *humanisé.*

Il soupira, défaitiste :

— Des sentiments ! Faiblesse, stupidité qui se paient comptant ! Il est peut-être trop tard, à présent. Tant de temps laissé au temps, si peu de temps pour réagir…

Il bondit sur ses pieds, marcha jusqu'à un coffre de bois laqué, en sortit un étui longiligne contenant un katana, ce sabre de samouraï au fil de rasoir. Il enfila son manteau sombre, glissa l'arme sous la doublure et serra sa ceinture pour le maintenir contre son torse. Puis, il se tourna vers la jeune femme.

— Tu aimes la fête et la musique ?

— Tu penses que c'est le moment ?

— Tu me promets de ne pas intervenir ?

— Non.

Wayne saisit un revolver, qu'il glissa d'autorité dans une poche du manteau de Sarah.

— Au cas où…

La jeune femme sentit peser l'arme. Sa présence était rassurante. Wayne grimaçait devant un miroir accroché au mur et s'amusait à dévoiler ses canines.

— *Let's party*[1] !

Il l'invita à le suivre.

Parvenue sur le palier, Sarah s'assombrit. Au moment de sortir, il lui avait semblé l'entendre chuchoter : « Elle a presque autant de cran que toi, mon amour. »

Elle ferma les yeux, refusant les larmes.

Il fallait au plus vite chasser ces mots de son esprit.

1. « Que la fête commence ! »

# 16

# Duel sous la lune

Nous sommes dans une boîte si miteuse qu'on se croirait sur le repérage d'un film d'Abel Ferrara. À vue de nez, tout est froid sauf le champagne et les « hôtesses », en rang d'oignons au bar, font la nique au calvados – il est encore un peu jeune, quand elles sont hors d'âge.

Sarah s'est instinctivement rapprochée de moi. Elle sent, elle aussi, que l'affrontement est proche. Je lui adresse un clin d'œil. Elle plonge une main dans sa poche, le contact froid de l'acier du revolver semble la rassurer un peu. Elle est très jolie à cet instant. Je souhaite de tout mon cœur qu'elle survive à la nuit.

Nous descendons au sous-sol, où nous nous frayons un chemin à travers les nombreux clients pour atteindre une table libre et deux tabourets à peine confortables.

Nous voilà posés, il n'y a plus qu'à attendre.

Je laisse mes yeux divaguer à travers la salle enfumée. Le spectacle est sordide. Quelques nubiles se secouent en rythme sous les regards mi-ahuris, mi-concupiscents d'une horde de VRP.

Sarah ne masque pas son dégoût.

— Non mais, regarde ces vieux machins ! Et ils n'ont pas honte…

Je m'oblige à leur adresser un rapide regard. Quelques-uns d'entre eux achèvent de se ridiculiser en adoptant des poses de toréadors, essayant vainement d'attirer l'attention.

— Les gamines ont l'air de s'en amuser, dis-je sans chercher à dissimuler mon mépris.

— Tu trouves ça normal ?

Je lève mon verre et trempe mes lèvres dans la boisson glacée.

— C'est tout simplement humain, non ?

Sarah grimace et se renfrogne, furieuse. Je lui en sais gré, je n'ai pas de temps à lui consacrer. Je dois rester concentré.

*Il arrive.*

Il est là, tout proche. Je le sens.

Je sais que lui aussi me sent. Et qu'il s'en réjouit.

Autour de nous, le spectacle est à vomir. Tous ces vieux beaux transpirant au milieu des nymphettes délurées, le *pacemaker* dans la zone rouge, me dépriment. Sarah et moi trinquons pour tromper l'attente et l'angoisse qu'elle génère. Je m'oblige à boire.

J'ai pris garde de commander des boissons sans alcool. Pas question de me griser. Sarah me surveille du coin de l'œil, inquiète.

— Wayne… Tu es sûr que ça va aller ?

Je la rassure :

— Ne t'en fais pas, je contrôle.

En fait, je m'aperçois que la nervosité me gagne. Je viens de me surprendre à battre la mesure sur leur musique techno, tentative musicale pathétique qui a, en temps normal, le don de m'horripiler. Il faut me reprendre. Je ne dispose pas de toute ma puissance habituelle et les dernières visites dans le rêve, si elles se sont montrées distrayantes, n'ont pas eu l'effet reconstituant escompté.

À ma décharge, il faut bien admettre que ces dernières heures ont été émotionnellement chargées.

J'en suis là de mes réflexions quand le contact annoncé apparaît.

C'est une grande brune aux cheveux courts, avec des jambes interminables et un sourire d'une infinie tristesse. Elle a juste fait un signe de tête à Sarah avant de se poser sur un tabouret, en face de nous. Sa voix légèrement voilée est celle des grands fumeurs.

— Qu'est-ce que je peux faire pour vous ?

Je lui réponds sans la regarder – je surveille les danseurs qui remuent aux alentours :

— Je ne sais pas encore. Qu'est-ce que tu as à proposer ?

Elle tente de sourire pour paraître décontractée, mais ne parvient à nous adresser qu'un pauvre simulacre.

— Tout. Je peux tout faire et tout trouver.

Ses yeux glissent de Sarah à moi.

— … du moment qu'on me paie.

Stupéfaite, Sarah réprime à grand-peine une grimace de douleur. Le spectacle de cette fille lui fait mal, sans qu'elle ne parvienne à l'expliquer.

Je poursuis tranquillement :

— C'est ton patron que nous voulons rencontrer, mon cœur.

À mes côtés, Sarah étouffe un tremblement et détourne la tête pour me laisser négocier. Soudain, elle a un hoquet, ouvre la bouche mais ne parvient pas à articuler le moindre son.

J'ai suivi son regard : *il* est là.

Sarah le considère, livide. Il prend un malin plaisir à poser comme sur mon tableau. Même morgue, même odieuse assurance. Ses vêtements sont modernes, mais toujours noirs. Il porte un costume croisé luxueux à peine caché par son long manteau. Il s'est laissé tomber dans un fauteuil libre, a souri et ses canines sont apparues.

Bien plus développées que les miennes.

— On me demande ? Me voici, me voilà !

Il a croisé ses mains puissantes à hauteur de son visage. Il est sûr de lui et nous accorde autant de considération qu'à des insectes.

Je suis tendu à l'extrême, je fais tous les efforts de la terre pour respirer calmement. J'ai peur que Sarah ne perçoive mon trouble et ne cède à la panique.

Il nous dévisage l'un après l'autre et son sourire s'élargit encore. Je le foudroie du regard et je m'adresse à lui sans presque desserrer les mâchoires :

— Je crois que nous avons à parler d'un de mes amis.

— *Un de tes amis ?* Tu veux dire *ton* ami ? Ou peut-être es-tu devenu subitement philanthrope ?

Je voudrais conserver mon calme, mais je me trahis en respirant trop fort. Il marque un point. Je reprends tout bas :

— Je suis allé à New York.

Il rit brièvement, au comble du bonheur et de la suffisance.

— Je sais.

— Roger est mort. On m'a dit que le cancer l'avait dévoré.

— Oui. J'ai eu beaucoup de mal à développer la tumeur. Il a lutté longtemps.

Mes mâchoires produisent un bruit de meule surchauffée. Je plonge mon regard dans ses yeux.

— Saloperie !

— Trop aimable.

Un silence.

Je parviens à coasser :

— Pourquoi ?

Encore un temps.

Il semble choisir ses mots, les laisser rouler en bouche comme un bon vin. Il finit par lâcher :

— J'ai tenté de nombreuses approches, je lui ai fait des propositions alléchantes… qu'il a refusées. Il était apparemment fidèle en amitié. Une tare. Il a eu sa chance, mais n'a pas su la saisir.

— Pourquoi l'avoir éliminé ?

— Parce que je ne pouvais pas te le prendre. Quand je ne peux pas avoir, je brise. Tu devrais le savoir, depuis le temps.

— Et moi ? Pourquoi ces contrats ?

— Parce que je savais que tu comprendrais vite. Je voulais te prendre par surprise. Las ! Mes employés n'ont pas été à la hauteur, je t'ai sous-estimé. L'inaction ne t'a pas suffisamment émoussé, tu es encore performant.

— Il va falloir t'y frotter en personne, Ktt'SH'Rrs'Aarh'Th.

Un tic nerveux a soulevé la pommette de l'homme en noir, trahissant une pointe d'agacement.

— Ah ? On se présente devant les… humains ?

Il a dit « humain » comme on expectore une glaire. Il considère Sarah comme une déjection.

Elle a rejeté ses cheveux en arrière. Je sens que sa crainte cède peu à peu du terrain à la rage. Bientôt, elle aura accumulé assez de haine pour oser dégainer et faire feu.

Je dois agir avant.

Je me penche pour faire béer mon manteau. La poignée de mon katana a scintillé sous mon aisselle. Ktt'SH'Rrs'Aarh'Th ne m'a pas quitté des yeux et ajoute, avec un paisible sourire :

— N'y pense même pas.

J'en reste paralysé. J'avais oublié que cette ordure pouvait lire dans mon esprit. Je me mords les lèvres sitôt cette pensée formulée. Ktt'SH'Rrs'Aarh'Th sourit de plus belle.

— Je suis insensible à la flatterie, ajoute-t-il à mon intention.

Il se tourne vers Sarah, la contemple comme on dévore des yeux une friandise. Il passe une langue gourmande sur ses lèvres. Elle baisse les yeux.

Il me fixe à nouveau.

— Enfin, tu t'es décidé. Comme tu veux, où tu veux, à l'heure qui te conviendra.

Je libère un long soupir et dévoile à mon tour mes canines.

— Tout à l'heure.

Il renverse la tête en arrière et son rire va se perdre vers la voûte de la salle. Il attire brusquement contre lui la fille brune.

— À la bonne heure ! En attendant, buvons !

Il fait un signe large de la main et le barman arrive, portant une bouteille de whisky et des verres sur un plateau. Il les dépose avec déférence et s'éclipse.

Ktt'SH'Rrs'Aarh'Th lui a glissé quelques billets dans la poche. Il caresse à présent la tête de sa compagne, comme on agace le pelage d'un chien. Il surprend l'expression de révolte de Sarah.

— Fanny était infirmière le jour. Aujourd'hui, elle ne travaille plus que pour moi, la nuit.

La fille reste impassible, elle ne paraît pas l'entendre. Sarah grince des dents. Elle roule des yeux, quémandant un soutien. Je reste de marbre, ce n'est pas le moment de me déconcentrer.

Elle explose :

— Merde, Wayne ! Ce type est une vivante statue élevée à la suffisance et au mépris !

Je pose une main sur son avant-bras et je serre. Sarah se contient à grand-peine, les yeux rivés sur Fanny, qui a dû être jolie, dans une vie antérieure. Mieux : elle a dû être belle, peut-être même la plus belle. Ses traits restent fins, ils témoignent de sa splendeur flétrie. Quand ses lèvres se retroussent pour esquisser un sourire ou une moue charmante, elle est fascinante. Elle porte une courte robe de soie blanche, dont l'étoffe épouse ses formes comme un gant. Je détaille ses seins trop maigres, ses hanches fines. Je m'attarde sur l'extrême faiblesse de ses mains. Ses poignets sont si fins qu'on doit craindre de les briser en les effleurant. Et puis, je vois les croûtes fines au creux de ses bras.

Alors je comprends mieux la froideur, le vide de son regard. Son détachement, son absence. Ce n'est qu'après un examen plus approfondi que j'aperçois les petites taches sombres qui s'épanouissent sur son cou. Soudain, elles m'apparaissent toutes. Ce que je prenais pour des ombres sous l'éclairage dansant de la boîte est en fait une théorie de marques sur sa peau.

Sarah aussi a vu. Elle en tremble de douleur pour elle : *cette fille est dévorée par le sida.* Sarah ne parvient plus à détacher les yeux de la bouche aux lèvres craquelées.

Ktt'SH'Rrs'Aarh'Th a noté le regard de Sarah. Il se délecte du spectacle de cet humain compatissant et craintif qui n'ose pas encore tirer sur lui. Il referme une main sur la nuque de la fille et attire sa tête contre lui. Elle ne lutte pas, docile. Il joue un instant avec elle, s'amusant à lui faire prendre des poses de poupée désarticulée.

Sarah plonge la main dans son blouson, cherchant à saisir la crosse de son arme, mais je me rapproche d'elle. D'une pression de mon coude sur son bras, je l'empêche d'agir.

Ktt'SH'Rrs'Aarh'Th la fixe droit dans les yeux, elle soutient son regard. Une même flamme de folie meurtrière allume leurs prunelles.

Il finit par se tourner vers moi avec une mimique de connaisseur.

— Elle apprend vite, Wayne, très vite. Tu as toujours su les choisir volontaires.

Il se tourne vers Sarah et passe la main sur le visage de Fanny.

— Elle était belle, tu sais, avant d'attraper la maladie.

Sarah jette un œil horrifié à la fille qui demeure sans réaction. Fanny est définitivement ailleurs. Dans son état, c'est ce qui peut lui arriver de mieux.

— Je mourais d'envie de voir les effets du virus sur sa constitution, ricane Ktt'SH'Rrs'Aarh'Th, je n'ai pas su attendre. J'ai toujours été capricieux !

Sarah a penché la tête vers lui. Elle le regarde de biais, n'ose comprendre.

— Qu'est-ce que tu cherches à me dire ? s'emporte-t-elle.

Le sourire de Ktt'SH'Rrs'Aarh'Th est obscène quand il poursuit :

— Oui, mon petit cœur, ton romantisme flamboyant d'adolescente attardée ne t'a pas trompée. C'est bien moi qui lui ai inoculé le virus.

Sarah écarquille les yeux, au comble de l'horreur.

— Vous l'avez piquée volontairement ?

— Oui, mon ange. C'est grave ? Tu m'en veux ?

Elle le dévisage, incrédule.

— Mais… Comment. Pourquoi ?

Il secoue la tête, feignant de se trouver peiné.

— Réfléchis un peu, *sweet heart.* Comment un si pitoyable petit virus de merde pourrait-il causer le moindre dommage à un immortel ? Je voulais l'étudier, il me fallait un cobaye.

J'observe Sarah à la dérobée, je la sens défaillir. Elle voudrait nier tout ça, ne parvient pas à accepter un tel acharnement dans le vice. Je sens le mouvement, mais ne parviens pas à l'anticiper.

Bondissant sur ses pieds, elle dégaine et hurle :

— Ordure !

Je crie moi aussi :

— Sarah, non !

Trop tard, elle a tiré.

Le Manhurin a vomi un déluge de plomb. Tout le reste suit, inexorable, comme dans le pire des cauchemars.

Dès cet instant, dans la boîte, c'est l'apocalypse sur fond de techno et de minettes glapissantes. J'entrevois, dans la lueur hypnotique des stroboscopes, les mouvements désordonnés de la foule terrorisée qui cède à la panique. Des hommes trop vieux et trop gras n'hésitent pas une seconde à frapper les fillettes qui leur barrent le passage. On se bouscule, on se heurte, on glisse, on se piétine. Un homme inconscient, le visage ensanglanté, est projeté en avant et vient me heurter dans le dos.

Je roule de côté.

Ktt'SH'Rrs'Aarh'Th s'est levé, il a écarté les pans de son long manteau. Déjà, une épée brille à sa main. Il a rejeté Fanny sur le sol où elle gît, incapable de la moindre réaction. *Stone to the bone*[1].

Je lutte avec l'essaim d'humains affolés qui m'entoure et parviens à me relever. Sarah, là-bas, a été happée par un maelström de cheveux et de mains, qui la cernent dans une seule et même plainte hystérique. Elle parvient tout de même à s'agenouiller et essaie à nouveau de viser Ktt'SH'Rrs'Aarh'Th.

Elle est stupéfaite : elle l'a atteint au milieu du torse et le voit toujours debout et bondissant. J'aimerais lui expliquer que nos centres vitaux ne sont pas les mêmes que ceux des humains, mais mon adversaire ne m'en laisse pas le loisir. Je me contente de bondir entre elle et lui, pour faire écran. Mon katana vibre dans ma main. Un frisson guerrier me brûle les entrailles.

— Viens, à présent ! Viens recevoir ton dû !

Ktt'SH'Rrs'Aarh'Th effectue un mouvement rotatif. Il mouline l'air de son épée, tranchant ici et là quelques membres en guise d'échauffement. Ses victimes s'effondrent dans l'indifférence générale. Les témoins sont trop occupés à quitter les lieux pour venir en aide à qui que ce soit.

J'avance avec prudence, laissant mes pieds glisser sur le sol, sans jamais lever les talons. Sarah crie dans mon dos :

---

1. Formule d'argot américain, qui signifie « totalement défoncé ».

— Wayne, bordel ! Couche-toi, je vais me le faire !!!

Je lui réponds sèchement :

— Affaire privée. Je dois y arriver seul.

Impuissante, elle s'étrangle et nous regarde danser dans les éclairs de lueur trop blanche. Les flashs de stroboscope sont aveuglants. Je secoue la tête, mes larmes volent.

Et puis, nous bondissons et nos lames s'abattent à une vitesse folle. La pièce est désertée maintenant. Les tables renversées, les verres brisés, les affaires traînant encore çà et là sur le sol, témoignent de la panique qui a régné sur l'endroit. La sono continue de déverser sa soupe assourdissante et les faisceaux tournant des éclairages ponctuent les chocs aigus des épées.

Ktt'SH'Rrs'Aarh'Th me porte des attaques d'une rare violence. J'encaisse en serrant les dents. Je pare les coups qu'il assène avec des ahanements de bûcheron et la douleur naît dans mes bras, lancinante.

Il a encore progressé depuis notre dernière rencontre. Il est plus fort, plus rapide, et je manque tellement de pratique… Je n'ai pas une chance d'en venir à bout. Je décide cependant de lui résister le plus longtemps possible.

Sarah est debout et tente de nous contourner, les mains crispées sur la crosse de son Manhurin. Nous sautons et virevoltons comme des derviches, frappant et parant, nous fendant l'un après l'autre sans parvenir à toucher. Nos épées envoient voler des gerbes d'étincelles dans les airs.

Le spectacle doit être formidable.

Soucieux d'en finir au plus vite, Ktt'SH'Rrs'Aarh'Th décide de reprendre son apparence primaire. Son visage se couvre peu à peu de petites écailles rouges. Je fais de même et revêts ma robe bleu nuit. Nos mains s'affinent, nos membres s'allongent et les coups redoublent de puissance et de vitesse.

Sarah s'étouffe en découvrant le spectacle. J'aurais voulu lui épargner ça, mais je ne peux pas faire autrement. Je tente le tout pour le tout : je me fends plusieurs fois de suite, obligeant mon adversaire à parer en quinte, puis en tierce. Il crache dans ma direction, saisit un tabouret qu'il lance vers moi et bondit en arrière.

Je viens de gagner quelques précieuses secondes de répit. Je les mets à profit en psalmodiant les formules appropriées. La sono me couvre, il n'entendra peut-être pas.

Il a sauté par-dessus une table renversée et se jette de nouveau à l'assaut. Il n'a pas vu que ma lame brillait plus fort...

Soudain, Ktt'SH'Rrs'Aarh'Th se fige dans son élan. Il se cambre en arrière, fait un pas de côté, puis un autre. Son expression en dit long, il a déjoué mon piège. Il reste hors de portée.

— Assez ! Nous ne pouvons combattre au vu et au su de tous, c'est la règle et tu le sais ! La police sera bientôt là, continuons à l'extérieur. Je t'attendrai dans les jardins, non loin du colosse endormi...

Il tourne aussitôt les talons, son manteau lui dessine une cape sombre. J'ai bien essayé de zébrer l'endroit où il se dressait une seconde plus tôt, mais ma lame ne tranche que du vide.

Je profère une bordée de jurons.

Il est beaucoup plus rapide que la dernière fois.

Il a disparu dans l'escalier.

Nous restons seuls, hébétés. Le souffle court, j'étouffe de rage :

— Je l'avais, bon Dieu, je l'avais ! Il a senti que j'avais accumulé du pouvoir, il s'était laissé distraire... J'aurais dû...

Sarah approche, elle me pose une main sur l'épaule.

— Wayne ?

— Oui ?

Elle est blême. Ses traits sont creusés.

— Je l'ai touché, n'est-ce pas ?

— Pas sûr. Il a pu éviter la balle. Nous avons la faculté de nous dématérialiser partiellement, à volonté.

Une sueur glacée envahit son front. Les gouttes viennent rouler sur ses sourcils, coulent le long de son nez. Elle ferme les yeux, se laisse glisser à genoux.

— Ce n'est pas possible, Wayne. Ce… *cette chose*, c'est l'Antéchrist !

Elle fond en larmes. Je l'aide à se relever et nous quittons la boîte sans plus tarder. Quelques clients hagards nous jettent des regards furieux, mélanges de haine et de crainte. Les premiers gyrophares déchirent la nuit.

Nous nous éclipsons. Il est facile de se perdre dans la foule des badauds qui se pressent devant l'entrée de l'établissement.

Nous marchons côte à côte, silencieux.

La nuit est à peine entamée.

*Elle promet d'être chaude.*

# 17

# Rêve de dragon

Sarah rythmait son pas sur celui de Wayne. Bouleversée, la jeune femme avait adopté une allure mécanique. Perdue dans la contemplation de ses chaussures, elle se laissait fasciner par le martèlement régulier de leurs semelles sur l'asphalte.

Wayne jouait des maxillaires et lançait çà et là des regards noirs.

Ils remontaient tous deux vers l'église Saint-Eustache.

Wayne rompit le silence en récapitulant à haute voix :

— *Non loin du colosse endormi*, a dit Ktt'SH'Rrs'Aarh'Th avant de disparaître. Le seul monument correspondant à une telle description est la tête reposant sur sa main, au pied de l'église. Elle est située face à des jardins qui, à la nuit, ne sont fréquentés que par quelques clochards avinés, dont les témoignages éventuels pèseront bien peu… Ktt'SH'Rrs'Aarh'Th a fait le bon choix. Il m'y attend, il aura accumulé assez de puissance pour me défaire, cette fois.

Perdu dans ses pensées, pressé d'en finir, il n'entendit pas tout de suite la voix de Sarah.

— Wayne ? Wayne, tu m'écoutes ?

— Mmmh ? Je te demande pardon.

— Tu te prépares pour ta rencontre avec l'autre malade, c'est ça ?

— Oui.

— Tu sais où il est ?

— Je pense l'avoir deviné.
— Et tu nous y emmènes ?
— Oui.
— Tu as conscience qu'il nous y attend ?
— Oui.
— Et qu'il peut sortir de n'importe où, comme bon lui semble, afin de frapper le premier ?
— Oui.
— Mais tu t'y rends tout droit ?
— Oui.
— Wayne ?
— Oui ?
— Tu as conscience que c'est du suicide ?
Wayne leva les yeux au ciel et exhala un soupir de lassitude.
— Oui. Je sais tout cela. Mais il n'y a que moi qui puisse l'arrêter, tu n'aurais aucune chance. Personne n'aurait la moindre petite chance, Sarah. Il n'y a qu'un dragon pour arrêter un autre dragon – et encore, sous certaines conditions.
— Tu veux dire que cette *créature* ne peut pas mourir ?
— Cette créature, comme tu dis, est un dragon. C'est un immortel. Ce que vous autres, humains, considériez naguère comme un demi-dieu, mais les bons usages se perdent, de nos jours.
— Et tu peux l'arrêter ?
— Je garde un petit espoir.
— Tu ne veux pas prendre le temps de m'en parler ?
Il soupira encore. Sarah avait raison : en fonçant ainsi tête baissée, il allait droit au carnage, mieux valait prendre son temps. Ktt'SH'Rrs'Aarh'Th avait eu le choix du terrain, au moins Wayne aurait-il celui des armes.

Il fixa Sarah. Son regard implorant d'humain fasciné, mourant d'envie de toucher du doigt la vérité, lui aurait presque donné envie de rire en d'autres circonstances.

— Tu as faim, Sarah ?

Elle hocha la tête.

— Pas vraiment. Mais si tu veux m'inviter au restaurant, laisse-moi choisir.

D'un pas vif, elle l'entraîna vers un restaurant américain, situé à deux pas de l'église Saint-Eustache. À l'approche de la confrontation, ils se laissaient tous deux gagner par l'énervement. Sarah désigna d'un geste large le quartier autour d'eux.

— On ne dira jamais assez le bonheur qu'il y a à traîner aux Halles, la nuit. Saint-Eustache rayonne avec sa guirlande de clodos, et les touristes avides se pressent contre les vitrines Agnès B. en rêvant aux prochains soldes.

Elle se fendit en une courbette grotesque :

— Si Monsieur veut bien se donner la peine, nous entrons au MeatPackers. Objectif numéro un, ne surtout pas manquer le moment où les serveurs en rang d'oignons vont nous asséner le *Grease Lightning* du samedi soir !

— Le quoi ?

Elle se dressa sur la pointe des pieds pour déposer un baiser sonore sur le nez de Wayne.

— Monsieur a beau être d'origine américaine, il ignore les us et coutumes en vigueur dans la capitale. Entre, tu verras bien. De plus, là-dedans, il y a peu de chances que quiconque vienne nous emmerder…

Wayne s'exécuta sans discuter. Ils furent aussitôt accueillis et placés par une jeune femme en uniforme, qui leur glissa des menus en main et s'éclipsa sur un suave « Je reviens tout de suite ». La décoration, si elle convenait à Sarah qui s'y déplaçait tout à son aise, produisit l'effet inverse sur Wayne. L'accumulation des références américaines lui donnait la nausée : affiches, panneaux publicitaires, placards d'acier ou de bois, couleurs criardes. Le rêve américain offert en pâture aux touristes étrangers. Les étudiants anglo-saxons qui servaient ici devaient bien rire, sous cape. Ils s'acquittaient cependant de leur tâche avec sérieux et efficacité. On vint très vite prendre leur commande.

Sarah mourait d'envie d'en apprendre plus :

— Ton copain, là, le… *Schch* machin…

— Ktt'SH'Rrs'Aarh'Th.

— Comme tu voudras. C'est possible de le tuer ? Je veux dire… on a une chance de s'en débarrasser ou c'est inutile de seulement essayer ?

La serveuse leur apporta les apéritifs commandés. Wayne fit tinter les glaçons dans son verre avant de répondre.

— Il y a effectivement une *petite* chance d'en venir à bout… Mais pas sur terre.

— Et *toi* ? Tu peux mourir sur terre ?

— Non plus. (Il émit un petit rire de gorge.) Je sais que ça paraît incompréhensible, mais seules nos enveloppes terrestres sont mortelles. En nous éliminant ici, nous nous empêchons mutuellement d'agir. Mais nous avons toujours la possibilité d'intervenir dans le rêve.

— Donc, s'il te tue, je te retrouverai…

— … dans tes rêves.

Sarah rétablit sa position.

— Bon, c'est déjà ça. Dans ce cas-là, je prends.

Un silence, très court. Elle revenait déjà à la charge :

— Et ça t'embêterait de m'en parler, dis ?

— Non.

— Dans ce cas, arrête de te faire prier et dis-moi tout.

Wayne renifla, désorienté. Il ne savait par où commencer et opta pour un discours pédagogique.

— Pour simplifier, disons que nous autres, dragons, sommes des créatures du rêve. C'est-à-dire que nous pouvons nous y déplacer, y prendre corps et que, par un jeu d'équilibre des forces en présence, nous donnons réalité au rêve. De sorte que nous pouvons ensuite y emmener quelqu'un.

— Un humain, par exemple ?

— Par exemple. Les rêveurs sont de ceux-là – il s'agit de créateurs d'univers humains, quels qu'ils soient. Écrivains, cinéastes, sculpteurs… Tous ceux qui font acte de création et se montrent capables de comprendre, *d'accepter*. Des gens comme toi, Sarah.

— Tu veux parler de tous ceux qui, comme moi, sont assez malades pour accepter cette histoire de dragons ?

— Oui. Vous inventez des mondes, nous les visitons dans le rêve. Nous vous rapportons le fruit de nos découvertes, vous les exploitez. Ensemble, nous repoussons chaque fois un peu plus les frontières de ces mondes imaginaires. Parfois, nous vous invitons à y voyager vous-mêmes, *physiquement*. Vous avez ainsi l'occasion de vérifier la cohérence de vos créations. Nous progressons ensemble, en rebondissant sur nos propos respectifs, en conjuguant nos talents propres. Nous autres, dragons, avons le besoin impérieux de voyager en rêve. Sinon, nous nous étiolons. Un dragon qui ne rêve pas est un immortel qui s'éteint, un mort en sursis. Il perd peu à peu ses pouvoirs, s'affaiblit. *S'humanise* aussi. Certains d'entre nous ont fini par oublier qu'ils étaient des dragons. Ils pensent qu'ils sont humains, mènent une vie rangée. Finissent parfois écrasés par une voiture, ou se jettent dans la Seine… Des fins sordides.

— Ils peuvent donc mourir ?

— Dans ce monde-ci, seul un dragon peut venir à bout d'un dragon. Le suicide est inclus dans cette règle.

— Et à quoi sert le rêve ?

— À tout ce que je t'ai dit et aussi à nous ressourcer. Plus nous évoluons dans le rêve et plus nous gagnons en vitalité, en pouvoir, en force. C'est comme un athlète de haut niveau qui abandonnerait l'entraînement – il faut travailler pour se maintenir au meilleur de sa forme. On ne peut pas inviter un humain dans un monde qu'on n'a jamais visité.

— Donc, je pourrais te suivre dans le rêve, c'est bien ça ?

— Oui. *A priori*, si nous investissons un univers que je connais. Et c'est d'ailleurs là *et là seulement* que je pourrais éventuellement – ce qui revient à dire « avec beaucoup de chances » – tuer Ktt'SH'Rrs'Aarh'Th.

— Bien, je commence à y voir plus clair. Et qu'en est-il de ce… Roger, dont tu parlais tout à l'heure ?

À l'évocation de son ami défunt, Wayne s'éclaircit la gorge.

— C'était un immense créateur d'univers, l'un des meilleurs.

— Et pourquoi l'autre l'a-t-il descendu ?

Wayne porta son verre à ses lèvres. Il humecta le vin californien, but une gorgée, puis une seconde, avant de poursuivre d'une voix monocorde :

— Les dragons sont menacés par un autre fléau. L'ennui nous guette en permanence. Nous formons des couples avec des créateurs. Nous nous reposons l'un sur l'autre et c'est de notre complicité que jaillit la lumière. Mais tout ne va pas toujours pour le mieux, certains rêveurs se lassent, leur imagination se tarit. Les humains parfois ne veulent plus rêver. Vous êtes si *cartésiens*…

— Et dans ce cas ?

— Diverses possibilités. Un dragon peut assurer seul la création de nouvelles frontières, mais cela lui demande de très gros efforts. Si la situation n'est que momentanée, pas de problèmes. Par contre, si le dragon s'aperçoit que le rêveur n'est plus apte à assumer son rôle, alors c'est la séparation.

— Pas d'alternative ?

— Si. En supposant que le rêveur commence à créer des univers qui ne sont plus en accord avec la sensibilité du dragon, celui-ci peut décider la séparation.

— Et en cas de séparation ? Vous éliminez le rêveur ?

— Sûrement pas. Aucun d'entre eux n'a jamais ébruité notre existence. La faculté de voyager dans les rêves est le plus beau cadeau que nous puissions leur faire et cela vaut largement le prix de leur silence.

— Mais, excuse-moi de revenir sur ce point délicat, qu'est-ce qui a pu motiver la mort de Roger ?

— Eh bien, comme je te le disais, Roger était un créateur d'exception, un rêveur de haute volée, un faiseur d'univers avec lequel n'importe lequel d'entre nous aurait aimé fusionner. Je suppose que Ktt'SH'Rrs'Aarh'Th a effectué tous les travaux d'approche possibles et imaginables, mais Roger était fidèle en amitié. Il a dû refuser toute collaboration.

— Vous ne pouvez pas rêver à plusieurs ?

— Non, la complicité est très forte. Elle ne tolère pas plus de deux intervenants. Bien sûr, quand l'un d'entre nous entame une collaboration avec un rêveur très doué, cela se sait vite. Les productions et les publications dudit rêveur en témoignent. Il nous arrive alors de jalouser celui qui bénéficie de son imagination.

— Et ?

— Et rien, rien *en général*. Nous avons pour principe d'attendre que la collaboration prenne fin de manière naturelle. C'est un accord tacite, respecté depuis des siècles par la plupart d'entre nous.

— La plupart, tu dis ?

— Ktt'SH'Rrs'Aarh'Th ne respecte aucune loi, hormis celles qu'il édicte au gré de ses envies ou de ses besoins.

— Et il s'approprie des domaines de rêve réservés ?

— Cela lui est arrivé.

— Il procède comment ?

— Il cherche à impressionner le dragon, d'abord. Cela peut marcher. Il cherche aussi à séduire le rêveur. *Idem*.

— Sinon ?

— Il fait tout ce qui est en son pouvoir pour se débarrasser du dragon. Il y a des périodes où nous sommes vulnérables

– quand nous n'avons pas voyagé depuis un certain temps par exemple, et que nous nous sommes humanisés. Dans ces courtes périodes, nous ne sommes plus vraiment en possession de tous nos pouvoirs. On peut alors nous tuer, comme on éliminerait un simple humain. C'est ce qui a failli m'arriver chez moi, puis à New York. Il m'a fallu du temps pour recouvrer chaque fois mes pouvoirs et assumer mes autres formes. J'y suis parvenu, fort heureusement… Mais j'avais oublié à quel point Ktt'SH'Rrs'Aarh'Th était retors.

— C'est-à-dire ?

— Il s'est attaqué à moi *après* avoir tué Roger. Ainsi, il était certain que je n'avais pas voyagé depuis un certain temps – n'ayant plus de nouvelles de Roger depuis quelques mois – et qu'un tueur humain pouvait m'atteindre. Ensuite, il nous rayait *tous les deux* de la carte. C'était un message clair pour tous les autres : lui résister, c'était choisir de mourir. Il ne nous reste plus qu'à inverser le cours des choses.

— Tu veux dire que l'un de nous peut le tuer ? Pourtant, il est en pleine possession de ses pouvoirs, non ?

— Nous pouvons l'éliminer dans le rêve. Encore faut-il l'entraîner sur le terrain de notre choix. J'ai ma petite idée.

Il but une nouvelle gorgée de vin, qu'il fit rouler dans sa bouche, puis il plongea les yeux dans ceux de Sarah.

— Pour ta première incursion dans le rêve, je t'offre la possibilité d'affronter un dragon. Es-tu prête à me suivre ?

Elle essaya de masquer son angoisse en forçant la voix.

— Tu peux compter sur moi. (Puis elle enchaîna, moins fière :) Excuse-moi un moment. Je dois aller aux toilettes.

Wayne réprima un sourire. Il faisait lui aussi des efforts pour cacher ses craintes. Il décida de profiter de l'absence de la jeune femme pour se concentrer. La serveuse vint déposer sur la table des hamburgers phénoménaux, auxquels il ne prêta aucune attention.

— Si je ne me prépare pas assez, siffla-t-il entre ses dents, je serai bientôt, moi aussi, réduit à un tas de viande fumante.

Sarah ne reparut qu'après un bon moment. Elle semblait malhabile soudain, en proie à une inexplicable terreur. Wayne, inquiet, balaya les alentours du regard :

— Sarah ? Que se passe-t-il ?

— C'est l'homme derrière moi ! balbutia-t-elle. Il s'est jeté sur moi, m'a pris mon arme.

Wayne fronça les sourcils, avisant la silhouette qui se dirigeait d'un pas tranquille vers leur table. Il était grand et maigre. Ses cheveux blonds et rares étaient coupés court. Il portait un épais blouson de cuir, qu'il entrouvrit quand il fut à un pas de Wayne. À sa ceinture, le revolver de Sarah voisinait un pistolet militaire à la crosse sombre.

— Puis-je me joindre à vous ?

Wayne tendit le bras. Il écarta une chaise et la présenta à l'inconnu.

— Je vous en prie.

L'homme s'assit à égale distance entre Sarah et son compagnon. Il saisit le verre du jeune homme, qu'il but d'un trait, ponctuant son geste d'un rot satisfait. Wayne se contenta d'esquisser un sourire narquois. L'homme s'éclaircit la gorge.

— Mon employeur m'a demandé de vous mettre hors d'état de nuire pendant toute la soirée. Il paie bien et ne semble pas prêt à tolérer l'échec. Soyons clair : même si je ne suis pas un tueur, il y a un commencement à tout… et je n'hésiterai pas une seconde à vous en loger une si vous décidez de jouer les héros.

Wayne le dévisagea. Son sourire s'élargit.

— Ça manquait, murmura-t-il. Un second couteau lancé à nos trousses…

L'homme ne releva pas l'insulte et serra les mâchoires. Furieux, il soutint le regard de Wayne. Sarah, d'où elle se tenait, pouvait voir une petite veine pulser sur la tempe du mercenaire. Elle demeura fascinée par le vaisseau dilaté qui battait à son front, trahissant sa colère grandissante.

— On peut savoir ce que vous comptez faire, poursuivit Wayne, dans le cas où nous déciderions de nous lever et de vous fausser compagnie à l'instant ?

Déstabilisé par la morgue de son interlocuteur, l'homme marqua un temps d'arrêt.

— Euh… Je… Si vous bougez d'ici, je vous descends tous les deux. Sans hésiter.

Wayne se pencha en avant. Son sourire était éclatant.

— Sans hésiter, *vraiment* ?

L'homme parut s'affaisser.

— Oui, dit-il d'une voix étrangement molle. Sans… hésiter.

Son élocution s'était faite pâteuse. Sarah, fronçant les sourcils, chercha à dévisager Wayne. Elle ne put réprimer un sursaut lorsqu'elle avisa la forme de ses prunelles.

— Commence à manger, siffla-t-il dans sa direction. Je ne serai pas long.

Il se leva et d'un geste invita son adversaire à l'imiter :

— Vous allez m'accompagner, n'est-ce pas ?

L'autre paraissait totalement absent.

— Oui, finit-il par lâcher.

Quand il fut debout, Wayne le saisit au coude et l'entraîna en direction de l'escalier qui menait aux toilettes, en sous-sol.

Quand il revint s'attabler auprès de Sarah, il avait retrouvé une apparence tout à fait normale et détendue. Il mangea de bon appétit et n'évoqua pas une seconde l'incident. Au dessert, il se décida enfin à murmurer :

— Les choses se précipitent, Sarah. Ktt'SH'Rrs'Aarh'Th a retrouvé notre piste plus vite que je ne l'aurais cru. Il a envoyé son homme de main ici, il nous a vus entrer dans le restaurant. Il est quelque part dehors, il nous attend.

Il fouilla dans sa poche et glissa dans le sac de la jeune femme un paquet roulé dans une serviette de toilette.

— Ah ! au fait, te voilà maintenant munie de *deux* armes.

Elle le considéra en silence, cherchant un signe sur son visage trop lisse. En vain, Wayne avait repris le parfait contrôle de ses émotions.

Il demanda l'addition après avoir pris deux cafés serrés, paya et se leva. Elle lui attrapa le bras dans un geste faussement tendre et en profita pour lui glisser à l'oreille :

— Wayne… Qu'est-il arrivé à ce type ?

Il eut un rictus satisfait.

— Il a disparu, Sarah. Là où il est, il y a peu de chances qu'on le découvre. Les rats ne portent pas plainte. Et les policiers détestent les puzzles.

À ces mots, elle fut secouée par un violent haut-le-cœur. Il se détacha d'elle avec douceur. Alors, dans l'entrebâillement de son manteau, elle aperçut la corolle sombre qui s'étalait sur sa chemise.

Elle sut d'instinct qu'il ne s'agissait pas de son sang.

Un voile de sueur glacée recouvrit ses reins.

La nuit était noire et fraîche, Sarah et Wayne exhalaient des nuages de buée à chaque respiration. Ils déambulaient à travers les allées du parc, tous sens en éveil.

*Il* était là, quelque part. *Il* les attendait.

Il choisirait le lieu et l'heure. Il les avait probablement déjà choisis. Le chasseur allait fondre sur ses proies.

Wayne avançait à pas souples et silencieux, une main glissée sous son manteau, doigts refermés sur la garde de son katana.

— Nous sommes des appâts pour le fauve, Sarah. Nous devons l'attendre. Il attaquera par surprise, mais je ne nous laisserai pas égorger sans réagir.

Il jetait des regards de part et d'autre, passant les divers katas en revue, effectuant mentalement les enchaînements. Il eut la satisfaction de constater que ses automatismes guerriers revenaient au pas de charge. Tout était fluide, évident. Répété mille et une fois.

Il essaya de se projeter face à son adversaire. Il connaissait les techniques, mais suffiraient-elles à le vaincre ?

Près de lui, Sarah tapait du pied, les deux mains enfoncées dans les poches de son blouson. Wayne lui passa un bras autour des épaules.

— Il est toujours temps de partir, Sarah. Rien ne t'oblige à prendre part à ce combat.

Elle leva un museau renfrogné.

— Et rater ce qui s'annonce comme le duel de la décennie ? Je ne manquerais cet affrontement sous aucun prétexte.

Saisissant les pans de son col, elle se hissa jusqu'à ses lèvres pour les embrasser.

— Sois gentil, Wayne. Débarrasse-moi à jamais de ce parasite qui hante mes nuits et me rend folle.

Il la toisa, le sourcil droit levé, puis mima une révérence.

— Ma Dame, ce sera pour moi un honneur que de porter vos couleurs.

Il se montrait détendu et rassurant, mais ne parvint pas à la convaincre. Sarah avait appris beaucoup de choses, en bien peu de temps. Wayne ne s'avoua pas vaincu. Il adopta une attitude virile, proche de la caricature.

— Laissez-moi être votre champion, Ma Dame et je me fais fort de vous délivrer de cette malédiction qui vous pèse.

— Je sais que tu triches, murmura-t-elle. Mais c'est tellement gentil de me rassurer.

Elle tendit les doigts pour lui caresser les cheveux, mais n'acheva pas son geste. Avec un cri étranglé, elle plongea la main dans son sac et se retourna, revolver braqué.

Une fraction de secondes trop tard pour éviter l'attaque.

Ktt'SH'Rrs'Aarh'Th était là. Surgi de nulle part.

Il la frappa au visage d'un violent revers de main.

Sarah partit à la renverse sur les pavés de l'allée. Sa nuque heurta le sol. Elle lâcha son arme, ne bougea plus.

Ktt'SH'Rrs'Aarh'Th s'avança alors vers Wayne. Ce dernier s'écarta et prit ses marques. Il savait qu'il lui fallait jouer sur la distance. Son adversaire bénéficiait d'une allonge supérieure et possédait une technique d'escrimeur sans faille. Wayne ne pouvait miser que sur ses contres, sa vitesse d'exécution… et sur l'incroyable suffisance de Ktt'SH'Rrs'Aarh'Th.

Il assura sa prise, faisant jouer ses doigts sur les cordages tissés qui gainaient l'ivoire de sa garde. Son adversaire laissa fuser un sifflement admiratif.

— Tes automatismes reviennent vite ! Le combat n'en sera que plus intéressant.

— Tu as tort de t'en réjouir, tu vas bientôt déchanter. Je suis à nouveau le guerrier Long-Nez[1], débarqué au XVII^e siècle sur les rivages d'Honshu. Celui qui entra au service du Shogun de Kobe pour apprendre en compagnie de ses meilleurs samouraïs les techniques du *iaïdo*[2].

Il effectua un mouvement rotatif autour de son adversaire pour se placer dos à un lampadaire, dont le halo le plongea dans un contre-jour protecteur. Puis Wayne reprit, très calme :

— Longtemps, j'ai pensé que cet apprentissage resterait vain, qu'il n'était que l'expression un peu puérile de mon désir d'apprendre la psychologie humaine. Une tentative parmi tant d'autres pour analyser leur mode de pensée par le biais des techniques de combat. Comme nous, ils visaient naturellement à l'expansion, à l'appropriation, à la conquête. Je jugeais cela

1. Surnom que les Japonais donnaient aux Occidentaux.

2. Art de dégainer le sabre.

un peu dérisoire, mais je survécus par miracle à mon premier combat. Ma rencontre suivante fut salutaire. Skr'Th'Ash'Aaart'H, un grand Ancien, était venu enchanter ma lame pour lui permettre enfin d'atteindre les dragons sur terre. Dès lors, je pus lutter à armes égales avec les Anciens, défendre mes frontières du rêve pour en conquérir d'autres. Ne plus me contenter des restes abandonnés par nos aînés… Las, j'avais cru accéder à un statut particulier, mais je me suis vite aperçu que la possession d'une lame enchantée attirait plus de désagréments qu'elle ne conférait d'avantages. Dès lors, et pendant quelques siècles, j'ai dû faire mes preuves, affrontant nombre de nos frères pour me constituer une solide réputation de bretteur. Comme tous ceux qui survivaient. On avait fini par m'éviter, à défaut de m'oublier. Je n'ai pas combattu depuis…

— Tu as raison, l'interrompit Ktt'SH'Rrs'Aarh'Th. Cela fait bien longtemps. *Trop longtemps*, en fait !

Il plongea vers Wayne et sa lame fila en direction de sa poitrine. Le jeune homme para sèchement, chassant la pointe vers la droite. Les lames, en s'entrechoquant, envoyèrent voler une gerbe d'étincelles dans le noir, comme autant d'escarbilles échappées de la fournaise d'une locomotive.

Ktt'SH'Rrs'Aarh'Th exulta :

— Tu as vu ? Nos sabres sont chargés à plein, leur acier libère une énergie magique folle ! Ah, quel beau spectacle que celui-là et quelle belle façon de mourir ! Fais tes adieux à la terre, mon frère. Tu ne la fouleras plus.

Il bondit à nouveau et porta une violente attaque, que Wayne para non sans difficultés. Le katana vibrait dans ses mains. L'arme s'animait, il ressentait sa rage jusqu'en haut de ses épaules.

Ktt'SH'Rrs'Aarh'Th frappa encore une fois. Il pivota sur lui-même avec une grande souplesse, libérant son bras en un mouvement rotatif qui décupla sa force. La lame s'approcha dangereusement de la gorge de Wayne, qui peina à la repousser. Il plia les jambes, leva son arme.

Un nouveau fracas.

Une nuée d'étoiles retomba en pluie autour de lui.

Wayne cligna les yeux. Les étincelles de magie mordaient cruellement les chairs, ce n'était pas le moment de perdre un œil.

Ktt'SH'Rrs'Aarh'Th émit un gloussement démentiel.

— Bien, mon frère ! Tu as progressé à ce que je vois. (Il frappa encore, Wayne para.) Tant mieux, ajouta-t-il. Tant mieux ! Je m'en serais voulu d'en finir trop vite avec toi !

Il attaquait sans faiblir, mais chaque fois sa lame était contrée par celle de Wayne. Quand leurs visages furent très proches l'un de l'autre, Ktt'SH'Rrs'Aarh'Th grinça :

— Lorsque je t'aurai tué, je prendrai la vie de ta compagne humaine. Lentement. Elle souffrira beaucoup. Comme Roger…

Wayne hurla de colère. Sa fureur décupla ses forces, il obligea son adversaire à reculer. Il moulina, encore et encore. Le katana vrombissait dans l'air.

Wayne attaquait à présent. Il frappa d'estoc et de taille, enchaînant avec une efficacité redoutable. Ktt'SH'Rrs'Aarh'Th, mis sur la défensive, reculait. Wayne pouvait lire le doute dans son regard. Il puisait dans ses dernières réserves, se transcendait, tandis que son bras s'élevait pour retomber avec violence sur son adversaire. Il plongea en avant, se fendit…

Ktt'SH'Rrs'Aarh'Th esquiva.

L'instant suivant, il n'était plus là.

Surpris, Wayne trébucha et partit en avant. Ses pieds glissèrent sur les pavés, il perdit appui et s'écroula au sol. Il eut la présence d'esprit de rouler sur lui-même.

Ktt'SH'Rrs'Aarh'Th se penchait au-dessus de lui.

Il n'était plus humain.

Il était maintenant trois fois plus grand que Wayne, qui céda à la panique. « C'est terminé… », songea-t-il au comble de la terreur. Déjà, son adversaire refermait ses griffes autour de sa taille.

Ktt'SH'Rrs'Aarh'Th le souleva comme une poupée de chiffon. Il le brandit en l'air, leva son autre bras, prolongé de sa rapière. La lame brillait, crachant des flammèches dans la nuit. Wayne s'interdit de fermer les yeux. Il attendait la morsure magique, la douleur, la délivrance…

Ktt'SH'Rrs'Aarh'Th frappa.

Un éclair zébra la nuit.

Un hurlement s'éleva en réponse.

Le bras de Ktt'SH'Rrs'Aarh'Th s'était abattu, mais Wayne n'avait ressenti aucune douleur. Hébété, il réalisa qu'il n'avait pas été touché.

« Ce n'est pas moi qui ai crié, se dit-il avec stupéfaction. C'est lui. »

Son adversaire grimaçait, tandis qu'un flot bleuâtre s'écoulait de ses reins, en gargouillis épais. Il relâcha Wayne, qui chuta lourdement et demeura groggy sur l'asphalte. Ktt'SH'Rrs'Aarh'Th porta ensuite sa main à sa plaie. Il contempla un instant ses doigts gluants. Son sang coulait entre ses griffes, tissant des extraits de nuit poisseux.

Le monstre jeta un regard derrière lui et cracha de rage. Il se dirigea en titubant vers un buisson, dont il écarta les branches.

Il fut happé par les ténèbres.

Wayne tenta en vain de se redresser. Une violente douleur éclata dans ses côtes, lui arrachant une plainte. La tête lui tournait encore, mais il trouva la force de lancer :

— Je serai dans le rêve, la nuit prochaine ! Je t'y attends, si tu penses pouvoir te mesurer à moi ! Je vais te tuer Ktt'SH'Rrs'Aarh'Th, tu es bientôt mort !

Seul le vent bruissant dans les branchages des arbustes du parc daigna lui répondre. Amer, Wayne mesura à quel point ses provocations étaient ridicules : Ktt'SH'Rrs'Aarh'Th avait tenu sa vie entre ses griffes une poignée de secondes auparavant.

Sarah apparut. Elle rayonnait.

— Je l'ai touché ? Je l'ai touché, hein ? J'ai eu tellement peur !

Elle se blottit contre lui, l'aida à se relever. Il ne prêta guère attention à elle, trop occupé à sonder l'obscurité, katana à la main. Elle fronça les sourcils, l'observa un moment et finit par cracher, furieuse :

— Ne me félicite surtout pas, c'est tout naturel ! Je suis septième dan de chasse aux dragons, moi !

— C'est très bien, Sarah, excellent. Tu viens de me sauver la vie, et j'ai horreur de dire merci. Je dirai donc « à charge de revanche ». (Il chercha encore à percer le rideau goudronneux qui recouvrait les buissons.) Et ça ne saurait tarder, ajouta-t-il d'une voix blanche.

— Que veux-tu dire ?

— Tu as touché un de ses points vitaux, grimaça-t-il. C'est déjà un petit miracle. Mais sache que, sous forme humaine, nous régénérons vite. Il s'est transformé, ça ne fait pas l'ombre d'un doute. Il est peut-être déjà en pleine possession de ses moyens, en train de nous observer, n'importe où, hors de portée.

Sarah crispa à nouveau les mains sur la crosse de son arme.

— Tu rigoles ?

— Non, Sarah, désolé. Nous avons fait nôtre le dicton humain – japonais, si je m'en souviens bien –, selon lequel « Tout ce qui ne nous tue pas nous rend plus fort ».

— C'est Nietzsche qui l'a…

— … récupéré. Et popularisé. Mais je l'avais entendu bien avant sa naissance.

Sarah déglutit avec peine.

— Admettons. Pour en revenir à l'autre, là… Vu ce qu'il a dû prendre dans la gueule depuis qu'il est sur terre… (Elle n'osait plus regarder son compagnon et fixa le sol pour tenter un timide :) On est dans la merde, *vraiment* ?

— Jusqu'au cou, jeune femme. Comme tu l'as si bien baptisé, « l'Antéchrist » s'est évadé.

— Qu'est-ce qu'on peut faire ?

Wayne leva les yeux au ciel.

— On retourne chez moi, on se repose et on se soigne. Si possible, on recouvre des forces. Demain, on a de la lecture.

18

# El Desdichado

Nous avons marché dans les rues. Je me sentais plein de vie, avec Sarah à mes côtés. Quand nous sommes rentrés chez moi, je l'ai abandonnée dans le salon et me suis réfugié dans mon sanctuaire.

Ce lieu est protégé par de puissants rituels que j'ai appris au fil des ans. Aucun autre dragon ne peut y pénétrer sans y être expressément invité. Et les humains sont bien incapables de percevoir la valeur intrinsèque des objets entreposés ici. Je peux m'y recueillir en toute sécurité, je sais que mon sommeil ne sera pas troublé. Mieux : en cas de difficultés dans le rêve, je peux y revenir à volonté, pour peu que mon voyage ait été entamé à partir de ce lieu.

J'aimerais dormir quelques heures et rêver tout mon saoul. Même si je n'apprécie pas ce voyage, je pourrais au moins y puiser l'énergie susceptible de me faire défaut en cas de duel.

Je passe une main lasse sur mon visage. Je n'aurais jamais dû relire ce poème avant de m'allonger. Je sais pourtant l'effet qu'il produit chaque fois, mais je n'ai pu m'en empêcher.

Foutue nostalgie, foutu travers humain qui m'a envahi autrefois. Je relève le parchemin à hauteur de regard. J'en connais chaque nervure, chaque craquelure. Je sais les endroits où la plume a mordu la peau pour y laisser couler son venin de ténèbres. Je l'ai toujours connu, toujours possédé, et pour cause.

Ne l'ai-je pas moi-même dérobé à son auteur ?

Il s'agit du *Manuscrit Lombard.* Ou d'une de ces nombreuses copies que tu réalisas naguère, Gérard. C'est la seule version qu'il m'arrive de relire parfois, en souvenir de notre amitié, de nos différends… de ma haine aussi.

*De mes remords.*

Je referme les yeux, je froisse le parchemin. Pourquoi l'avoir pris ? Ne pouvais-je pas attendre un autre moment, plus propice au souvenir, à la mélancolie ? Je ne sais ce qui m'a poussé à agir de la sorte, mon amour. Peut-être est-ce le besoin impérieux de toujours m'en remettre à toi, dans les périodes les plus troublées de mon existence ?

Je lis à travers le voile des larmes.

### EL DESDICHADO

*Je suis le Ténébreux, le Veuf, l'Inconsolé :*
*Le prince d'Aquitaine à la tour abolie*
*Ma seule Étoile est morte : et mon luth constellé*
*Porte le Soleil noir de la Mélancholie.*

*Dans la nuit du Tombeau, toi qui m'as consolé*
*Rends-moi le Pausilippe et la mer d'Italie*
*La Fleur qui plaisait tant à mon cœur désolé*
*Et la Treille où le Pampre à la vigne s'allie !*

*Suis-je Amour ou Phœbus, – Lusignan ou Biron ?*
*Mon front est rouge encor du baiser de la Reine,*
*J'ai dormi dans la grotte où nage la sirène*

*Et j'ai deux fois, vainqueur, traversé l'Achéron*
*Modulant tour à tour sur la lyre d'Orphée*
*Les soupirs de la Sainte – et les cris de la fée.*

Cela fait si longtemps maintenant, mais tout me semble si proche. Un battement de cils, une *éternité*. C'était il y a des siècles – ou bien quelques années, un souffle, qu'en sais-je ?

C'était hier.

Ce sera cette nuit.

Et toutes les autres nuits. Comme chaque fois que je dors, que je m'abandonne. Comme chaque fois que je rêve. Tu seras là à nouveau, mon amour.

Et avec toi, le cauchemar.

Il y aura, comme toujours, les prémices annonciatrices, quel que soit le moment, quel que soit l'univers. Serai-je endormi, nonchalant ? Irai-je marchant, flânant peut-être ? Ou bien courant, le souffle rauque, les poumons brûlants… Me laisserai-je emporter dans un tourbillon de sang et de fureur, plongeant au cœur du combat arme à la main, ou toutes griffes dehors ? Quelle que soit ma situation, tu viendras à moi. Tu seras là, et avec toi, tu *les* emmèneras. Alors, ils se dresseront, comme en cette nuit de 1855, quand ils nous ont surpris dans notre appartement du Marais.

T'en souviens-tu, mon cœur ?

*J'avais beaucoup couru ce soir-là. J'avais sué sang et eau pour retrouver Gérard. Il était allongé sur le sol crasseux d'un bouge sordide où il s'adonnait, comme de coutume, à l'opium et ses voyages embrumés. Il était là gisant, les yeux révulsés, avec sur le visage un sourire extatique, une expression béate qui m'avait glacé les sangs. J'aurais voulu le rouer de coups, lui enfoncer les côtes à coups de talon, lui signifier ma haine. J'aurais aimé lui briser les os du visage, le réduire à néant.*

*Lui faire payer sa trahison, lui faire regretter ses aveux.*

*J'étais venu le voir souffrir et je découvrais cette loque, ce pantin noyé dans les vapeurs de drogue. Détaché des valeurs terrestres, insensible à la douleur, aux menaces…*

*J'étouffais de rage, ne parvenais pas à détacher mes yeux de ce corps grotesque, affalé.*

*Il m'échappait encore.*

*Je ravalai mes larmes, quand la tenancière du bouge me posa la main sur l'épaule. Mamasan Tanaka était une Asiatique hors d'âge, qui camouflait un œil borgne sous un ignoble bandeau violet profond, rehaussé de fils d'or. Je la connaissais bien moi aussi, pour avoir maintes fois visité son établissement. Sa voix étrangement flûtée contrastait avec l'aspect de vieux parchemin de son visage ivoirin, creusé d'une myriade de rides.*

*— Tu veux… le rejoindre ?*

*Déjà, elle me présentait le plateau traditionnel des fumeries : la pipe de corne, aux fines incrustations d'argent, le fourneau de bois, noirci par l'usage, la petite boulette de pâte tendre et sombre… Un pot de terre cuite attendait en tête de la couche. Il renfermait des braises, d'où émergeait une longue tige de bois.*

*Je laissais mes yeux aller de Gérard à la vieille femme, les dévisageant tour à tour. Le regard cyclopéen de la tenancière, son expression chafouine et faussement affable, vint se juxtaposer au visage écœurant de béatitude de celui qui avait été l'un de mes compagnons de route. Ils se fondirent tous deux en un mélange obscène de naïveté enfantine et de malignité adulte.*

*Alors, tout devint clair, je sus ce qui me restait à faire.*

*Je hochai la tête :*

*— C'est une bonne idée, Mamasan.*

*Je m'étendis sur la couche voisine de celle de Gérard, et retournai ce dernier de manière à lui faire face. Puis, je saisis le bâton incandescent, plaçai la boulette sur le fourneau et en approchai les braises. La combustion fut instantanée. Je m'empressai d'en tirer deux longues bouffées âcres, qui me brûlèrent les poumons, m'empâtant la gorge. La fumée anesthésiait mes sens. Les contours de la pièce s'estompaient peu à peu. L'opium agissait comme un magicien, gommant les formes, modifiant les couleurs de toute chose. Mamasan Tanaka se pencha au-dessus de moi, me saisit doucement la pipe des mains pour y déposer une nouvelle boulette. Elle m'aida à en saisir l'embout des lèvres et l'alluma. J'aspirai à nouveau les bouffées de rêve, fixant les yeux vitreux de Gérard :*

*— Ne t'impatiente pas, mon ami, mon frère : je viens te rejoindre…*

*La suite ne fut qu'un long voyage halluciné, pendant lequel je m'efforçais de percer les barrières de défense que Gérard avait tissées pour s'isoler. Je le retrouvai à l'issue d'une longue déambulation à travers les couloirs du temps et de la folie. Dérivant d'un mirage à un autre, basculant de visions d'horreur en fantasmes engendrés par un cerveau malade, je me laissais porter par le courant qui me menait inexorablement à la source de ces images.*

*Je traversai ainsi tous les cercles de l'enfer et finis par rattraper Gérard. Il me fallut quelques heures pour parvenir à allumer une étincelle de conscience dans son esprit et le contraindre à l'éveil.*

*La suite est banale.*

*Je me revois attraper Gérard par le col, le relever sans ménagement. Il titube, chancelle. Je saisis son bras gauche, le passe par-dessus mon épaule. Nous sortons dans la nuit.*

*Gérard a compris. Si ses jambes ne suivent pas, c'est qu'il est épuisé. Il ne lutte pas. Il accepte déjà.*

*Nous atteignons cette grille où je l'adosse. Impassible, il me regarde extirper la corde de mon sac, la nouer, l'attacher aux barreaux. Il contemple le nœud coulant sans laisser transparaître d'émotion.*

*Il n'a pas un mot de protestation quand je le relève, ne se plaint pas quand le garrot se resserre sur sa gorge. Il plonge ses yeux dans les miens. Il va me dire quelque chose, puis secoue la tête et s'enferme dans son mutisme.*

*Il s'ébroue, lève le visage vers les étoiles.*

*Et puis je le relâche.*

*Son corps chute brièvement, stoppé par la course trop brève de la corde. Un soubresaut cabre son corps, puis Gérard se détend.*

*Il meurt les yeux ouverts, fixant les étoiles…*

*Qu'est-ce qui t'a tué, Gérard ? Qu'est-ce qui t'a poussé à commettre cette folie ? Pourquoi avoir publié* Les Chimères, *pourquoi nous avoir dénoncés ? Pourquoi révéler notre existence aux humains ? Quel besoin avais-tu de briser* la *loi absolue ? Est-ce l'immortalité qui a eu raison de ta conscience ? T'es-tu, un jour néfaste, réveillé si las que tu as décidé d'en finir ? T'es-tu aperçu qu'il t'était impossible de continuer à vivre ainsi ?*

*Mais le suicide t'était insupportable.*

*Tu as décidé de nous forcer à agir.*

*Je fus le premier.*

Les images sont intolérables. Après toutes ces années, elles me blessent encore. Je gémis dans mon sommeil et l'écho de mon râle vient résonner dans mon rêve comme une cascade de hurlements. Je grince des dents, je sais ce qui va venir maintenant, la suite est inévitable.

Déjà, le décor change autour de moi. Les ombres se modifient. Elles raccourcissent, se mettent à danser. Elles s'accordent au rythme lancinant des fumerolles qui s'élèvent sous la voûte. Puis elles s'agitent, bondissent et se laissent gagner par la frénésie à mesure qu'approche le moment. *Maintenant.*

*Des yeux se sont ouverts, qui brillent comme autant de braises au cœur des ombres. Des sourires de prédateurs se sont dessinés dans le noir.* Ils *sont là.* Ils *me cernent.* Ils *me savent conscient de leur présence.* Ils *se dressent, immenses, majestueux. Les trois maîtres me toisent, titanesques. Une brise légère s'est levée, qui fait bruire le cuir de leurs ailes.*

*Derrière moi, une présence me fait sursauter. Je peux voir vos ombres : vous êtes venus nombreux, mes amis, mes frères.*

*Je ne pensais pas qu'une exécution pouvait passionner tant de monde. Le grand dragon s'est penché, tendant vers moi son long cou gracile. Sa gueule hérissée de crocs longs comme des sabres exhale un souffle régulier et brûlant. Ses naseaux frémissent, il peine à contenir sa colère.*

— *Ainsi, tu as brisé le serment des Anciens.*

*Sa voix tinte, plus pure qu'une mélodie jouée sur des clochettes de cristal, si surprenante en regard de sa formidable enveloppe corporelle. Il patiente quelques secondes, dans l'attente d'une réponse, et poursuit :*

*— Tu savais pourtant que seuls sont autorisés les duels qui s'effectuent dans les règles. Et tu connais ces règles.*

*Je relève le menton pour répondre, haineux :*

*— Oui, je les connais ! Chacun de nous les connaît ! Lui aussi les connaissait, mais il n'a pas hésité à les transgresser en nous dénonçant. Pour qui sait lire – pour chaque humain qui découvre ses écrits –, notre existence ne fait plus aucun doute !*

*J'aurais aimé faire preuve de calme, me laisser aller à des effets de rhétorique brillants… Je n'ai pas su contenir ma colère, j'ai aboyé.*

*De crainte de me laisser aller davantage, je me retranche dans un mutisme forcené, mordant mes lèvres au sang.*

*Ils avaient raison. Ils avaient toujours raison.*

*Le grand dragon continue :*

*— Tu l'avais retrouvé, tu avais fait le plus dur. Tu aurais dû nous prévenir. Nous l'aurions jugé.*

*Le deuxième maître prend la parole, vindicatif :*

*— Qui crois-tu être pour te substituer à nous ?*

*Une voix éclate dans mon dos, claire et vibrante :*

*— Il a agi dans notre intérêt à tous. Il s'est adapté à une situation critique.*

*Je n'ose me retourner. Tu es là. Mon amour. Et tu as brisé le cercle pour te porter à ma hauteur. Un frémissement désapprobateur accompagne ton déplacement. Ta main effleure mon épaule.*

*Ils m'encerclaient, ils me jugeaient. Alors tu t'es levée à mon côté. Je peux sentir ton souffle dans ma nuque. Tu as peur. Tu te refuses à le laisser paraître, mais je sais lire dans tes regards, tes sourires. Ta respiration aussi. Tu m'avais prévenu, m'avais supplié de ne pas revenir chez nous.*

*Tu savais qu'ils m'attendraient…*

*J'ai longtemps hésité, avant de céder. Mon orgueil imbécile a été plus fort que mon amour. J'ai voulu les affronter l'arme à la main, sûr de mon bon droit. Foutaises, que je devais regretter pour l'éternité !*

*Ta voix chante à mes oreilles :*

*— Il a fait ce que chacun de nous aurait fait, s'il en avait eu l'occasion. La mort de Gérard était inévitable.*

*Notre auditoire laisse entendre un brouhaha hésitant, n'osant pas abonder dans ce sens, mais hésitant à condamner tes dernières paroles. Tu saisis ta chance, tu poursuis :*

*— Sa seule erreur fut de ne pas respecter les règles.*

*Le doute plane un court instant, le grand dragon y met un terme :*

*— Sa* seule *erreur, comme tu dis, est* impardonnable.

*Il se tourne vers moi.*

*— Et tu en connais le prix.*

*Je n'ai pas eu le temps de répondre. Tu t'es avancée, mon amour.*

*— Devra-t-on appliquer aveuglément la loi, quand chacun de nous sait qu'il a agi dans l'intérêt de notre communauté ?*

*Je peux voir flotter ta crinière de feu autour de tes épaules. J'admire tes formes sous ta robe de soie noire. Les dragons célestes, tissés de fils d'or, semblent s'y animer. Je suis hypnotisé par leurs mouvements. Je n'entends plus aucune des paroles que vous échangez encore. Je les regarde danser en une savante pantomime… et je réalise,* trop tard, *ce que tu fais sous nos yeux.*

*J'en tressaille :*

*— Non, pas ça !*

*Tu ne m'entends plus. Tu t'es dressée face à eux, bras ouverts, paumes levées vers le ciel et tu prononces les dernières phrases de l'enchantement suprême.*

*Sur ma droite, un des maîtres s'est cabré. Il prend une formidable inspiration. Je devine, comme au travers d'un rêve, la voix du grand dragon :*

*— Une vie pour une vie. Quand les affrontements n'ont pas lieu dans les règles, tu le sais.*

*Je ne peux me retenir de cracher :*

*— C'est lui qui m'a agressé. J'ai cherché à l'en dissuader, mais il avait perdu tout contrôle. Je n'ai fait que me défendre. Il n'a obtenu que ce qu'il méritait !*

*Mais ils restent sourds à mes défenses. Ils entendent seulement appliquer la loi. Tu n'auras pas le temps d'achever, mon amour.*

*Je serai mort dans quelques secondes.*

*Le grand dragon exhale un souffle incandescent. Un torrent de flammes, aussi dévastateur qu'une coulée de lave, va suivre.*

*Je l'attends, stoïque.*

*Déjà, ils lèvent la gueule, prêts à cracher.*

*Tu viens te lover contre moi, protectrice. Tu accentues encore la pression de ton dos contre mon ventre. Tu accélères ton débit, mais ils ouvrent la gueule, et leurs souffles de forges infernales commencent à nous atteindre. Alors, nos autres compagnons s'éloignent pour ne pas subir leur courroux.*

*Tes mains accomplissent le rituel. Ta robe moulante souligne tes formes. Les dragons sur le tissu s'agitent toujours plus vite. Tu en appelles à la magie la plus élevée. Ta voix vibre dans l'air brûlant…*

*Tu n'as pas le temps d'agir.*

*Aarl'Sh'Aarkrat', le grand dragon, crache dans ma direction.*

*Un mouvement rapide, sur mon côté, brouille ma vue.*

*— Nooon !*

*Nos deux cris se fondent en un seul. Tu te jettes devant moi, mon amour. Je te vois plonger comme au travers d'un brouillard. J'accepte ta mort sans réagir.*

*Les flammes te lèchent goulûment et ta plainte monte sous la voûte pour se briser en une note suraiguë.*

*Interdit, je vois les cheveux et la chair disparaître de ton doux visage. Ta peau est goudronneuse. Ton enveloppe humaine s'est flétrie, elle s'est racornie, charbonneuse. Les dragons, sur ta robe, se sont figés. Tu t'es transformée, assumant ta forme éthérée.*

*Tu déploies tes ailes… et tu t'évanouis.*

*Alors, seulement, je comprends que je t'ai perdue. Je tombe à genoux, les yeux écarquillés devant l'horreur de la situation.*

*Le grand dragon se penche au-dessus de moi.*

*— Une vie pour une vie. Elle a choisi. Il était écrit que ton heure viendrait plus tard.*

*Longtemps, les dragons dansent autour de sa dépouille mortelle. Le grand dragon considère ce spectacle silencieux.*

Une vie pour une vie.

*Un souffle, une brise légère et fraîche, qui balaie les dernières cendres du décor. Ils ont disparu. Je suis seul à présent. Ne reste plus que l'absence. Ton absence.*

*Et le vide.*

*Ta douceur, ta chaleur me communiquaient force et courage. Je me sentais capable de soulever des montagnes, d'affronter des armées pour toi. J'ai si froid. Les larmes m'aveuglent, je sens l'haleine glaciale qui me pétrifie les entrailles, tandis que monte le cri dans ma gorge.*

Je me réveille gluant de sueur. J'ouvre la bouche et je happe l'air. Encore une fois, tu es venue me hanter, mon amour, mais je ne peux t'en vouloir. J'ai tant besoin de toi…

Je m'assois sur ma couche, bras ballants. Les derniers spasmes du cauchemar daignent enfin m'abandonner. Le calme va revenir, je le sais. Il revient toujours.

Ces images me hantent depuis ce soir de 1855 où je t'ai vu disparaître. Je devais en conserver une haine inextinguible à l'encontre du Conseil, un sens de l'individualité forcené et un respect absolu des règles. Depuis lors, je ne combats plus que dans les lieux isolés, ou au cœur des rêves.

Ma respiration s'apaise. Je me lève, me secoue et laisse glisser au sol les draps gorgés de transpiration. Je m'enferme dans la salle de bains où la douche me débarrasse des lambeaux de rêve qui m'étreignent comme autant de bandelettes funéraires. Je me change et vais rejoindre Sarah au salon.

Je la trouve plongée dans la lecture d'un recueil de cuir fauve. Elle paraît absorbée par sa découverte. Je l'observe un moment : elle a le front plissé, et déchiffre avec difficulté l'écriture nerveuse qui couvre les pages de l'ouvrage.

Je sais ce que contient ce cahier de cuir. C'est une partie de mes mémoires. Je décide de troubler sa concentration et m'éclaircis la gorge. Elle lève la tête vers moi. Son regard halluciné fait plaisir à voir.

— Il faut… J'aimerais qu'on parle, tous les deux…, laisse-t-elle échapper dans un souffle.

Nous parlons. Longtemps. Elle ne m'interrompt jamais, se contente de hocher la tête ou de la secouer, comme pour refuser ce que je lui annonce. Sarah est humaine, donc cartésienne. Certains principes lui sont insupportables. Elle tente de ne pas perdre pied, de s'accrocher à sa réalité, mais peu à peu ses convictions s'effritent, ses épaules s'affaissent.

J'ai conscience de ne pas l'avoir ménagée et lui laisse le soin de conclure. Elle déglutit, avant de chuchoter :

— Tu veux dire que tu n'es qu'une espèce de Charles Bronson dans ton genre ?

La formule m'attendrit. J'amorce un sourire :

— C'est un tantinet réducteur…

Un temps. Puis je dévoile mes canines :

— Mais c'est effectivement un peu ça.

## 19

## Gardien de ses rêves

Sarah ferma les yeux. Ses paupières étaient douloureuses. La voix de Wayne, au timbre si clair, résonnait dans sa tête. Prise de vertiges, la jeune femme crispa les mains sur les accoudoirs de son fauteuil.

Ses ongles imprimèrent de larges cicatrices au cuir noir. Conscient de son malaise, Wayne marqua une courte pause avant de poursuivre.

— Nous sommes une espèce de *veilleurs*, Sarah. Nous vous avons vus grandir, évoluer. Nous étions présents avant vous, nous serons toujours là après vous. Nous dérivons, à travers l'espace et le temps et nous trompons l'ennui en nous fixant ici ou là. Nous observons, nous apprenons. Nous voyagerons encore longtemps après la disparition du dernier humain.

Wayne prenait garde à ne pas accélérer son débit. Il s'efforçait de choisir ses mots et prêtait attention aux réactions de sa compagne. Quand la respiration de Sarah s'accélérait, il entrecoupait ses phrases de silences, n'hésitait pas à lui prendre la main ou à lui effleurer délicatement le bras.

Malgré cela, Sarah ne parvenait pas à se rassurer, le calme de son compagnon la terrifiait.

— Je suis folle, gémit-elle. Il n'y a pas d'autres possibilités.

Elle fixa Wayne comme pour se persuader de son existence. Le jeune homme soutint son regard. Sa sérénité la fit vaciller.

— Ou bien c'est *toi* qui…

Elle n'acheva pas et fondit en larmes. Wayne lui caressa les cheveux.

— Les combats qui nous opposent sont une nouveauté. Ils s'inscrivent dans notre évolution. Nous nous affrontons depuis un peu plus de mille ans, depuis que l'ennui nous est insupportable, depuis que nous sommes devenus dépendants du rêve. Une seule chose nous fascine chez vous : le rêve. C'est *par* lui et *pour* lui que nous avons pris corps parmi vous. Vous nous avez imaginés très tôt. (Il se leva et arpenta la salle, mains dans le dos.) Au tout début, nous sommes apparus sous l'une de nos véritables apparences et vous nous avez peints sur les parois de vos cavernes. Et puis nous avons alimenté votre imaginaire féerique – ce n'était qu'un juste retour des choses. C'est là que tout s'est compliqué : nous avons seulement pris conscience du formidable potentiel de votre aptitude au rêve, et de votre capacité d'acceptation de la vérité. Il a fallu se résoudre à adopter votre morphologie.

Sarah n'en pouvait plus. Elle l'interrompit d'une voix rogue :

— Et pourquoi donc, si vous êtes si forts ?

Confuse, elle se corrigea aussitôt.

— Pardon, balbutia-t-elle.

Wayne agita la main.

— Pas de problème, Sarah. Ton agressivité est plutôt bon signe, elle témoigne d'une excellente santé mentale.

Il ponctua sa tirade d'un petit rire complice. Sarah ne put lui offrir qu'un pauvre sourire en retour. Elle ne parvenait pas à partager son enthousiasme.

— Les derniers événements nous ont tous deux ébranlés, poursuivit-il. Nous avons besoin de repos. Je te propose de t'accompagner, si tu n'y vois pas d'inconvénient.

Elle soupira, vaincue.

— D'accord, Wayne. Mais à une condition…

— Laquelle ?

— J'aimerais retourner à Camelot.

— Aucun problème, Ma Dame.

— … et reprendre là où nous en étions restés.

Sarah ne put s'empêcher de rosir après ses derniers mots. Elle plongea son regard vert dans celui de Wayne, qui lui adressa un sourire étincelant.

— Tout le plaisir est pour moi.

Il l'invita à le suivre dans la chambre.

*Wayne et Sarah marchaient main dans la main, sous la lune complice. La brise s'était levée et leur caressait le visage. L'automne se montrait clément sur Brocéliande. La forêt offrait ainsi sa protection aux nombreux animaux qui la peuplaient : cerfs, ours, lapins blancs…*

Lapins blancs ?

— *Wayne ?*

*Il se tourna vers elle, le front barré d'une ride soucieuse.*

— *Vous disiez, Ma Dame ?*

*Elle sentit son visage s'empourprer.*

— *Rien, mon ami, rien… Je…*

*Un éclair blanc sur le côté lui fit tourner la tête. Elle avait entraperçu les longues oreilles. Elle avait vu briller l'argent de la montre, et la voix geignarde lui était parvenue : « Je vais être en retard ! Mon Dieu, je vais être en retard ! » Sarah s'était raidie. Wayne, protecteur, avait glissé un bras autour de ses épaules.*

— *Un problème, Sarah ?*

*La jeune femme hésitait entre colère et fou rire.*

— *Oui ! Non ! Je… Je ne sais plus. En fait, j'aimerais ne pas avoir à revivre tous les détails fâcheux du dernier rêve.*

*Il s'amusa de son air renfrogné :*

*— Oh ! Ce n'est que ça ? Suis-moi, tu vas voir.*

*Il raffermit sa prise et l'entraîna sur le sentier herbeux. Le décor semblait fondre autour d'eux, pour se reconstituer aussitôt. Sarah avait l'impression d'évoluer au fond d'un aquarium : les formes dansaient, à la lisière de son champ de vision, s'effritaient puis reprenaient forme et vie. Le décor changeait, le temps lui-même semblait s'écouler plus vite.*

*Elle voulut l'interroger, mais il l'invita au silence d'un bref signe de tête.*

*— Regarde plutôt. C'est la première des techniques des voyageurs du rêve. Tu fais appel à ta mémoire et tu fais défiler le film de tes souvenirs.*

*— Comme une vidéo, en avance rapide ?*

*— Quelque chose de ce genre, oui.*

*Ils se retrouvèrent bientôt entre les dragons gigantesques, sculptés au pied de la forteresse. Wayne l'enlaça.*

*— À partir de maintenant, nous reprenons le cours des événements, mais nous en contrôlons le bon déroulement.*

*Il se pencha sur elle et ses lèvres passèrent sur les siennes, légères comme les ailes d'un papillon. Sarah se laissa aller, elle se blottit dans ses bras.*

*— Je suis tellement bien, ici, soupira-t-elle. Ne pourrait-on pas y passer, disons… les vingt prochaines années ?*

*— Hélas, non, Sarah. À moins de tricher sur le temps et d'investir un rêve où les choses passent plus vite.*

*— C'est-à-dire ?*

*— C'est un peu compliqué.*

*Dans son dos, une des statues se pencha et parla à Sarah :*

*— Ne l'écoute pas, Sarah ! Vous avez tout le temps.*

*La jeune femme eut un soubresaut nerveux.*

*C'était une créature hybride, aux longues pattes postérieures et aux incisives proéminentes, qui portait gilet et montre à gousset. Sarah repoussa Wayne et le foudroya du regard.*

*— Tu m'avais promis ! Plus d'intrusion d'Alice ! C'est* mon *rêve !*

*Mais Wayne ne l'écoutait plus. Il s'était tourné vers la statue et avait tiré son épée.*

— *Reste derrière moi, Sarah,* s'il te plaît.

*Interloquée, elle se figea. La statue rapetissait à vue d'œil. Quand elle ne mesura plus que trois mètres de haut, elle fit quelques pas en direction de Wayne. Elle s'était déplacée gauchement d'abord, mais semblait prendre possession de son corps et gagner en souplesse et en rapidité.*

*— Arrête-toi ici et maintenant, si tu veux vivre, avait dit Wayne.*

*La statue animée avait alors penché la tête pour toiser le jeune homme. Puis elle avait souri, en dévoilant plusieurs rangées de crocs aigus, qui laissèrent couler quelques filets d'une bave bleutée translucide.*

*— Ssssommes-nous vraiment en position de dissscuter, mmh ?*

*Wayne haussa les épaules, sûr de lui.*

*— Tu fais comme tu veux. Mais la dernière fois que j'ai croisé un de tes frères, il n'a pas voulu suivre le même conseil et j'ai dû l'éparpiller dans le décor.*

*— Mais peut-être avons-nous eu beaucoup de chancccce, la dernière fois, mmh ? Oui, probablement. Nous ssssommes né sous une bonne étoile, oui, oui, mmh.*

*Wayne effectua un mouvement de rotation pour se placer entre les statues de dragons. Il voulait trouver la forteresse dans son dos, faire face à la forêt. Sarah, évoluant dans son ombre, scrutait en vain les alentours, mais le rideau opaque des ténèbres lui interdisait toute observation.*

*— Wayne, gémit-elle au comble de l'anxiété, qu'est-ce que c'est ?*

*— C'est un chasseur d'ombre, Sarah. Une créature invoquée par un dragon pour s'attaquer à un autre dragon. On les appelle, on leur assigne une mission – dans ce cas précis, il s'agit de m'éliminer – et l'on en truffe les rêves qu'on pense susceptibles d'être visités par la cible désignée. En l'occurrence, on a appris très vite que je pouvais te rejoindre ici.*

*La créature fit claquer ses mâchoires dans un écœurant bruit de ventouse. Ses dents d'acier accrochaient les rayons de lune. On ne voyait plus qu'elles, ignorant le corps de la bête et ses éventuels mouvements. Elle se laissa tomber à quatre pattes. Même ainsi, en ne mesurant « plus que » deux mètres de haut, elle demeurait terrifiante. Il se dégageait d'elle une formidable impression de puissance et de sauvagerie.*

*— Tu veux que je coure au château demander de l'aide ? murmura Sarah. Ça ne me demandera que quelques instants.*

*— Surtout pas ! Tu ne me quittes sous aucun prétexte ! Si cette chose est bien ce que je crois, elle peut t'attaquer n'importe où, au moment qui lui conviendra.*

*Le chasseur passa une langue avide sur ses lèvres épaisses.*

*— Mais nous ssssommes particulièrement avisés, mmh, oui ! Nous avons deviné ma nature, oui.*

*— Arrête un peu ton cinéma, tu ne m'impressionnes guère. Tu es un polymorphe, c'est entendu. Il y a encore quelques jours, j'aurais craint l'affrontement, mais aujourd'hui… autant l'avouer : j'ai retrouvé, moi aussi, le goût du sang !*

*Wayne s'interrompit. Il adopta une posture martiale et se plaça à quelques pas de la bête.*

*— Quand tu voudras, l'ami.*

*Le chasseur sourit, fit claquer ses dents, envoyant voler des filets translucides qui atteignirent les statues en grésillant. Un sourd grondement monta de sa gorge.*

*— Ssssoit. Nous avons choisi le moment de notre mort, oui, mmh.*

*Sarah perçut une modification dans l'apparence de Wayne. Elle nota que son épée s'était peu à peu affinée, que sa lame était plus courte et légèrement courbe. Ce n'était plus l'espadon du paladin, mais le sabre du samouraï qu'il brandissait, les deux mains sur la crosse d'ivoire.*

*Dans un hurlement de rage, la bête plongea sur lui. Wayne recula et sa lame décrivit un large cercle d'arrière en avant.*

*Le katana découpa les chairs du monstre qui cria de douleur et effectua un saut de côté. Wayne, d'un mouvement sec du poignet, débarrassa l'acier de son sabre du sang vert qui le souillait. Il pencha la tête à droite puis à gauche, dans un mouvement provocateur, et imita à la perfection la voix rocailleuse de la créature :*

*— Alors ? Nous avons aimé la morssssure du katana, mmh, oui ?*

*En guise de réponse, le chasseur cracha en direction de Wayne, qui eut juste le temps de se baisser.*

*— Sarah, attention !*

*La jeune femme ne fut pas assez prompte. Éclaboussée à la base du cou, elle ressentit une violente douleur. La salive translucide grésilla au contact de sa chair. La brûlure était si abominable qu'elle crut s'évanouir.*

*— Essuie-toi, vite, lui souffla Wayne. Le baiser du chasseur d'ombre peut se révéler mortel. L'acide va continuer à ronger jusqu'à ce qu'il rencontre le vide.*

*Sarah glapit de terreur. Elle arracha un pan de sa robe et l'appliqua sur sa plaie vive. La souffrance s'atténua à mesure que l'étoffe absorbait la substance corrosive. La jeune femme fit prudemment quelques pas en retrait.*

*Wayne s'était redressé et progressait maintenant en direction du monstre, à la manière des escrimeurs asiatiques.*

*— Et si on en finissait, tous les deux ?*

*La bête se redressa sur ses pattes arrière. Son ombre formidable s'étendit au-dessus de Wayne. Elle écarta les bras, serra les poings et laissa échapper un nouveau cri de guerre. Puis elle se jeta sur lui pour le saisir à bras-le-corps et planter ses dents d'acier au milieu de son torse. Le jeune homme resta figé et Sarah vit avec horreur le monstre atteindre sa cible.*

*La bête eut un hoquet de surprise, qui se mua vite en plainte étranglée. Elle chercha, incrédule, à apercevoir son adversaire qui demeurait invisible : Wayne, au dernier moment, s'était laissé glisser au sol. Il avait plongé sa lame en avant, embrochant le chasseur jusqu'à la garde.*

*Le jeune homme mit aussitôt son avantage à profit. Il retira sa lame, roula sur le côté pour éviter les projections sanglantes et, se redressant, trancha à plusieurs reprises.*

*Il n'y eut plus que quelques amas de chair poisseux à ses pieds.*

*Wayne exécuta une nouvelle fois le mouvement rituel qui assurait à son sabre un brillant immaculé.*

*Dans son dos, quelqu'un applaudit la performance.*

*— Bravo, mon ami ! Tu n'as pas perdu la main !*

*Wayne, comme sous l'effet d'un électrochoc, fit une brusque volte-face. L'homme en noir était là, qui se tenait entre les dragons. Sarah, surprise elle aussi, bondit en arrière et son dos percuta les pattes d'une statue.*

Il *était là, et sa seule présence suffisait à la glacer.*

*Wayne était livide. Il fit face à son nouvel adversaire.*

— *Ici ? Ça te va ?*

*L'autre écarta un pan de son long manteau et en extirpa une longue épée à double tranchant. Il fit une moue critique.*

— *Mouais. Ça devrait aller. Peut-être un peu niais, comme décor, tu ne trouves pas ?*

*Wayne fit jouer ses maxillaires.*

— *Désolé, vieux. Je n'ai que ça à t'offrir.*

*Il fléchit légèrement sur ses appuis et s'apprêta à recevoir la charge de son adversaire.*

*Tétanisée, Sarah assistait au duel. Une douloureuse boule d'angoisse prit naissance dans sa gorge. Là-bas, les deux hommes se défiaient du regard, telles deux statues de sel figées sur le chemin des enfers.*

*On sentait poindre le choc, le flot d'énergie libérateur qui les jetterait l'un contre l'autre en un élan meurtrier. Elle passa la main sur son visage pour en chasser la sueur froide… et sursauta.*

*Une autre main, griffue celle-là, avait enveloppé la sienne.*

— *Pas bouger, lui dit une voix rocailleuse quelque part au-dessus d'elle. Nous allons obsssserver ssssagement le combat, mmh, oui ?*

*Sarah eut l'impression qu'on la vidait de son sang. Les jambes chancelantes, elle leva la tête, n'osant pas deviner le spectacle qui l'attendait. Elle découvrit le visage de la statue sur laquelle elle s'était adossée.*

*Le monstre était penché sur elle et ses yeux étaient comme des braises. Ses babines se retroussèrent, dévoilant des dents d'acier, entre lesquelles bullait une salive translucide et nauséabonde.*

— *Nous allons faire ccccce qu'on nous demande, mmh ?*

*Sarah n'eut pas conscience de crier. Ses jambes s'effacèrent et elle glissa sur l'herbe, plus molle qu'une marotte de chiffons.*

*Wayne tressaillit en percevant son cri. Il ne détourna pas pour autant les yeux de l'homme en noir et se contenta d'appeler :*

*— Sarah ? Sarah, qu'est-ce qui se passe ?*

*Ktt'SH'Rrs'Aarh'Th eut un sourire cruel.*

*— Il se passe que tu oublies de penser quand tu marches aux côtés de cette humaine, mon ami. Tu as identifié un polymorphe et tu t'es estimé satisfait en éliminant une seule de ses incarnations.*

*Il observa une seconde de silence en se délectant de l'expression douloureuse de Wayne. Puis il secoua la tête, pour marquer sa désapprobation.*

*— Tout ça te ressemble tellement peu, Wayne… Enfin ! Il nous faut tout de même régler une question importante.*

*Il se mit de nouveau en garde, l'épée horizontale au-dessus de la tête, un bras tendu devant lui. En quelques pas, Wayne se plaça à une distance respectable. Il jeta un bref regard en direction de Sarah et prit conscience de la situation – les statues de dragons s'étaient toutes animées. Leurs yeux luisaient comme des brandons et leurs mâchoires d'acier claquaient autour de la jeune femme inconsciente.*

*Wayne étouffa un juron. « Quel idiot ! se fustigea-t-il. Tu aurais dû prévoir ça aussi ! »*

*— Je sais ce que tu te dis, minauda Ktt'SH'Rrs'Aarh'Th. Tu te demandes ce que je vais faire d'elle après t'avoir détruit. Tu n'as pas une petite idée ?*

*Il éclata alors d'un rire gras, dont les échos montèrent dans le ciel de Camelot. Wayne soupira, résigné.*

*C'est alors que lui vint l'illumination.*

*Il se redressa soudain, abaissant sa garde. Ktt'SH'Rrs'Aarh'Th, interloqué, resta de marbre. Wayne lui adressa un sourire radieux.*

*— Tu as gagné, vieux. Tu es le plus fort !*

*L'homme en noir, abasourdi, se redressa à son tour. Il cherchait la raison de cet inexplicable abandon. Wayne ne lui laissa pas le loisir de la trouver.*

*— Et toi, s'exclama-t-il, n'as-tu pas oublié une des règles fondamentales qui nous régissent ?*

*Ktt'SH'Rrs'Aarh'Th secoua la tête. Il ne comprenait toujours pas.*

*Dans un mouvement éclair, Wayne retourna son katana contre lui.*

*— Nous ne pouvons pas nous suicider dans le rêve !*

*Il plongea l'acier de son sabre dans son ventre, accueillant la morsure avec un cri étouffé.*

*Ktt'SH'Rrs'Aarh'Th hurla de frustration :*

*— Tu n'as pas le droit ! Tu* dois *accepter le combat ! Reviens !*

*Wayne était tombé à genoux, un filet de sang jaillit aux commissures de ses lèvres. Il eut un hoquet douloureux.*

*— Désolé, vieux. Une autre fois, peut-être.*

*Il tomba en avant, le nez dans l'herbe. Ktt'SH'Rrs'Aarh'Th se rua sur sa dépouille et tenta de la réduire en lambeaux, frappant à moulinets redoublés le corps dont les contours s'estompaient déjà.*

*Son sabre ne rencontra que le vide. Le décor changeait autour de lui. Le rêve se délitait.*

*De rage, il cracha à l'endroit où Wayne avait disparu.*

*Avec un sourire mauvais, il se tourna vers les chasseurs.*

*— À vous la fille.*

Wayne n'acheva jamais sa chute. Il s'éveilla assis au milieu du lit, suant et soufflant. Une quinte de toux lui déchira les poumons. Cassé en deux, il se traîna vers Sarah et la secoua :

— Ouvre les yeux, vite ! Fais ce que je te dis, maintenant !

Elle jaillit du cauchemar en hurlant de terreur, les yeux écarquillés sur une menace qui n'existait plus. Elle se débattait comme une furie, ruait sur le lit, s'emmêlant tant et plus entre les draps. C'était comme si le sommeil avait été une entité visqueuse, dont les chairs l'enserraient et luttaient pour l'absorber à nouveau, l'entraîner quelque part, loin de l'autre côté de ce mur de ténèbres. Le cœur au bord des lèvres, elle fixa Wayne sans vraiment avoir conscience de sa présence.

— Réveille-toi ! gronda-t-il. Réveille-toi, nom de Dieu !

Mais elle n'était plus capable de l'entendre. Il se décida à la gifler.

Sarah se figea, les joues cuisantes. Il lui fallut plusieurs secondes avant de réaliser son retour, puis elle laissa libre cours à une colère salvatrice. Serrant les poings, elle cria et martela Wayne qui subit la charge en se protégeant le visage. Quand enfin sa peur et sa rage retombèrent, Sarah s'effondra en sanglots.

— C'est trop, Wayne. C'est beaucoup trop. Je ne suis pas taillée pour ça. Jamais je ne pourrais…

À nouveau les pleurs l'étranglèrent. Il la prit contre lui et attendit ainsi, silencieux. Quand elle eut ravalé ses larmes, il l'allongea, tirant la couverture sur elle.

— Ne bouge pas, je reviens.

Elle le vit disparaître en direction de la cuisine. Il reparut peu après, portant un plateau sur lequel il avait disposé, pêle-mêle, des friandises, des fruits et deux bols de thé fumants. Ils burent et mangèrent sans un mot. Chacun ressentait le besoin viscéral de faire le point après le cauchemar.

Sarah fut la première à briser le silence.

— Ainsi, je suis condamnée à croiser cette *chose* à chaque fois que je ferme les yeux ? Je suis le jouet de ce monstre ?

Wayne acquiesça.

— Mais qu'ai-je à voir dans vos histoires ? reprit Sarah. Tu peux me le dire ?

— Tu es romancière, Sarah. Ton imaginaire est riche et puissant. Nous avons besoin de toi.

Il s'approcha d'elle, chercha à lui prendre la main et se corrigea :

— *J'ai* besoin de toi.

Elle le repoussa sans ménagement.

— Tu n'existes pas, tu comprends ? *Tu n'existes pas !!!*

Elle étouffa un autre sanglot et reprit, la gorge douloureuse :

— Tu n'es qu'un foutu produit de mon imagination, une création de mon cerveau malade.

Cédant à une impulsion, elle se leva d'un bond et partit s'enfermer dans le bureau.

— Je vais avaler tous mes calmants, rugit-elle, je vais m'assommer ! Quand je me réveillerai, tu ne seras plus là. Plus aucun de vous ne sera là… ou je serai bonne pour l'asile.

Elle trouva la force de claquer la porte et se jeta sur le divan. Elle tendit la main, saisit sur le bureau son sac à main et fouilla avec fébrilité, à la recherche des boîtes. Elle en trouva une et eut beaucoup de mal à maîtriser le tremblement de ses doigts.

« Calme-toi, Sarah, si tu veux y arriver. »

Elle sifflait entre ses dents, incapable de parler. Du reste, dès qu'elle desserrait les mâchoires, ses dents s'entrechoquaient. Elle dut s'y reprendre à plusieurs reprises pour parvenir à extirper les cachets de leur plaquette, les fit rouler sur le sol, lâcha une bordée de jurons en plongeant à leur poursuite et finit par les gober avec un petit cri de victoire.

Sitôt fait, elle alluma une cigarette et la téta comme une forcenée. La fumée la fit tousser, mais elle n'en avait cure. Les médicaments ne tarderaient pas à agir, elle le savait.

Ses sens s'engourdirent, elle se détendit peu à peu. Elle se renversa, un bras replié derrière la tête. Elle laissa rouler la cigarette entre ses doigts, hypnotisée par les volutes épaisses qui montaient en tourbillons. Elle les détaillait, s'amusait à les imaginer différentes. Devant ses yeux mi-clos, les filets bleutés prenaient vie. Telles des danseuses orientales, ils se livraient à des mouvements lascifs et séducteurs et…

Un frisson d'effroi lui glaça la moelle épinière.

*La fumée allait la mordre.*

C'était maintenant un buisson grouillant de serpents dressés, tête aplatie, qui sifflaient en crachant leur colère. Une hydre agressive, qui se dandinait en attendant de plonger vers sa gorge.

Sarah en demeura paralysée quelques secondes. Elle finit par s'arracher à son extase et secoua ses boucles rousses.

« Sarah, *Sarah* ! Tu perds vraiment pied. »

Après avoir écrasé le mégot dans un cendrier, elle considéra la plaquette de pilules. Était-ce bien judicieux d'en avaler d'autres ? Elle haussa les épaules, fataliste.

« Au point où tu en es, ma pauvre fille… »

Wayne la trouva endormie, bras en croix. Terrassée par le quasi-coma d'un sommeil artificiel.

Il se pencha sur la jeune femme avec une infinie tendresse, la souleva dans ses bras et l'emmena dans la chambre. Il la borda puis déposa un délicat baiser sur son front avant de s'asseoir dans un fauteuil voisin.

— Dors bien, petite Sarah. Je suis là. Je veille.

Il resta là, silencieux.

Gardien de ses rêves.

Quelques heures plus tard, Sarah s'éveillait sans être parvenue à trouver le repos. Pour autant, elle avait pris une décision – elle acceptait Wayne, son existence, *sa réalité*.

— C'est clair, martela-t-elle. Je suis folle, inutile de revenir là-dessus. Après tout, des tas de gens le sont et vivent très bien ainsi, non ?

Wayne renonça à la détromper. Ils sortirent, dînèrent ensemble, se promenèrent un moment dans le Marais. Complice, Wayne l'enlaça. Sarah se concentra sur les lumières de la ville. Elle désirait profiter de l'instant et n'aspirait plus qu'à un peu de calme.

— Demain sera un grand jour, avait dit Wayne.

Sarah hocha la tête.

Elle aurait tant voulu en être certaine.

# 20

## Battle plans

Wayne insista pour qu'ils dorment à tour de rôle. Il ne voulait pas courir le risque de glisser dans un rêve sans être certain de pouvoir en contrôler le déroulement.

— Il est là, il nous attend, lui avait-il glissé dans un souffle.

Comme Sarah écarquillait les yeux, il s'était empressé de poursuivre sur un ton apaisant :

— Nous devons rester vigilants. Je vais t'observer pendant ton repos, tu feras de même pour moi. Surtout, n'hésite pas à me réveiller en cas de problème.

Elle ne parvint pas à lui sourire et se tourna longtemps dans son lit avant de sombrer dans un sommeil de plomb. Elle dormit sans rêve, écrasée par la fatigue accumulée ces derniers jours.

Wayne veilla sur elle. Quand il lui secoua l'épaule, elle eut le plus grand mal à émerger des brumes de la torpeur.

Dans la cuisine, la cafetière sifflait. Elle s'y rendit comme à travers un brouillard, se flagellant pour se débarrasser des dernières bribes de fatigue. Elle vida plusieurs tasses de café brûlant et retourna dans la chambre.

Wayne dormait déjà. Il avait adopté une position fœtale, bras repliés sur le torse, poings serrés. Elle pouvait voir blanchir ses phalanges contractées sous son menton. Soucieuse de l'apaiser, elle lui caressa le front, lui murmura quelques paroles lénifiantes, mais rien n'y fit.

Pour tromper l'attente, elle choisit de se diriger vers le bureau et alluma l'ordinateur.

Wayne s'éveilla seul au matin. Son attention fut aussitôt attirée par le bruit du clavier. Il trouva Sarah à sa table de travail, les yeux rougis. De profonds cernes violacés ourlaient son regard de leurs cicatrices sombres.

— Tu as passé la nuit devant l'écran…

Elle confirma d'un signe bref, acheva une ligne et lança l'impression de son texte avant de relever la tête. Triomphante, elle adressa une claque affectueuse à la pile de livres reliés de cuir qui constituaient le journal de Wayne.

— J'ai fini la lecture et j'ai écrit ça aussi.

Les feuilles de papier jaillissaient de la gueule de l'imprimante dans un discret chuintement. Wayne en saisit quelques-unes, parcourut les premières lignes et sourit de toutes ses dents.

— Merci mille fois, Ma Dame.

C'était un chapitre décrivant un monde médiéval fantastique, qui permettrait à Wayne de s'évader quelques précieuses minutes. À n'en pas douter, il y ferait le plein en émotions et en énergie.

— J'ai fait ce que j'ai pu, minauda-t-elle.

Il se pencha pour déposer un baiser sonore sur l'arête de son nez.

— Mais tu peux faire encore mieux. En restant longtemps à mes côtés.

La déclaration fit mouche. Sarah lutta pour ne pas laisser transparaître son trouble et bondit sur ses pieds. Elle se dirigea vers la cuisine. Au passage, elle lui caressa la joue :

— Tu es abominable, ce matin.

— Merci.

Il lui emboîta le pas, mais elle le surprit en faisant volte-face pour lui déposer à son tour un baiser sur le nez.

— À la douche ! Je prépare le petit déjeuner.

Il obtempéra sans discuter. En dépit de ses efforts pour afficher fringante allure, il se sentait mal et appréhendait les heures à venir. Découvrant son reflet dans la salle de bains, il ne put réprimer un ricanement narquois :

— Superbe tableau !

Les cheveux en bataille, la barbe naissante, il présentait un visage terreux. Il s'offrit au jet de la douche, alternant jets d'eau brûlante et glacée, et glapissant à chaque changement. Fouetté par ce traitement, il se sécha puis se rasa et se peigna avec soin, s'appliquant à reprendre la maîtrise de ses émotions.

Il s'habilla de noir et se rendit à la cuisine, où Sarah avait concocté un repas pantagruélique. Le café fumait dans les bols, au pied d'une montagne de toasts et de biscottes. Beurre, miel, confitures variées, œufs à la coque, bacon… La jeune femme avait dévalisé le réfrigérateur.

— Je t'avertis tout de suite, menaça-t-elle, tu manges tout ! Tu vas avoir besoin de force !

Il ouvrit les bras en signe d'impuissance.

— Sarah, Sarah ! Si je me transforme en boule de graisse, ce sera au détriment de ma légendaire efficacité.

Elle eut une expression butée, passa sous son nez en se renfrognant et lui désigna une chaise.

— Ne discute pas. Assieds-toi et avale !

Il s'exécuta, une mimique faussement chagrine plaquée sur le visage. Il se nourrit avec appétit, dévorant tout ce qu'elle lui présentait. Il se sentait revivre, une énergie nouvelle l'animait. Repu, il se renversa sur sa chaise et s'étira.

— Merci, Ma Dame. Je me sens à présent capable d'affronter une armée !

— Est-ce que… est-ce que ça suffira, Wayne ?

Un nuage sombre passa devant les yeux du jeune homme.

— Il le faudra bien, murmura-t-il d'une voix blême.

Il serra les dents, se leva et se dirigea vers sa bibliothèque. Il collecta plusieurs ouvrages qu'il déposa sur la table devant Sarah. Il retourna s'asseoir, se servit un autre café noir et fixa le liquide fumant sans ajouter un mot. Sarah saisit le premier ouvrage.

— *Alice in Wonderland*. Lewis Carroll…

Elle rougit, puis s'emporta, clamant d'une voix de crécelle :

— Tu ne veux pas changer, pour une fois ?

Il la regardait, impassible. Elle fronça les sourcils.

— Qu'est-ce que tu veux que je fasse, que je lise tout ça dès le matin ?

Wayne secoua la tête.

— Yep. C'est faisable.

Elle reporta son attention sur la couverture brillante, passa le pouce sur le pelliculage fané.

— *Alice !* Toute mon adolescence… Je l'avais même lu en anglais, à l'époque. J'étais fan !

— Tu te concentres sur la partie de croquet – dans cette édition, pages 107 à 122 – et tu l'apprends par cœur.

— Quoi ?

Il reprit, sur le même ton doux, mais ferme :

— Si tu veux vivre, tu l'apprends par cœur.

Il baissa la tête et affecta de ne plus lui prêter attention. Il se concentrait pour sa part sur une édition anglaise du même ouvrage, qu'il feuilleta avant de se consacrer à la lecture studieuse d'un passage.

Puis, il partit fouiller dans les rayonnages de sa bibliothèque, choisit un autre livre et s'y intéressa en silence. N'osant pas le déranger, elle quitta la cuisine pour se lover dans un fauteuil accueillant. Elle ouvrit son livre à la page 107. L'ouvrage était annoté, on y avait indiqué les lignes essentielles. Elle lut en silence :

*« Près de l'entrée du jardin se dressait un grand rosier ; les roses qui le couvraient étaient blanches, mais trois jardiniers s'affairaient à les peindre*

*en rouge. Alice se dit que c'était là une bien étrange occupation, elle s'approcha pour les regarder faire... »*

Ils n'abandonnèrent leur lecture que beaucoup plus tard dans l'après-midi. Sarah surveillait Wayne, qui semblait serein. « À cet instant, se surprit-elle à penser, il est à l'image du chevalier véhiculée par la littérature. Il est l'incarnation du Bien. Plus déterminé que jamais. »

Les joues du jeune homme se creusaient, sa respiration était courte et rapide. La jeune femme devinait ses pensées : il se préparait au combat, se livrait à quelques projections spéculatives. De fait, Wayne n'avait plus qu'un objectif à ce moment-là. Il savait n'avoir pas droit à la plus petite erreur. Une faiblesse – la plus infime soit-elle – serait sanctionnée impitoyablement. Ce serait la défaite, la mort.

Le vide.

Sarah détaillait son attitude, ses expressions. Wayne lui faisait l'effet d'un de ces toreros blafards qui remonte le corridor plongé dans l'ombre, pour atteindre, au bout, la lumière. Si frêle face au monstre cornu qui, là-bas, mugit en soulevant la poussière de l'arène.

— Je vais marcher à ses côtés, se répétait-elle comme pour se persuader d'un fait improbable.

Elle se surprit à psalmodier :

— Les dragons existent, j'en ai rencontré un... et je vais l'accompagner au combat.

Elle se mordit l'intérieur des joues, tandis qu'une petite voix acerbe s'élevait, quelque part au fond de son esprit : « Tu es folle, ma pauvre fille. Il n'y a pas d'autre explication : *tu es folle* ! » Et un autre discours, goguenard celui-là, lui répondait : « De quoi as-tu peur ? Si tout cela n'est qu'un produit de ton imagination détraquée, tu ne risques pas grand-chose à suivre ce garçon. »

N'y tenant plus, elle brisa le silence :

— Wayne ?

— Oui ?

— On y va comme ça ou il faut prévoir une tenue particulière ?

Interloqué, il battit des cils comme s'il venait de réaliser sa présence sur les lieux. Elle étrangla un ricanement gêné, en réalisant l'incongruité de sa question, et tenta de se reprendre :

— Je me doute qu'on ne va pas opter pour une tenue de soirée, mais…

— Ne t'en fais pas, l'interrompit-il. J'ai ici de quoi équiper un régiment.

Il éclata de rire avant d'ajouter :

— Même s'il n'a jamais été question de rejouer *Fort Alamo*.

Vexée, Sarah le considéra avec des yeux ronds.

— Eeeeh ! On cite ses classiques ! Pas mal, pour un *alien* !

— Je t'en apprendrais beaucoup sur à peu près tout, si tu n'étais pas limitée par ton insignifiant cerveau humain.

Elle ouvrit la bouche pour répliquer, mais il ne lui en laissa pas le temps, désamorçant aussitôt son attaque :

— Bien entendu, je plaisante.

Il fila vers la salle de bains pour éviter d'envenimer la discussion.

Il reparut rapidement. Il avait opté pour une chemise de soie gris anthracite, un jean noir et des bottes de cuir, souples et pointues. Il saisit son katana, le glissa contre son torse, sous son long manteau. Sarah l'observait, silencieuse.

Il pencha la tête de côté et inspecta la tenue de la jeune femme, l'œil critique.

— Mets ça, plutôt, lui dit-il en lui tendant une chemise sombre.

Elle la passa sans un mot. L'étoffe du vêtement était épaisse et chaude. Sa coupe ample, bien trop large pour elle, lui conférait des allures de page de la Renaissance. Wayne lui choisit aussi un blouson court, qu'elle enfila aussitôt. Le cuir rêche l'entoura, rassurante gangue de peau. Sarah s'y glissa comme on enfile une armure. « *Attention*, se dit-elle, voilà que tu te piques au jeu… » Elle pinça les lèvres.

— Un problème, Sarah ?

— Non. Je m'efforçais simplement de rester lucide.

Il la contempla encore un moment avant de l'entraîner vers la salle des reliques. Là, il sortit d'un coffret de bois précieux un revolver au canon impressionnant et le lui tendit.

— Calibre .44. Très lourd, peu maniable, mais terriblement efficace.

Elle soupesa l'arme, observant son revêtement noir et laissa fuser un sifflement admiratif.

— Le .44 de l'inspecteur Harry ?

— Lui-même. Mais celui-ci est spécialement traité pour ne pas briller dans l'ombre. Il m'a rendu quelques services.

Il se tut et balaya l'air de la main, comme pour éloigner un mauvais souvenir avant d'ajouter :

— Dans une autre vie.

Sarah choisit de ne pas l'interroger davantage. Wayne saisit une petite boîte de munitions et un holster. Il aida la jeune femme à s'équiper. Cette dernière se prêta de bonne grâce aux essayages.

— J'ai l'impression de partir à la guerre, dans un de ces films américains que je déteste. C'est vraiment utile, ce truc ?

Elle s'imaginait soudain transformée en cheval de guerre, caparaçonné dans son harnais trop lourd et rigide. Wayne se contenta d'un laconique « Ça peut te sauver la vie ». Il tournait autour d'elle, attentif au bon agencement de son holster. Il s'empara de l'arme, vérifia le chargement du barillet qu'il vida de ses munitions pour les remplacer par celles de la petite boîte.

— Celles-là seront efficaces dans le rêve – trop long à t'expliquer. Un jour peut-être. Si on s'en sort.

Sarah le laissa agir, notant au passage que les projectiles étaient coulés dans un alliage inconnu. Wayne fit claquer le barillet d'un mouvement sec du poignet, puis le fit rouler plusieurs fois. Le cliquetis eut sur Sarah un effet apaisant. Elle s'empara de l'arme et la glissa dans son fourreau, sous son aisselle.

— À présent, reprit Wayne, dernière vérification.

Ils passèrent un long moment à s'interroger mutuellement. Après s'être assurés qu'ils connaissaient parfaitement les pages 107 à 122, ils se décidèrent à sortir.

Il devait être 20 heures quand la porte d'entrée se referma derrière eux. Sarah avait la gorge sèche.

— Wayne ?

— Oui ?

Le revolver était lourd contre ses côtes. Elle inspira une forte goulée d'air.

— On va s'en sortir, n'est-ce pas ?

Comme les mots refusaient de jaillir de sa gorge, il se contenta de grogner un encouragement et s'avança dans la rue.

Leurs pas les menèrent à l'église Saint-Paul. La silhouette massive se découpait sur fond de nuages. Les lourdes portes étaient encore entrouvertes et ils gravirent les marches à petites foulées.

Sarah avait suivi son compagnon sans chercher à en savoir trop. « Au moins ne céderai-je pas à la panique », se répétait-elle, mais l'imminence de l'action générait des flots d'adrénaline, et elle avait le plus grand mal à contrôler son excitation.

Elle se décida à l'interroger :

— Wayne ? Juste un mot…

— Oui ?

Elle lui indiqua la nef d'un mouvement du menton.

— Tu ne vas pas me dire que les dragons ont des pulsions chrétiennes ?

— Non.

— Ça ne me dit pas ce qu'on va faire là-bas…

Elle eut une soudaine illumination.

— Tu veux faire bénir nos armes ! s'écria-t-elle. C'est ça ? On joue aux chevaliers, aux chasseurs de loups-garous ?

Il s'arrêta et la dévisagea avec inquiétude.

— Sarah ?

— Oui ?

— Tu t'essaies à l'humour ?

Elle soupira, excédée :

— Je sais *très bien* qu'on ne joue pas. Je sais aussi qu'on va risquer nos vies d'ici peu. Mais je ne sais pas du tout où tu nous entraînes, et j'ignore encore trop de choses pour te suivre aveuglément. Alors excusez-moi, votre seigneurie, si j'ai encore des tas de choses à apprendre, mais voilà… Je ne voudrais pas mourir idiote, et si ma mémoire est bonne, ça pourrait être bientôt. J'estime avoir le droit de savoir ce qui m'attend !

Elle se tut en réalisant que sa voix ricochait sous la nef. Wayne acquiesça, résigné.

— Tu as raison, Sarah. Excuse-moi. On va passer une porte.

Il la saisit par un bras et l'invita à l'accompagner. Elle le suivit, tendue et renfrognée. Plus loin sous la nef, le bedeau achevait d'éteindre des cierges. Sarah, victime d'une subite crise de mysticisme, sentit sa détermination vaciller.

— Je suis déjà entrée dans Saint-Paul, chuchota-t-elle à l'adresse de son compagnon. Je n'ai rien d'une grenouille de bénitier, mais quand j'ai besoin de calme, il m'arrive de me poser dans une église. En règle générale, on m'y laisse en paix. J'aime bien celle-là, son aspect de vaisseau spatial me séduit. Les lustres qui descendent très bas sont comme des postes de commandement périscopiques…

Elle menait Wayne dans les travées, à la manière d'un guide soucieux de faire découvrir les lieux. Il se laissa faire, percevant son besoin de se rassurer, de reprendre le contrôle des événements. La voix curieusement aiguë de Sarah tintait en notes claires dans la pénombre de l'église.

— Les couleurs sombres me font penser aux couloirs du Nostromo, le vaisseau qui découvre l'*alien* au fin fond de l'espace.

Sarah étouffa un petit rire gêné, en notant combien son discours pouvait paraître déplacé en un tel moment, mais elle ne pouvait s'en empêcher. Elle sentait la peur présente. Une boule de terreur était tapie quelque part au fond de son ventre, n'attendant qu'une faiblesse, un signal qui la libérerait et l'enverrait exploser à travers tout son être. L'épouvante terrasserait Sarah, la jetterait au sol comme une bête apeurée, incapable de penser ou de bouger.

Et la jeune femme serait alors à la merci de son adversaire.

Ses doigts se serrèrent sur ceux de Wayne.

Les derniers prieurs sortaient à présent en traînant les pieds, peu pressés de retourner dans le froid. On jetait aux deux jeunes gens des regards suspicieux, intrigué par ce couple qui se tenait dans l'entrée, affectant une posture roide.

Wayne avait resserré la ceinture de son manteau. Il s'adossait au mur, les mains enfoncées dans les poches. Sarah réalisa qu'elle avait adopté la même posture sans même s'en rendre compte. Elle se redressa brusquement, attirant l'attention de son compagnon.

— On dirait deux officiers de la Geheime Staatspolizei qui font une descente, bredouilla-t-elle en réponse.

Pour se donner une contenance, elle se dirigea vers la plus proche colonne et plongea les doigts dans un bénitier avant de se signer. Elle revint vers Wayne en se mordant les lèvres, penaude.

— J'ai peur, bredouilla-t-elle. *Je crève de trouille.* Je ne sais pas où je vais, ni qui je suis. Tu… tu as bousculé toutes mes certitudes, tous mes repères, tu comprends ? Je suis probablement devenue folle, mais comment en être sûre ? En tout cas, ces pulsions religieuses ne me ressemblent pas.

Wayne se pencha au-dessus d'elle, protecteur.

— Ton angoisse est plutôt saine. Le contraire serait inquiétant.

Il lui passa un doigt sur la joue. Elle se rasséréna un peu.

— Mettons que je fais ça comme une espèce d'exorcisme.

Elle parlait en jetant çà et là des regards paranoïaques et gémit :

— Mais je ne crois pas non plus aux exorcismes… Oh, et puis merde ! L'eau bénite me fait un bien fou, c'est tout ce qui compte.

Elle ferma les yeux, se concentra sur la goutte qui perlait entre ses sourcils. Après quelques secondes, sa respiration se fit plus calme. Sarah haussa les épaules.

— Je deviens mystique, il va falloir que je me surveille.

D'un signe du menton, Wayne lui indiqua l'allée sur le côté de la nef. Ils se dirigèrent vers les confessionnaux. En marchant, il lui expliqua à voix basse :

— Pour entrer *physiquement* dans le rêve, nous employons des endroits chargés en émotion. En utilisant ce potentiel, on parvient à donner corps aux univers parallèles. Je t'expliquerai plus en détail quand on sera revenu.

Sarah se contenta d'acquiescer. Elle maudissait intérieurement sa lâcheté. Elle aurait voulu pouvoir saisir Wayne par les cheveux, lui hurler qu'elle ne croyait pas aux univers parallèles, que tout son charabia pseudo-ésotérique la dépassait, qu'il devait, lui aussi, avoir besoin d'une psychothérapie… Mais le désir de savoir la poussait à avancer et la tenait coite. Pour vaincre l'angoisse qu'elle sentait grandir dans son ventre, elle ironisa à voix basse :

— Allons-y, Wayne, montre-moi. J'ai beau m'être autoproclamée « septième dan de chasse aux dragons », je débute encore, question voyage dans le rêve.

Ils s'arrêtèrent devant un confessionnal. Le bedeau avait disparu dans le presbytère, derrière l'autel. Wayne s'assura d'un rapide coup d'œil qu'ils étaient bien seuls dans l'église. Il écarta alors les bras et desserra à peine les dents pour prononcer une incantation étrange, dans une langue que jamais Sarah n'avait entendue.

Elle écarquilla les yeux, tandis que le jeune homme laissait s'échapper des sons gutturaux, psalmodiés sur une mélodie grinçante, syncopée… mais fascinante.

Wayne déclama une formule connue de lui seul. Des mots oubliés, imprononçables, qu'aucune gorge humaine ne saurait moduler. Le sol bougea sous leurs pieds et le parquet du confessionnal se modifia. Il semblait s'être déchiré soudain, comme le rideau d'un théâtre, poignardé en son milieu et séparé en deux larges lambeaux pantelants. L'ouverture libéra un brouillard tourbillonnant.

C'était comme la gueule d'un monstre abyssal vomissant des flots d'ectoplasmes. La brume s'écoula sur le sol et leur lécha bientôt les pieds.

Sarah réalisa qu'ils allaient plonger dans le maelström. Déjà, ils s'avançaient… Une idée soudaine s'imposa à son esprit.

— Wayne ?

— Oui ?

— C'était quoi, l'autre livre ?

— Quoi ?

Il s'était avancé dans le tourbillon, elle ne voyait plus ses jambes. Fronçant les sourcils, elle s'efforça de poursuivre :

— Celui que tu lisais en plus d'*Alice*, ce matin ?

— C'était…

La voix du jeune homme se perdit dans les hurlements du tourbillon.

Sarah se retrouva debout au bord d'un gouffre, les jambes baignant dans cette brume insondable, cette glu verdâtre qui l'attirait, l'emprisonnait, s'apprêtait à l'avaler. La peur lui dévora les entrailles.

Elle tomba sous l'emprise d'une panique viscérale, incontrôlable qui la paralysait, la mettait à la torture. Elle secoua la tête, se refusant d'admettre le spectacle qui l'entourait, cette fantasmagorie trop réelle, trop envahissante… Elle fut sur le point de perdre conscience. Ses yeux se révulsèrent, tandis qu'elle basculait en avant, acceptant le baiser monstrueux de cette matière qui les happait goulûment.

La brume opaque s'était refermée derrière eux. Comme un pantin désarticulé, Sarah fut entraînée au cœur d'un tourbillon. Elle perdit toute notion d'équilibre, elle se mit à flotter dans le néant.

La voix de Wayne résonna alors dans sa tête :

— Ferme ton esprit, maintenant. Et ouvre les yeux.

Au même moment, des torrents de questions se pressèrent dans le cerveau de Sarah. Des milliers de voix vinrent la harceler – des cris, des plaintes, des hurlements stridents ou étouffés se firent entendre, qui vrillaient son cerveau. Elle comprit confusément qu'on cherchait à s'approprier ses pensées les plus intimes, qu'on désirait la briser pour mieux l'asservir. « On veut m'atteindre au plus profond de mon âme », s'affola-t-elle. Elle résista avec acharnement, hurlant de douleur à son tour… et céda au final.

Sarah sombra dans l'inconscience.

Comme une épave s'abîme au cœur des vagues déchaînées.

## 21

## La reine de cœur

Sarah émergea du néant dans un violent soubresaut. Elle reposait sur le sol froid d'un goulot de pierre suintante. C'était une espèce de boyau mi-animal, mi-rocheux. « Un souterrain *alienoïde* », songea-t-elle avec anxiété. Des images de viscères suintants affluèrent devant ses yeux exorbités.

— Tout doux, Sarah. On se calme, on maîtrise.

Wayne se tenait debout à ses côtés, katana en main. Sarah se crut victime d'hallucinations : son compagnon était plus grand, plus mince. Ses cheveux avaient poussé, ils atteignaient maintenant ses épaules.

— Debout, ordonna-t-il. On a encore du chemin et il faut que j'achève ma transformation.

Abasourdie, Sarah se leva et décida de le suivre sans plus parler. Ils progressèrent dans le couloir au sol couvert de mousses et de lichens. Ils devaient souvent s'appuyer à la paroi humide, pour éviter de rouler au sol. Sarah grimaçait chaque fois que ses doigts entraient en contact avec la surface palpitante. « C'est une bête, se répétait-elle. Nous avançons dans des entrailles de chair. Nous sommes *dans un Titan endormi.* » Elle serrait les dents, incapable de chasser ses pensées.

Devant elle, Wayne allait d'un pas assuré. Après une longue errance, ils parvinrent au pied d'une haute porte de bronze.

Le portail massif, dépourvu de battant, était gravé de signes abscons.

— Nous y voilà, murmura Wayne.

Il psalmodia quelques-uns de ses mots étranges et sa transformation fut totale. « J'hallucine ! se dit Sarah. Il est blond et moustachu ! »

Wayne arborait en effet une nouvelle coiffure, ainsi qu'une fine moustache de mousquetaire. Il était à présent vêtu d'un pourpoint blanc frappé d'un cœur sanglant et portait une paire de collants jaunes et des bottes de cuir. D'un geste ample, il coiffa un chapeau rouge.

Elle le dévisagea, éberluée.

Wayne lui adressa un sourire carnassier qui dévoila des canines surdimensionnées, et se fendit d'une révérence.

— Le valet de cœur, pour vous servir.

Il se redressa et avisa son air abasourdi.

— Alors, insista-t-il, qu'est-ce que tu en dis ?

Sarah ne parvenait plus à formuler de réflexions cohérentes.

— C'est étrange. Tu es différent.

Elle se secoua, déglutit avec peine.

— Je suis en train d'évoluer, de *vivre* dans un univers de livre. Je… je ne crois plus… en rien.

Wayne interrompit le cours de ses pensées :

— Tu te souviens du texte ?

Il se tourna vers la porte et releva son arme. Son katana s'était lui aussi modifié. C'était une fine rapière, à la garde ouvragée, une de ces épées espagnoles que les *conquistadores* affectionnaient.

Wayne reprit, impatient :

— Il ne faudra pas m'abandonner, Sarah. Si nous nous perdons dans ce rêve, aucun d'entre nous n'en reviendra. Jamais.

Elle bafouilla un vague assentiment. Ses tempes bourdonnaient. Wayne la dévisagea, inquiet.

— Tu te souviens du texte, Sarah ?

— Oui.

— Alors vas-y, dis-le ! Et, *de grâce*, ne te trompe pas et ne t'arrête sous aucun prétexte !

Sarah expira tout l'air contenu dans ses poumons, puis elle prit une longue inspiration et déclama :

— *« Près de l'entrée du jardin se dressait un grand rosier ; les roses qui le couvraient étaient blanches, mais trois jardiniers s'affairaient à les peindre en rouge. Alice se dit que c'était là une bien étrange occupation, elle s'approcha pour les regarder faire… »*

Tandis qu'elle récitait, Wayne agit. Elle le percevait aux limites de son champ de vision, comme une ombre portée sur le tableau flou de son rêve. « Il n'est plus lui-même, songea-t-elle en proie à la plus totale confusion. *Il est le valet de cœur.* Nous allons pénétrer dans le monde d'un écrivain halluciné… Mon Dieu, Wayne, pourquoi avoir choisi un monde aussi fou, aussi imprévisible ? »

Ses pensées s'entrechoquaient dans son esprit, accentuant son trouble. Sarah se fustigea : « Ne pas perdre le fil, ne surtout pas perdre le fil ! » Au prix d'un terrible effort de volonté, elle poursuivit :

— *« Au moment où elle arrivait à leur hauteur, elle entendit l'un d'eux s'exclamer : "Fais donc attention, le cinq ! Ne m'éclabousse pas de peinture !" »*

Sarah eut la certitude d'être la victime d'un délire psychotique : « Tout se passe exactement comme je le dis, c'est hallucinant… »

Le décor s'était modifié autour d'eux. Ils avançaient dans un labyrinthe de verdure, entre des haies soigneusement entretenues, aux allures de murailles de verdure. D'étranges personnages se chamaillaient autour d'un rosier.

— Ce n'est pas de ma faute ! gémit l'un d'eux. C'est le sept qui m'a poussé !

Sarah chancela. « Je dicte l'action, songea-t-elle au bord de l'évanouissement. Ce sont mes mots ! » Elle parlait, et les personnages s'agitaient au son de sa voix, doublant ses paroles.

Sans prêter attention aux nouveaux arrivants, le sept leva les yeux :

— Félicitations, le cinq ! Toujours à prétendre que c'est la faute d'autrui !

Sarah prit alors conscience de ne plus pouvoir s'arrêter. Les mots coulaient, comme un torrent régulier. Ils franchissaient la barrière de ses lèvres sans effort, ils existaient par eux-mêmes, ils ne dépendaient plus de sa volonté. « Je ne suis plus leur gardien, je ne suis qu'un réceptacle », se dit-elle, hagarde, avant de poursuivre sa litanie :

— *« Toi, tu ferais mieux de te taire ! répondit le cinq. Hier encore, j'ai entendu la reine dire que tu méritais d'avoir la tête tranchée ! »*

La conversation se poursuivit, à mesure que Sarah récitait sa leçon. La jeune femme vacillait entre la fascination et l'horreur. De quel sortilège était-elle victime ? Les mots coulaient de ses lèvres, ils animaient le décor. Soudain, le cinq, qui surveillait le jardin, poussa un cri aigu.

— La reine ! La reine !

Les trois jardiniers se jetèrent à plat ventre sur le sol. Un imposant cortège s'avançait. Sous le coup de la surprise, Sarah marqua une hésitation.

— Continue, lui souffla Wayne. Ne t'arrête plus.

Sarah fit défiler la procession. Le valet de cœur, portant la couronne royale sur un coussin de velours, précédait en fin de cortège le roi et la reine de cœur. Sarah hoqueta de stupeur. « Ça y est, songea-t-elle. Mon Dieu, ça y est ! Il est là ! »

Le valet de cœur de la procession fixait sur Wayne un regard brillant. Il éclata d'un rire dément, sinistre, triomphant. Une éructation plus proche de la plainte que du cri de plaisir. Trop aiguë, métallique, douloureuse. Un cri irréel qui les pétrifia.

— Enfin ! Nous nous retrouvons, mon frère.

Sarah, mue par un réflexe de sauvegarde, se rapprocha de Wayne. Elle décida de s'attacher à ses pas. Fascinée comme une luciole qui se jette sur la flamme meurtrière, elle avança à sa suite.

Wayne se tenait devant elle, comme un ultime rempart, garant de sa survie. Sarah poursuivit :

— *« La reine demanda d'un ton sévère : "Qui est-ce donc ?" Elle s'adressait au valet de cœur qui, pour toute réponse, s'inclina en souriant. »*

Les derniers mots moururent sur ses lèvres. Sarah porta une main à sa gorge, qu'une boule d'anxiété obstruait. « Pas maintenant, songea-t-elle. Je dois continuer, je ne peux pas faiblir maintenant ! »

Wayne faisait face à son adversaire. Les deux hommes avaient dégainé leurs épées. Tous les personnages s'étaient figés. Sarah fronça les sourcils. Les duellistes semblaient évoluer au milieu de statues. « Je ne parle plus, songea-t-elle. Les personnages sont pétrifiés. Ils ont besoin de ma voix pour s'animer. »

Folle d'angoisse, elle lutta, incapable de reprendre son discours.

Le combat commença. Les épées s'entrechoquèrent en une sarabande hallucinante, dont les échos emplissaient les allées du labyrinthe. Wayne progressait, pas à pas. « Il s'enhardit, se dit Sarah. Il est plus fort que la peur, peut-être plus fort que la mort… »

Son adversaire hurlait, se débattait, gesticulait en tous sens. Son visage se déforma, ravagé par des rafales de tics nerveux qui faisaient danser ses pommettes et relevaient ses lèvres en caricature de sourire. Lui aussi frappait à coups redoublés.

— Venez, hurla-t-il, venez à moi, pantins pathétiques ! Venez, courez à votre perte ! La partie s'achève et je l'ai gagnée !

Son rire explosa en nuées de dards sonores qui vinrent se ficher dans le système nerveux de Sarah. La douleur la jeta au sol, des étoiles noires explosèrent devant ses yeux. Elle s'adossa à une haie et assista, impuissante, au combat qui s'éternisait.

À mesure que l'affrontement se poursuivait, la fatigue ralentissait les coups des combattants. Les deux guerriers ahanaient, moulinant sans relâche, répliquant à chaque attaque. La douleur apparut, lancinante, et avec elle le doute, diffusant son insidieux poison dans leurs veines.

Wayne faiblissait…

Sarah, réalisant la situation, eut un violent haut-le-cœur et tenta de se ressaisir :

— Le revolver !

Elle fouilla dans son blouson, saisit son arme et la braqua sur les combattants. Wayne bondissait de droite et de gauche, il se fendait, effectuait des pas de côté. Il dansait devant le canon de l'arme et Sarah redoutait de le toucher. Il plongea soudain au sol.

— Maintenant ! hurla-t-il.

Sarah ferma les yeux et pressa la détente. Quand le .44 aboya, elle ressentit une vive douleur dans l'épaule. Elle céda à un début de panique, jura intérieurement.

Au loin, Ktt'SH'Rrs'Aarh'Th titubait. Incrédule, il considérait la fleur de sang qui s'étalait au milieu de son pourpoint.

— Ce n'est pas très *fair-play*, murmura-t-il.

Wayne s'était relevé. Il avançait, l'arme haute.

Ktt'SH'Rrs'Aarh'Th releva la tête, un sourire cruel aux lèvres.

— Mais je m'y attendais.

Wayne abattit son épée avec rage, décapitant son adversaire.

« Nous avons gagné, se dit Sarah. C'est fini ! » Elle exultait. Wayne ne partageait pas son enthousiasme. Il restait sur ses gardes, jetant alentour des regards suspicieux. La reine de cœur s'ébroua.

— Wayne, Wayne, Wayne. Comment as-tu pu croire une seconde que j'allais me laisser faire aussi facilement ?

Sarah en eut un haut-le-cœur.

*La reine de cœur avait le visage de l'homme en noir !* Elle s'avançait, tranquille. Elle prononça une incantation et une épée apparut dans sa main.

— Reprenons, veux-tu ? lança-t-elle à l'attention de Wayne.

Sarah, affolée, pointa à nouveau son arme sur Ktt'SH'Rrs'Aarh'Th et ouvrit le feu. Le revolver ne produisit qu'un hoquet ridicule. La jeune femme lança un regard ahuri vers le nuage rose qui s'échappait du canon. L'arme mollit dans ses mains et se délita. Entre rage et affolement, Sarah fondit en larmes.

— Tu ne croyais pas pouvoir me surprendre deux fois ? s'amusa Ktt'SH'Rrs'Aarh'Th.

Sarah sentit la brûlure dans sa gorge. Sous l'effet de la colère, un jet de bile lui remonta aux lèvres. Ivre de rage, elle se rua sur la reine.

— Ordure ! je vais te…

Elle ne put achever sa phrase. La reine de cœur avait tendu une main vers elle, plongeant une griffe dans sa chair.

Sarah ouvrit la bouche sur un cri muet. La douleur déchira son côté. Son dos était en feu. La morsure de la griffe était semblable à celle des flammes de l'enfer. Elle la dévorait, la lacérait.

Sarah hurla à s'en briser les cordes vocales. La souffrance était si abominable qu'elle roula sur le sol.

Wayne cracha à son tour. Il frappa à toute volée son adversaire qui rompit avec précipitation et s'éloigna de sa victime. Sarah s'était recroquevillée sur le sol, elle ne bougeait plus. La douleur la tétanisait. « Nous avons perdu la partie, songea-t-elle. Je t'ai abandonné, Wayne. » Sa vision se brouillait, les images se teintaient de pourpre. Elle sentit le goût du sang sur sa langue.

— Ne m'abandonne pas ! rugit Wayne. Ne me laisse pas maintenant !

Ses forces semblaient décuplées. L'ire lui donnait des ailes. Il se lança à l'attaque et asséna une pluie de coups à son adversaire.

Ktt'SH'Rrs'Aarh'Th parait en riant.

— Tu n'as encore rien vu, mon frère ! ricana-t-il.

Il prononça une nouvelle incantation et rompit.

Wayne se figea.

Sarah avait rampé contre une haie. Le souffle court, elle s'efforçait de suivre le combat. Une sueur glacée lui noyait les tempes, ses membres étaient agités de tremblements. « Il se passe quelque chose, se dit-elle. Il… Non ! Wayne se déconcentre ! Bats-toi, Wayne ! Continue ! Frappe, frappe, je t'en supplie ! »

Mais Wayne grimaçait de douleur, son visage traduisait une peine que jamais il n'avait exprimée… Sarah écarquilla les yeux en apercevant le nouveau personnage qui entrait en scène, derrière leur adversaire.

« C'est la femme du tableau, songea Sarah au comble de la détresse. Celle que j'ai vue dans la salle des reliques. »

La nouvelle venue jetait çà et là des regards éperdus. Elle était sublime dans sa robe fourreau aux impressions asiatiques. Belle, grande et sensuelle, comme une liane faite femme. Le tissu de sa robe s'anima. Les dragons prirent vie sur la soie. Ils dansèrent sur son corps, soulignant ses formes féminines. Elle secoua son opulente crinière blonde.

Sarah sursauta.

Wayne avait crié, comme sous le coup d'une torture insoutenable.

— Non, pas toi, pas maintenant ! Tu ne peux pas…

Sarah ne savait plus que faire. La tête lui tournait. Tout s'accélérait, semblait chavirer. Ktt'SH'Rrs'Aarh'Th saisit l'opportunité pour repartir à l'assaut. Il porta une série d'attaques, que Wayne ne repoussa plus vraiment. « Il va céder ! », s'affola Sarah. Elle constatait, éperdue, qu'il ne pouvait plus détacher son regard des yeux de la jeune femme.

Sarah contemplait, impuissante, la scène qui virait maintenant au drame. « Bouge Wayne, bouge ! », le suppliat-elle mentalement.

Elle se gifla à toute volée. Continuer, elle devait continuer, aller jusqu'au bout ! La jeune femme blonde s'interposa entre les combattants. Ktt'SH'Rrs'Aarh'Th s'écarta en gloussant. Il reprenait son souffle à l'écart, tandis que Wayne écarquillait les yeux devant l'apparition.

— Qui est cette fille ? demanda-t-elle en pointant Sarah du doigt.

Ses yeux lançaient des éclairs, elle ne prêtait aucune attention à Ktt'SH'Rrs'Aarh'Th, qui laissa fuser un rire gras. Wayne secoua la tête.

— Alice, ce n'est pas le moment.

Sarah sentit une main glacée lui étreindre le cœur. Là-bas, Alice se dressait devant Wayne. La lèvre supérieure de la jeune femme était secouée de tics. Elle demeurait très belle, pourtant. Son joli front se barra d'une ride verticale :

— Qui est-ce ? insista-t-elle.

Dans son dos, Ktt'SH'Rrs'Aarh'Th se réjouissait de la déconvenue de son adversaire. Il écarta les bras et entama une incantation.

Wayne, en percevant ces mots, se raidit. Il tenta d'écarter la jeune femme, mais elle faisait écran de son corps.

— Plus tard, Alice, *s'il te plaît*, gémit-il.

Mais elle tapa du pied, butée.

— Je ne bougerai pas avant d'avoir obtenu une réponse !

Wayne la saisit à bras-le-corps et la poussa derrière lui. Ktt'SH'Rrs'Aarh'Th avait repris son épée :

— Tu ne peux plus m'échapper, tonna-t-il.

Wayne laissa entendre une plainte apeurée. Sous ses yeux, le cortège s'animait. Les créatures qui le composaient s'avançaient lentement. Elles dessinaient un arc de cercle, et resserraient l'étau pour emprisonner leur proie.

Sarah hurla de terreur. Tous les monstres claquaient des mâchoires, leurs dents d'acier produisaient un insupportable bruit de meule. Ils bavaient d'abondance, dardant sur leur proie des regards avides.

Wayne fléchit, ses épaules s'affaissèrent. Il posa un genou au sol.

— Bravo, lâcha-t-il. J'ai été stupide, je t'ai laissé le temps.

Ktt'SH'Rrs'Aarh'Th haletait, en proie à la plus vive excitation.

— Je le savais ! explosa-t-il. Tu n'as jamais pu lui résister. Tu perds tous tes moyens en sa présence !

Wayne secoua la tête.

— Ce n'est pas elle.

— Et alors ? reprit Ktt'SH'Rrs'Aarh'Th. Il a suffi de l'affubler de cette foutue robe pour que tu vacilles !

Wayne crispa les mâchoires :

— *Ce n'est pas elle !*

Dans son dos, Alice croisa les bras.

— Qu'est-ce que tu dis ? murmura-t-elle d'une voix blanche.

Wayne se releva lentement. Le cercle des monstres se refermait. Alice le fixait de ses yeux clairs, des larmes roulaient sur ses joues :

— Wayne ?

Sa voix s'était faite suppliante. Wayne ferma les yeux.

— Pardonne-moi, mon amour.

Ces mots mortifièrent Sarah. Elle laissa fuser une plainte d'animal à l'agonie. Alice saisit Wayne à l'épaule et l'obligea à regarder la jeune femme recroquevillée au pied de la haie.

— C'est pour elle que tu me quittes ?

Wayne se dégagea. Il n'osait plus croiser le regard d'Alice.

— Pardonne-moi, reprit-il.

Il affermit sa voix et se mit à déclamer :

*Il était grilleure, les toves slictueux*
*Gyraient et vriblaient sur l'allouinde.*
*Tout flivoreux étaient les borogoves,*
*Les verchons fourgus bourniflaient.*

Alice s'écarta.

— Je connais ce poème, balbutia-t-elle. Wayne ? Qu'est-ce qui te prend ?

Mais le jeune homme n'interrompit pas son monologue :

*Prends garde au Jabberwock, mon fils !*
*À sa gueule qui mord, à ses griffes qui happent !*
*Méfie-toi de l'oiseau Jubjub*
*Et du frumieux Bandersnatch !*

Le rire de Ktt'SH'Rrs'Aarh'Th se fit assourdissant, il couvrit la voix de Wayne. Il lâcha un ordre guttural et les monstres se rapprochèrent davantage. Ils n'étaient plus qu'à un pas du jeune homme. Leurs mâchoires, en s'entrechoquant, produisaient le bruit d'un tonnerre de grêles sur la tôle.

Wayne accéléra son débit :

*Le jeune homme, ayant saisi sa vorpaline épée,*
*Cherche longtemps l'ennemi manxiquais*

*Puis, arrivé près de l'Arbre Tépé,*
*Pour réfléchir un instant s'arrêtait.*

Sarah sentit son cœur s'affoler. Il tambourinait dans sa poitrine douloureuse. L'épée de Wayne s'était changée en un glaive luisant, une épée noire aux reflets de nuit.

Wayne plongea en avant. Dans un cri de guerre formidable, il hacha les premiers rangs de monstres. Les cartes s'affalaient, tranchées en leur milieu. Elles battaient des bras et des jambes sur l'herbe, incapables de se relever. Wayne, comme pris de folie, continuait à tracer un sillon sanglant dans les rangs de ses ennemis. Des flots jaillissaient de leurs blessures, constellant le sol de leurs éclats métalliques.

À bout de forces, il dut s'arrêter. Ses adversaires venaient toujours plus nombreux. Wayne émit un rire triste.

— Je n'ai jamais aussi bien battu un jeu de cartes, lâcha-t-il en considérant les morceaux éparpillés sur le sol.

Ktt'SH'Rrs'Aarh'Th applaudit en connaisseur.

— Bravo, mon frère, jusqu'au bout, tu nous auras offert un magnifique spectacle. Mais assez joué.

Il prit une forte inspiration, et laissa entendre un claquement de langue agacé.

— Je suis trop puissant pour toi ! reprit-il d'une voix triomphante. J'ai investi ce rêve, j'en suis le cœur, l'esprit ! Je le contrôle, le plie à ma guise !

Wayne baissa la tête.

Sarah tanguait au bord de la syncope. Elle réalisa que la reine de cœur disait vrai. Les monstres avaient tous pris son apparence. « Il a pris possession de cet univers, se mortifia-t-elle. Il lui a imprimé sa marque, il en tire les ficelles. Si Wayne est défait maintenant, il sera condamné à errer dans Wonderland à l'infini. Ktt'SH'Rrs'Aarh'Th fera de lui son jouet. »

Wayne était cerné par une armée de reines de cœur, qui grinçaient des dents en roulant des yeux fous. Sur un nouvel ordre de Ktt'SH'Rrs'Aarh'Th, les monstres s'avancèrent pour la curée.

Sarah étouffa un cri de détresse en voyant son compagnon happé par la meute.

— Assez !

Alice s'était interposée. La voix avait tonné, figeant tous les protagonistes. Sarah, incrédule, lutta pour ne pas tourner de l'œil. « Ne m'abandonne pas, avait dit Wayne. Ne m'abandonne sous aucun prétexte. » Elle se mordit l'intérieur de la joue et se redressa.

Alice, un sourire de défi aux lèvres, toisait Ktt'SH' Rrs'Aarh'Th.

— Tu ne peux pas le tuer ainsi, c'est contraire à toutes les règles.

Le rire dément de la reine de cœur retentit.

— Ne te mêle pas de ça, mon amour, intervint Wayne.

Il titubait. Alice se tourna vers lui et déposa un baiser sur ses lèvres.

— Tu sais ce qui te reste à faire, n'est-ce pas ?

Wayne secoua la tête.

— Non, il n'en est pas question.

Ktt'SH'Rrs'Aarh'Th riait toujours. Il se gaussait de leur déconvenue, il jouissait de ce tableau. Alice serra les dents. Elle levait sur Wayne un visage défait.

— Fais-le, gémit-elle. Fais-le avant d'être emprisonné. Sauve-toi !

— Si je le fais, je te perds.

Alice essuya ses larmes d'un revers de main.

— Je préfère ne pas vivre l'éternité en compagnie d'une rivale. Je t'ai perdu, Wayne.

Elle pointa Sarah du doigt.

— Elle m'a remplacée, je le sais. Fais-le pendant que tu m'aimes encore un peu.

Wayne raffermit sa prise sur la garde de l'épée vorpaline.

— Pardonne-moi, mon amour.

Ces mots glacèrent Sarah, qui détourna les yeux. Wayne leva son glaive.

— Je t'aime.

Il plongea le regard dans les yeux bleus d'Alice. Elle le fixa sans ciller, résignée.

— Pardonne-moi, mon amour.

La lame de Wayne fila vers sa gorge, elle glissa à travers ses chairs comme un doigt sur la soie d'une robe. Souple, rapide, délicat.

Les yeux d'Alice demeuraient rivés sur le jeune homme.

Autour d'eux, le monde semblait pétrifié.

Alice battit des cils. Seul un mince filet de sang, traçant sur la pâleur de sa peau un collier de corail rouge, trahissait la morsure de l'acier.

Soudain, Ktt'SH'Rrs'Aarh'Th hurla de colère.

La tête d'Alice se détacha alors. Elle roula, interminablement, sans quitter Wayne des yeux. Son corps partit à la renverse, elle s'effondra dans l'herbe.

Le cri de Ktt'SH'Rrs'Aarh'Th roula et ricocha alentour, tandis que le décor se délitait.

Sarah était à l'agonie. Autour d'elle, les haies se répandaient en flaques d'émeraude, les flamants roses explosaient en gerbes étincelantes, les cartes se dissolvaient.

Le rire de Ktt'SH'Rrs'Aarh'Th se changea en plainte lugubre.

La tête d'Alice, son beau visage, tournait et tournait encore dans les airs. Et ses yeux fixaient Wayne, figés sur une éternelle interrogation.

— Pardonne-moi, mon amour.

Ktt'SH'Rrs'Aarh'Th ne criait plus, c'est à peine s'il parvenait encore à produire un grincement ténu d'une voix de fausset. Sa peau fut parcourue de lézardes, qui dessinaient sur son corps une géographie complexe de sillons capricieux.

Et puis, il éclata, statue de verre foudroyée, pour tomber dans l'herbe dans un tintinnabulement de clochettes.

Wonderland disparut, remplacé par une brume cotonneuse. Le vent siffla, il se mua en bourrasque qui manqua terrasser Wayne.

Le jeune homme s'ébroua. Il chercha sa compagne des yeux et la trouva allongée, une main pressée contre son flanc. Fébrile, il saisit au vol une feuille arrachée par la bourrasque. Il se concentra sur sa texture, sa couleur, sa forme.

Sarah hurla d'effroi, à l'approche de la fin. La mort la terrorisait, elle sanglotait comme une enfant. Il ne lui répondit pas. Il ferma son esprit, se polarisa sur cette seule feuille, insensible à la douleur de la jeune femme. Ses yeux suivirent la nervure, il imagina la branche qui la portait, l'arbre qui l'avait fait naître, les racines qui s'en échappaient et plongeaient dans la terre qui la nourrissait…

Le vent se calma, il se changea en douce brise. Il bruissa dans les feuillages. Tout près, un oiseau sifflait.

Wayne tituba. Rassemblant ses dernières forces, il rejoignit Sarah.

Elle était très belle, dans sa robe de châtelaine. Au loin, les oriflammes claquaient sur les tours de Camelot.

— Wayne ?

Sa voix était faible.

— Oui ?

— C'est fini ?

Elle n'osait y croire. Wayne la prit dans ses bras. Elle s'abandonna. La vilaine plaie qui s'ouvrait sur son côté laissa échapper un vague rouge. « Nous sommes ressortis de ce monde, se dit-elle en luttant contre la torpeur qui la gagnait. Nous sommes revenus au début. Tout ça n'a jamais existé, j'en suis certaine… »

Sa chemise poissée de sang et la douleur qui irradiait jusqu'au bas du dos la rappelèrent immédiatement à la réalité. « Je suis dans de sales draps, pensa-t-elle. Je ne sens déjà plus mes jambes. »

Elle sombra dans un coma glacial.

— Elle te ressemble, mon amour, murmura Wayne.

Il se pencha sur Sarah et lui glissa à l'oreille :

— C'est fini. On rentre à la maison.

Quand elle rouvrit les yeux, Sarah grimaça de douleur avant de réaliser qu'ils étaient tous deux dans l'ombre. Elle pouvait deviner Wayne, penché au-dessus d'elle. Il lui souriait. Elle distinguait son visage à travers le rideau gluant du sang qui coulait jusque dans ses yeux. C'était comme des bulles de savon rubis qui dansaient devant son visage, le frôlaient, hésitaient à venir le caresser, puis se décidaient à éclater en myriades de gouttelettes juste sous ses cils. Elle aurait voulu rire, mais un spasme violent lui souleva le torse.

La douleur la terrassa à nouveau. Wayne lui caressa le front. Il lui parla comme à un enfant :

— Doucement, Sarah. Ne bouge pas.

Il l'auscultait avec précision. Sarah sentit des mains dures et nerveuses qui la palpaient, professionnelles.

— J'ai été infirmier sur les champs de bataille, dans une ou deux vies antérieures.

Sarah eut un hoquet douloureux.

*Des vies antérieures !*

Le goût du sang envahit sa gorge. Elle sentait à peine les gestes de Wayne sur ses plaies. Elle finirait bien par y croire, à ses délirantes histoires de dragons… Elle aurait aimé formuler une réplique cinglante, quelques paroles flamboyantes qui marqueraient l'instant, mais les mots restèrent figés sur sa langue.

Elle avait froid, tellement froid.

Elle se sentit rouler sur le côté.

Il faisait noir.

*Ce fut l'absence.*

## 22

## L'AUBE DES DRAGONS

Quand Sarah ouvrit les yeux, le soleil était déjà haut dans le ciel. Il chauffait les carreaux, une agréable torpeur régnait dans la chambre aux murs pastel. La jeune femme s'étira, faisant crisser les draps frais. Elle se redressa pour jeter un œil par la fenêtre et sourit. C'était une de ces belles journées, où il fait bon lézarder au lit. Sarah s'en accommoda sans peine – cela faisait maintenant cinq jours qu'elle y était clouée, depuis que Wayne l'avait transportée à l'hôpital et confiée au service des urgences, avant de disparaître.

Sarah ne lui en gardait pas rancœur. Wayne avait dû faire preuve de courage – et d'inconscience – pour se présenter devant l'interne de garde avec dans les bras une jeune femme comateuse. Quitter l'hôpital et parvenir à s'éclipser sans être inquiété relevait de la performance, mais Wayne en était coutumier.

Sarah lui savait certains talents de *persuasion*.

On l'avait livrée aux soins intensifs de quelques spécialistes de la chirurgie qui firent merveille. Les enquêteurs dépêchés sur les lieux durent attendre quarante-huit heures, avant qu'elle soit en mesure de leur répondre. Sarah s'évertua à leur décrire une sordide histoire de règlement de comptes entre bandes rivales. « Je me suis trouvée au mauvais moment, au mauvais endroit », répétait-elle à l'envi. Elle fit appel à son métier de romancière pour improviser les détails de « l'affrontement » en évitant de se contredire.

Les policiers, grands seigneurs, décidèrent de se satisfaire de ses déclarations rocambolesques. Au moins avait-elle su leur justifier la présence de cette plaie à son côté et de ses deux côtes enfoncées. Ils allèrent jusqu'à oublier les contusions multiples qui marbraient son épiderme.

Elle feignit un effort de mémoire intense quand la présence de Wayne fut abordée, présentant le jeune homme comme l'un des derniers dignes représentants d'une espèce en voie d'extinction, le bon-samaritain-qui-passait-par-là…

Élise choisit ce moment délicat pour faire une apparition opportune. « Sauvée par le gong », pensa Sarah quand l'attachée de presse se glissa dans la chambre. Les deux policiers se firent un plaisir de l'interroger à son tour. Élise dressa de son amie le portrait élogieux « d'un auteur en vogue, qu'on ne présentait plus ». L'un des enquêteurs, visiblement passionné, se désintéressa de Wayne.

Après leur départ, convaincre Élise à son tour fut une tout autre paire de manches. L'attachée de presse ne s'en laissait pas conter et Sarah dut à nouveau improviser une agression nocturne, dans laquelle Wayne apparaissait comme une espèce de super héros moderne, qui s'en était tiré par miracle et avait préféré faire panser ses blessures – superficielles, fort heureusement ! – par un médecin de ses amis qui se garderait bien de lui poser trop de questions et lui éviterait une publicité gênante.

Elle acheva son histoire en bredouillant :

— Tu comprends, dans sa position, une telle publicité…

Face à cet argument peu convaincant, Élise esquissa une moue dubitative :

— Mmh… Mettons que je te crois, mais tu ne perds rien pour attendre, ma vieille. Dès que tu es sur pieds, je veux *tous* les détails de cette histoire. (Elle avait tendrement enlacé Sarah, avant de la laisser se reposer.) Soigne-toi bien et *exorcise* ça au mieux. Fais-en un bouquin !

Sarah en avait suffoqué.

— Toi ! Tu ne perds pas le nord !

Élise s'était contentée de rire.

— C'est un métier, ma puce ! C'est un métier.

Elle lui avait adressé un clin d'œil avant de disparaître. Sarah était restée seule deux nouvelles journées, passant le plus clair de son temps à dormir, lire ou rêvasser.

Elle se laissa surprendre dans un état de somnolence proche de l'hébétude. Elle ne réalisa pas immédiatement sa présence, et sursauta quand Wayne déposa un baiser aux coins de ses lèvres.

— Wayne ! Tu t'es souvenu de moi.

Il eut un sourire énigmatique et murmura :

— Les dragons ont la peau dure, jeune femme. Tu devrais le savoir.

Il se redressa, fit un pas en arrière et mima un salut martial. Avisant son allure resplendissante, elle hésita entre le rire et la colère.

— Et ils ont, contrairement à nous, pauvres humains, la faculté de se régénérer ! Regarde-toi ! Pas une égratignure, pas un cheveu qui dépasse. Il y a comme une injustice sur cette foutue planète !

Wayne se fendit d'une révérence théâtrale, faisant voler de part et d'autre les pans de son long manteau. Sarah nota que, avant de la rejoindre, il s'était appliqué à choisir ses plus beaux atours. Sensible à cette attention, elle siffla entre ses dents :

— Salut, héros. Tu te portes comme un charme !

Il eut une moue peinée et déclara, faussement enjoué :

— Tu récupères bien aussi, pour une humaine.

Il prit soin de refermer correctement la porte de la chambre, puis rapprocha un fauteuil contre le lit. Au passage, il déposa un paquet sur la table de nuit.

— Qu'est-ce que c'est ? fit-elle, intriguée.

— Un cadeau pour toi.

Elle tendit la main, mais il l'intercepta.

— Plus tard. Parlons un peu, si tu veux bien.

Il la laissa s'adosser confortablement sur son oreiller avant de poursuivre :

— Tu te remets tranquillement ?

— Comme tu vois. Les médecins ont réalisé un véritable tour de force. Quant à toi…

— Oui ?

— Disons que tes affaires sont en passe de s'arranger. J'ai vu la police, je leur ai concocté une histoire de romancière, qu'ils ont eu la gentillesse de prendre pour argent comptant. Les archives de la police retiendront que des malfrats m'ont agressée et qu'un courageux inconnu a volé à mon secours. Il y aura sans doute quelques appels à témoin avant que l'affaire soit classée.

Rasséréné, Wayne posa un nouveau baiser sur son front.

— Bien joué, jeune femme. Vous fûtes à la hauteur de la tâche.

— Tout le plaisir était pour moi, beau ténébreux. En attendant, à part les plaies et bosses, quel bénéfice puis-je escompter ?

Il lui délivra son expression la plus charmeuse :

— L'assurance de ma plus indéfectible amitié.

— Et c'est tout ?

Le sourire de Wayne s'élargit.

— Et plus, si affinités.

Elle le foudroya du regard et cracha, vexée :

— Salaud ! Macho !

— Tss, tss, tss, Sarah… Je…

Sa voix se fit hésitante.

— Je ne suis pas tombé amoureux d'une humaine depuis…

Sarah détourna la tête. Elle leva une main suppliante.

— Ça va, n'en rajoute pas. J'ai été stupide.

— Non, Sarah, je ne crois pas.

Il lui saisit la main.

— Nous avons encore tant de choses à nous raconter, à découvrir, à vivre.

Les yeux de la jeune femme s'allumèrent d'une flamme vive.

— À rêver ?

— Oui, Sarah. *À rêver.*

Un silence complice s'installa dans la chambre. Main dans la main, ils laissèrent dériver leurs imaginaires. Sarah ferma les yeux, et les images de leur incursion dans le monde de Lewis Carroll jaillirent devant ses paupières closes, entamant une sarabande hallucinée et douloureuse. Elle s'obligea à en revivre la plupart des péripéties, puis se décida à rompre la trêve.

— Wayne ?

— Oui ?

— Le livre, c'était quoi ?

— Quel livre ?

— Celui que tu as lu avant de m'emmener avec toi…

Wayne esquissa un méchant sourire, en se remémorant le combat et son final ahurissant.

— *De l'autre côté du miroir.*

— Et alors ?

Sarah se mordit les lèvres, réalisant qu'elle avait crié les derniers mots. Wayne se pencha sur elle.

— Et alors, lui susurra-t-il à l'oreille, il est possible, sans altérer la cohérence du rêve, d'y mélanger plusieurs textes d'un même auteur. Pour peu que ce dernier ait glissé des éléments communs. J'avais besoin de l'épée vorpaline, je pensais que ce serait suffisant pour terrasser Ktt'SH'Rrs'Aarh'Th. Je me trompais.

Sarah se redressa sur un coude. Son cœur martelait sa poitrine.

— Alice ? Tout tournait autour d'elle.

Un voile de brume passa devant les prunelles de Wayne. Il marqua une hésitation avant de reprendre, la voix enrouée :

— *Correct, miss*. Alice était la source du rêve. Sans elle, plus de pays des Merveilles. Ktt'SH'Rrs'Aarh'Th aurait dû s'en souvenir.

— Mais *pourquoi* ne pas l'avoir tuée tout de suite ?

Wayne détourna la tête. Il s'approcha de la fenêtre et laissa son regard divaguer un moment.

— Je ne sais pas, Sarah. Il est parfois difficile de mettre un terme à ses rêves.

Faisant volte-face, il aperçut les larmes qui se pressaient aux paupières de la jeune femme et s'empressa d'ajouter :

— Je me suis longtemps accroché à cet univers… avant de te rencontrer.

Sa déclaration fit naître une boule de chaleur dans la gorge de Sarah. Elle s'essuya les yeux d'un revers de main.

— Pardonne-moi, je me conduis comme une gamine.

Elle s'éclaircit la voix et poursuivit :

— Tu avais tout prévu.

— Il aurait pu faire de même.

Wayne fit jouer ses maxillaires avant d'ajouter :

— Quand on accepte un duel dans le rêve, on s'arrange pour connaître au mieux les règles internes de l'univers investi. *Péché d'orgueil*, ça l'a perdu.

Encore un silence, chargé d'émotion. Sarah avait la tête douloureuse.

— On n'est pas passés loin du massacre, balbutia-t-elle.

Wayne hocha la tête. Il reprit soudain la parole :

— Tu te souviens des derniers vers, ceux que tu n'as pas prononcés ?

— Oui, bien sûr…

La jeune femme plissa les paupières et récita :

*Tu as tué le Jabberwock !*
*Dans mes bras, mon fils rayonnois !*
*Ô, jour frableux ! Callouh ! Calloc !*
*Le vieux glouffait de joie !*

Wayne s'approcha du lit. Sarah fit l'effort de se redresser sur un coude. Il la prit dans ses bras, la serra tendrement. Sarah ferma les yeux. La question lui brûla les lèvres :

— Elle a beaucoup compté pour toi ?

— Oui, chuchota-t-il. Énormément.

— Tu me parleras de *ton* Alice, un de ces jours ?

Il plongea son regard dans le sien.

— Oui. Un de ces jours.

Il l'embrassa brièvement, s'écarta et redressa le col de son manteau. Il lui adressa un sourire un peu affecté et sortit.

— Je serai bientôt là, Sarah. Tu peux me faire confiance.

L'ombre du couloir le happa.

Seule à nouveau dans la chambre trop claire, Sarah attendit un long moment avant d'oser saisir le paquet qui l'attendait sur la table de nuit. Elle en caressa le papier précieux, puis se décida à le déchirer. Wayne y avait glissé une toile. La jeune femme s'installa sur son lit, le souffle court. Elle devinait ce que la peinture représentait, et l'étala sur ses couvertures.

C'était bien le portrait de Ktt'SH'Rrs'Aarh'Th sous forme humaine.

« Il l'a découpé et ôté de son cadre. Lui aussi a besoin d'une espèce d'exorcisme », supposa-t-elle.

Un autre paquet, plus petit celui-là, roula sur les draps. C'était un écrin de cuir noir. Sarah en fit jouer le fermoir, révélant une superbe bague de bronze et une carte sur laquelle Wayne avait griffonné : « *Je ne sais pas si tu aimes porter les bijoux. Cette bague m'a été offerte par un très vieil ami, quand je n'en étais encore qu'à faire mon apprentissage. J'aimerais que tu la portes, dorénavant. Merci, Sarah. Merci d'être là. Wayne.* »

Sarah fit tourner la bague dans la lumière. La finesse du bijou la laissa pantelante, des dragons enlacés paraissaient y danser une parade amoureuse. La jeune femme sursauta. *Il lui semblait les avoir vus bouger.*

Elle le glissa à son doigt, fascinée.

Plus tard, Sarah s'endormit confiante, un sourire aux lèvres. Elle ne ferait plus de cauchemar. Elle investirait le monde de son choix.

Et Wayne l'y rejoindrait vite.

*Il le lui avait promis.*

« Le coup le plus rusé que le Diable ait réussi,
c'est de convaincre tout le monde qu'il n'existe pas. »

ROGER « VERBAL » KINT,
in *Usual Suspects*

## TABLE

REMERCIEMENTS

À Mathias, qui m'a hébergé et encouragé comme un frère, quand je peinais sur le clavier de son Macintosh – en souvenir de nos promenades dans le parc des Buttes-Chaumont.

À Serge Brussolo, qui m'offrit un jour la possibilité d'écrire ce roman.

J.-L. B.

Un nouvel univers
pour les 13 ans et plus !

TROIS NOUVELLES COLLECTIONS

collection
ArchiMAGINAIRE

*Du fantastique, de la « Fantasy », de la SF…*
*Pour entrer dans un monde où tout est possible !*

JEAN-LUC BIZIEN – *WONDERLANDZ*

Malgré son apparence humaine, Bruce Wayne est un dragon. Comment a-t-il traversé les millénaires ? En se nourrissant de l'imaginaire des écrivains. Pour se régénérer encore, il s'attache une jeune fille qui se retrouve entraînée dans cette redoutable aventure… (304 pages / 14,95 € / mai 2009)

*Né au Cambodge en 1963, Jean-Luc Bizien a créé des jeux de rôles qui lui ont valu un succès international. Il est l'auteur de nombreux livres jeunesse et adulte.*

LORRIS MURAIL – *CE QUE DISENT LES NUAGES*

Colin entend parler les anges… Ses parents, effrayés par ce don, le confient à un ancien prêtre. Mais cet homme entretient d'obscures relations avec un milliardaire sans scrupule. Lequel pressent qu'il deviendra bientôt impossible de vivre sur terre… (416 pages / 15,95 € / mai 2009)

*Né en 1951 au Havre, Lorris Murail publie son premier roman (pour adultes) à vingt-cinq ans. Il est l'auteur de nombreux livres de littérature jeunesse et de séries à succès coécrites avec ses sœurs Elvire et Marie-Aude.*

*collection*

## *Archi*MYSTÈRE

*À chaque page ses secrets, ses révélations,*
*ses vraies et fausses pistes…*

NOËL SIMSOLO – *LE SECRET DU PROFESSEUR CROQUET*

Jeune millionnaire, Adrien joue double jeu. Détective, il aide la police ; voleur, il met la main sur les fortunes mal acquises au profit des victimes spoliées. En ces années 1930 troublées, il doit également lutter contre une organisation secrète : les Tarentules… (208 pages / 13,50 € / septembre 2009)

*Noël Simsolo est né en 1944 à Périgueux. Réalisateur, comédien, scénariste… il est également l'auteur de plusieurs polars et de la série Edgar Flanders (Seuil Jeunesse).*

MOULOUD AKKOUCHE – *LE SILENCE DES GÉANTS*

Lorsqu'il était adolescent, le père de Julie, avec un de ses amis, a laissé pour mort un jeune homme au retour d'une fête bien arrosée. En réalité, l'homme a été sauvé… mais il a perdu la mémoire. Julie part à sa recherche pour lui rendre son passé… (208 pages / 13,50 € / septembre 2009)

*Né à Montreuil en 1962, Mouloud Akkouche écrit des nouvelles et des romans pour la collection « Le Poulpe » (Baleine) et la Série noire… Il est aussi l'auteur de pièces radiophoniques pour France Inter.*

*collection*
## *Archi*FILLES

*Joies et peines, amour et humour…*
*Des héroïnes à l'image des jeunes filles d'aujourd'hui.*

### ANNE-MARIE POL – *L'AMOUR FANTÔME*

Lorsqu'elle rencontre Ivan des Barres, écrivain à succès, c'est le coup de foudre. Agnès a dix-neuf ans et se marie sans attendre. Ivan l'emmène dans son vieux château de famille délabré. Et le rêve vire rapidement au cauchemar, car un secret les sépare… (208 pages / 13,50 € / novembre 2009)

*Née au Maroc, Anne-Marie Pol a été mannequin et actrice avant de réaliser son rêve : écrire. Traduits dans plusieurs langues, ses textes sont d'une grande authenticité.*

### MARIE BERTHERAT – *RENDEZ-VOUS À LA DATCHA*

Mouchka a perdu sa mère lors du braquage d'un magasin. Cet été-là, elle tombe sous le charme de Gabriel qui vient d'apprendre que son père est mort… et était l'auteur du braquage ! Rongé par la culpabilité, Gabriel décide de s'enfuir. Mouchka pourra-t-elle lui pardonner ? (208 pages / 13,50 € / novembre 2009)

*Marie Bertherat est journaliste et écrivain. On lui doit notamment* La Fille au pinceau d'or *(Bayard Jeunesse), qui a connu un vif succès, ainsi que* N, princesse rebelle *(Seuil Jeunesse).*

*Cet ouvrage a été composé*
*par Atlant'Communication*
*aux Sables-d'Olonne (Vendée)*

*Impression réalisée par*

NORHAVEN

*en avril 2009*

*pour le compte des Éditions de l'Archipel*
*département éditorial*
*de la S.A.S. Écriture-Communication*

*Imprimé au Danemark*
N° d'impression :
Dépôt légal : mai 2009